佐藤研一

劇作家J.M.R.レンツの研究

Ken-ichi SATO: Studien zum Dramatiker J.M.R.Lenz

未來社

劇作家J・M・R・レンツの研究▼目次

第三篇　楽園の白日夢　121

劇作家J・M・R・レンツの研究

J. M. R. レンツ　1777年頃

序説▼J・M・R・レンツの基礎的考察

一　研究の視角

十八世紀のドイツ文学を読みながら痛感するのは、現代人の想像力や感受性によってはどうにも測りきれない、不可解なものを具えている、ということである。それは、この近代の胎動期には、いまだ市民階層を中核とする近代国家の社会的現実が確立していなかったからにほかならない。あらためて産業革命やフランス革命による歴史的断層の大きさに驚かされる。当時のドイツは、大小三百あまりの領邦国家に分裂していたとはいえ、フランスやイギリスとも緊密な関係を保ちながら、ヨーロッパの枠組みのなかで「啓蒙の世紀」を担っていた。したがって、その何か得体の知れないものを、ヨーロッパ全体の文学的思想的土壌に送り返して読み解く点に、十八世紀ドイツ文学のおもしろさがあろう。しかも、巨大な科学技術の成果と負債を前にして、近代社会の行きづまりが指摘される今日、逆に、その原点にもどって考えてみるのも無意味ではあるまい。ここにこそ、十八世紀文学のアクチュアリティーがある。

ところで、社会史の視点からドイツ文学の新しい断面を示したR・グリミンガーによれば、啓蒙とは、十八世紀全体に亙る、理性という市民的ユートピアの弁証法的展開であり、現世的幸福の実現を志向する。この理性は、合目的的な姿勢を貫徹する、人間の自律的能力の謂にほかならない。(1) 啓蒙の具体的諸相をみると、十七世紀末以降のライプニッツらによる準備期を経て、十八世紀前半には、ヴォルフ流の「合理的理性」が主導権を握った。キリスト教的普遍的秩序の世俗化である合理主義的世界こそ、完璧な秩序のユートピアとして称讃されて、規則的教訓的な擬古典主義文学観がゴットシェートにより唱えられ、啓蒙専制主義体制が理想化されるのである。それに対して十八世紀半ばは、多様で具体的な現実を認識しようとする「経験的理性」が原動力となり、レッシングの「市民悲劇」やゲラートの感傷的小説のように、「共感と同情」が強調された。身分制度や教会から拘束されない、家族や友人と作る内輪の平安なユートピアの誕生である。啓蒙後期の七十年代に入ると、一際あざやかな光芒を放つ「疾風怒濤」が登場する。このいわば怒れる若き人々の文学運動は、前世代から友愛の絆に結ばれる小世界のユートピアを受け継ぎ、その実現を訴えた。しかも、確固たる主体的個人の自覚に立って、擬古典主義文学のみならず、啓蒙専制主義国家をも相手に異議申し立てを試みながら、ドイツの国民文学を創出しようとした。しかしけっきょく、かかるユートピアの非現実性を骨身にしみて味わい、挫折せざるをえない。わずか十年あまりの前衛運動であった。そして最後に、市民的ユートピアは、古典主義の理想主義的秩序の形に収束してゆく。(2) これが、グリミンガーのみる啓蒙の実相である。

周知のとおり、ながらく「疾風怒濤」は、啓蒙と対立するプレロマン主義の文学とみなされ、フランスに根城を構える合理主義的文明に対するドイツ的な非合理主義的文化の反逆であるとする、あやしげな神話まで流布した。このような見解は「疾風怒濤」の進歩的性格を見誤っているとして、「疾風怒濤」と啓蒙の連続性を説いたのが、いうまでもなくG・ルカーチである。(3)「疾風怒濤」を社会史的文脈にもどして、啓蒙の大きな流れの一環であると看破したのは、やはり慧眼といわねばならない。その後、W・フッシュやG・カイザーらによって、「疾風怒濤」は啓蒙内部の自己批判である、という見識が定着してゆく。[4] もっともルカーチも「疾風怒濤」の文学的評価となると、古典主義的文学観に呪縛されて手厳しいのであるが。[5] およそ「疾風怒濤」が再評価されるためには、一九七〇年前後の若い世代によるドイツ古典主義批判の機運、すなわち古典主義論争を待たねばならないのである。だが日本では、それから二十年を経ても、いまだ「疾風怒濤」を古典主義への「通過儀礼」として軽視する傾向が根強い。

このようなわけだから、「疾風怒濤」の代表的な劇作家ヤーコプ・ミヒャエル・ラインホルト・レンツ（Jakob Michael Reinhold Lenz）（一七五一―九二）が、ゲーテのエピゴーネンにすぎない、と不当に黙殺されつづけてきたのもうなずける。つまり、従来のドイツ文学史がいわゆる古典主義的ゲーテ中心の視点に立つあまり、『詩と真実』第三部（一八一四）の「ウェルテル病患者」というレンツ評が、[6] 後世の文学史家によって、二十世紀半ばまで無批判に受け継がれてきたのである。[7]

そもそも文学作品が時代の刻印を受けざるをえないように、その受容の仕方もまぎれもなく時代を映している。十九世紀以降、近代ドイツ国民精神のバックボーンとして古典主義が称揚されれば、レンツの「未熟」で「不調和」な劇世界は、酷評されざるをえまい。[8] 逆に、ヴェルサイユ体制批判を背景にしてロマン主義が鼓吹されると、レンツもドイツ的非合理主義の尖兵であるかのように扱われもした。[9] しかし、旧東独の成立直後、ブレヒトがレンツの喜劇『家庭教師あるいは家庭教育の利点』*Der Hofmeister oder Vorteile der Privaterziehung*（一七七四）（以下『家庭教師』と呼ぶ）を改作し、[10] 体制順応派知識人の批判として読み直して以来、社会派リアリストとしてのレンツ像が定着しはじめたのである。さらに、昨今は近代批判の潮流に乗って、レンツの「不調和」が一転して過大評価されたりもする[11]。むろん、作品解釈が各時代の歴史的状況に拘束されるのは当然であるが、逆にそれだからこそ、まず作品そのものを、できるだけ歴史的な文脈に送り返す必要がある。それを踏まえずに、いかに「ここでの今」のわれわれが作品と向かいあおうとも、けっきょく妄想の域にとどまりかねないであろう。

たしかにレンツの演劇は一見、混乱し、ゆがんだ様相を呈しているかのようである。しかし、このことをもって、はたして創作能力の欠如と帰結してよいのか。われわれは、文学作品に関する古典主義的完成という観念を反省すべきなのではあるまいか。この疑問に応えるように、前述のブレヒトによる『家庭教師』改作や古典主義論争を契機に、ようやく本格的なレンツの演劇研究の機運が起こった。なかでもW・ヘレラーが形式分析によって独特な芸術性を、H・マイヤーが古典主義とは異なる新しい文学の可能性を、F・マルティーニが社会批判的性格を解明した各々の論考には、傾聴すべき点が少なくない[12]。さらにK・シェルペは、はじめてレンツにおける抽象的啓蒙理念と経験論的現実感覚の解きがたい矛盾を剔抉して、かかる矛盾が内在する文学は現実を変える力を持たない、と鋭利な批評をした[13]。その後、S・ダムの編集による三巻本全集出版（一九八七）や没後二百年祭を経て、研究も一段と深まったが、とりわけM・レクトールの研究は注目に値する。かれは、前述のレンツの矛盾をみすえつつ、その劇作においては、けっきょく抽象的啓蒙理念も経験論的現実感覚によって論駁されると断じて、啓蒙批判の一面をあぶりだそうとする[14]。だが、これは、レンツの唯物論的傾向を強調しすぎるあまり、かれ独特の情熱的な理想主義的側面をなおざりにする、という印象はぬぐいえない。一方、わが国では岩淵達治氏が、ドイツにおけるレンツ再評価開始の時にあわせて、いち早くレンツの「アンチ・イリュージョン劇」の性格を指摘して、その時事的要素を評価した[15]。

今日ではレンツは、以上の研究を踏まえながら、反アリストテレス的ドラマトゥルギーを操る、社会批判的リアリストの先駆者のひとりと評価されている。だが、かかる視点の背後には、ややもすればブレヒトを基点にすえて、ドイツ演劇史を逆照射しようとする姿勢が見え隠れしないわけではない。[16]それによって、なるほど演劇史はあらたな切り口を示すかもしれないが、その反面、レンツそのものの豊饒な世界に対する視線がゆがみ、十八世紀文学特有のおもしろさが見落とされかねまい。レンツ研究もすでに、旧東独のイデオロギーから自由な視点をもちうる段階に入っている。かかるときこそ、百年前に上梓されたM・N・ローザノフによる浩瀚な評伝は、たとい通説では古臭いと評されようとも、もっとも貴重な基礎研究であろう。このロシアの研究家は十八世紀のヨーロッパ文学に対する広い視野に立ちながら、当時のロシア領に生まれ育ちモスクワで没したドイツの劇作家に敬愛を寄せて、その作品に深い理解を示している。[17]

そもそもレンツは、軍制改革などの啓蒙的社会改革案に取り組むかと思えば、啓蒙に懐疑的な言辞を吐き、あるいは福音主義的信仰に囚われるかと思えば、画期的な性道徳を説く。つまり、およそ一義的に断じることの困難な、矛盾に満ちた書き手であり、まさにその点に、転形期を生きる知識人の姿が刻印されている。ここにこそ、レンツが十八世紀後半期のドイツ文学を解く重要な鍵を握っている根拠が求められるであろう。しかし、これまで再評価の対象とされる作品は、主として社会派の両代表作『家庭教師』と『軍人たち』*Die Soldaten*（一七七六）に偏りがちであり、しかも、レンツの実人生が波瀾に富むあまり、伝記的要素を重視しすぎる傾向も強い。もっとも郷里の社会的状況に関してはその限りではないのだが。こういう次第であるから、従来の研究では、十八世紀におけるレンツ文学全体の位置づけが見定められた、とは断じていいがたいのである。

本書において、これまで等閑視された諸作品も広く考察の対象にとりあげ、ことさら西欧近代胎動期の文学的土壌と照らしあわせて、レンツに対する新たな視角をもとうとしたのは、以上述べてきた諸々の方法論上の反省に基づいている。それを通じて意図したのは、かれの劇世界を歴史的文脈のなかで読み解きながら、啓蒙期ドイツの市民的知識人（die bürgerliche Intelligenz）の実相を浮き彫りにし、レンツ文学の独自の位置をみきわめることである。また現代的視点からも、この傍系とされる劇作家を追究して、十八世紀ドイツ文学の理解を深めなければならない。なお、上記の市民的知識人とは、中世以来の身分制度的「旧市民」に対し十八世紀ドイツに登場する「新市民」のうち、とくに大学教育により教養と専門知識を身につけて、啓蒙を担った者を指す(18)。

本書は、このような観点に立ち、劇作家レンツに関する考察を試みるものである。ここで、あらかじめその構成を述べれば、本論に入る前に、まず序説の後半部において、従来黙殺されがちであったレンツの郷里における特異な文化的環境に注目して、ロシア領リヴォニアの社会的宗教的状況が、かれの「疾風怒濤」の文学的土台を形成するうえで、いかに大きな役割を担っているのか、検討しようと思う。

ついで本論では、この考察を踏まえて、四つの視点から「疾風怒濤」期の劇作品を具体的に論究する。まず第一篇「諷刺と挑発」は、『新メノーツァあるいはクンバ国王子タンディの物語』*Der neue Menoza oder Geschichte des cumbanischen Prinzen Tandi*（一七七四）（第一章）と『哲学者は友等によって作られる』*Die Freunde machen den Philosophen*（一七七六）（第二章）と『軍人たち』（第三章）の三喜劇をとりあげて、いかにこれらが民衆娯楽劇を装いながら、自己喪失した同時代ドイツ人に痛い諷刺の矢を放つのか、その巧みな劇作上の仕掛けを読み解こうとする。しかも、レンツはその際、啓蒙の自律的能力の原理に根ざす挑発的精神に立ち、観客の主体性の覚醒を促そうとするものの、閉塞的な社会現実を目の前にして現実的断念におわる、という点も明らかにしようと思う。

これに対して、第二篇「反逆と自虐」は、文壇諷刺劇『ドイツの伏魔殿』*Pandämonium Germanicum*（一七七五作、一八一九刊）（第四章）と劇的幻想『イギリス人』*Der Engländer*（一七七七）（第五章）を考察の対象にして、第一篇でみた反抗の刃を、擬古典主義文学や家父長制的社会のみならず、自分自身にまで向けて突きつける、レンツ特有の熱っぽい自虐的姿勢に検討を加えたい。そして、この自己諷刺の背後に、実は、主体的自我の実現へ寄せる願望も読みとれる点を指摘する。

そのうえで、第三篇「楽園の白日夢」では、両劇断片、すなわち『シェナのカターリナ』*Catharina von Siena*（一七七五—七六作、一八八四刊）（第六章）と喜劇断片『民衆たち』*Die Kleinen*（一七七五—七六作、一八八四刊）（第七章）を素材にして、ルソーに通じる自然宗教的信仰を浮き彫りにしながら、いかにレンツの劇世界の基底には独立・自由の人間の共同体というユートピアが織り込まれているのか、解き明かそうと思う。さらに、付章では、小説『ツェルビーンあるいは当世風哲学』*Zerbin oder die neuere Philosophie*（一七七六）にも論及するが、この散文作品は、通俗的な合理的啓蒙を批判するばかりか、かれのドラマトゥルギーの注釈的側面をもつとみなせるからにほかならない。

第四篇「啓蒙のインテルメッツォ」は、啓蒙に対するレンツの両義的姿勢を射程に収めるが、以上の論考の総括の場として位置づけられる。つまり、まず第八章では、十八世紀という転形期の混乱を一際あざやかに切断すると思われる、喜劇『家庭教師』に焦点を定めて論じる。その際、シェイクスピア作喜劇『恋の骨折り損』（一五九八）のレンツによる翻訳劇 *Amor vincit omnia*（一七七四）を手掛かりに、啓蒙批判と啓蒙のユートピアの両端を振幅するダイナミズムを浮き彫りにして、かれの文学の核心に迫ってみたい。ついで終章においては、この絶えざる弁証法的動揺を見据えながら、あらためて劇全体を展望して、レンツの演劇の新しさを再検討し、本書のむすびにしようと思う。

最後になるが、レンツの演劇のジャンルについて一言ふれておきたい。本論でみるとおり、レンツ独特の喜劇

（Komödie）は、十八世紀のドイツで流行した楽観的な「ザクセン喜劇（Sächsische Komödie）」とはまるで異質であり、驚くほどわれわれの現代的意識にも訴えるところがある。また、この喜劇は、プラウトゥスの喜劇やコメディア・デラルテの流れをくみながらも、単なる喜劇的要素と悲劇的要素の併存におわらず、それどころか、不気味な悲劇的陰影を色濃く帯びている。そこで、ある研究者は、レンツは喜劇的人物を悲劇的状況のなかで描いて、両者を有機的に統合するとして、その意味での悲喜劇であるという。[19] なるほどかかる一面が認められないわけではないが、ジャンルを定義づけるために、辻褄をあわせようと腐心するよりも、むしろそれを「市民劇」の成立過程の歴史的枠組みのなかで見定める方が、いっそうレンツの文学的本質にふれるはずである。すなわち、本書の第一篇第二章で詳述するとおり、十八世紀以降、市民層が擡頭するにともなって、その新しい生活感情を舞台で表現するために、古代以来の伝統が退けられて、悲劇と喜劇のジャンルの混淆がはじまり、その結果、「お涙頂戴喜劇（Weinerliches Lustspiel）」（あるいは「感動喜劇（Rührendes Lustspiel）」ともいう）や「市民悲劇」が生まれた。レンツ特有の喜劇もまた、この近代的な演劇への道を切り開こうとする道標のひとつなのである。しかも、それにとどまらず、レンツの喜劇は『リア王』（一六〇八）の世界に通底する悲喜劇性、すなわち、もっとも悲劇的なものはもっとも喜劇的である、という不条理の側面もかねそなえていると思われる。さればこそ、現代人の心にも響くのではあるまいか。

ついでにいうと、レンツ自身も『家庭教師』や『軍人たち』のジャンルを喜劇とするまでには、ずいぶん迷ったらしい。前者の場合、最初はある書簡で「慣用的名称を使わねばならぬのなら」と断り、悲劇（Trauerspiel）というも、[20] 自筆原稿（一七七二年）では悲喜劇（Lust- und Trauerspiel）（I 709）と変えている。後者の場合も、喜劇（III 339）から悲劇（Trauerspiel）（III 353）や劇（Schauspiel）（III 395）など二転三転している。この点からも、いかにレンツが伝統的ジャンルの枠組みをはみだしながら、新しい演劇の方向を探し求めていたか分かるのであろ。

二 「疾風怒濤」の土壌――ロシア領リヴォニアとレンツの少年時代

冒頭から唐突であるが、レンツはどこの国の作家なのであろうか。はたして、文学史に記されるように、ドイツの劇作家といってよいのであろうか。なぜならば、かれは四十一年の人生の大部分を、ドイツのはるか北東のロシア領リヴォニア（現在のラトヴィア北部とエストニア南部）、およびモスクワですごしたからである。だが、そもそもハーマンやヘルダーやクリンガーやコッツェブーら少なからぬドイツ人作家が、このバルト海沿岸の辺境周辺で活躍して、文学的前衛に連なった。十八世紀はまだ近代的国民意識が希薄であったのである。その意味で、レンツは「コスモポリタニズムの世紀」の典型的な劇作家といえるのかもしれない。

ここでレンツの生涯を点描すれば、かれは一七五一年、ドイツ人牧師の次男としてリヴォニアのゼスヴェーゲン（現ラトヴィアのツェスヴァイネ）に生まれた。『百科全書』の刊行開始の年である。十七歳で神学を修めるため東プロイセンのケーニヒスベルクに遊学し、カントの門に入るもその三年後、郷里で僧職に就くという親の期待を裏切り、フランス領ストラスブールに向かった。このアルザス地方の五年におよぶ日々（一七七一―七八）こそ、「疾風怒濤」の口火が切って落とされて、劇作家レンツの創作の泉が湧き出たときだったのである。ひきつづき、ゲーテを頼りワイマール宮廷に八か月逗留するが、両者間に一悶着あり追放の身となって、二年半あまりバーデンやアルザスやスイスの各地で転々と流亡の日を送った。しかも、その間かれの内面に精神の闇がひろがり、一七七九年、心ならずも帰郷を強いられた。その後、ペテルブルクを経てモスクワにたどり着き、その地で十一年の病苦と窮迫の生活のはて、かれの短い人生は行路病者として尽きた。ドイツのある文学新聞はその死を短く報じて、「ほとんど誰からも悼まれもせずに」と記した。[21] フランス革命勃発後三年目、一七九二年の初夏のことである。

レンツは、みずからを「難破したヨーロッパ人[22]」と称したとおり、いたずらに「啓蒙の世紀」のヨーロッパと斬り結んだかのようにみえる。だが、実際に近代の胎動という歴史の転形期の矛盾を一身に担ったのは、まさにかれのような社会的落伍者や、市井の無名氏たちではあるまいか。レンツの文学は、十八世紀ドイツの時流を苛烈に諷刺するものであるが、それにとどまらず、ひっきょう、この敗者の心の痛みと理想郷に寄せる切ない憧憬の交差する多面的重層的舞台なのである。それだからこそ、二百数十年の時空を越えて、現代のわれわれの胸にもじかに迫ってくるにちがいない。

ところで、レンツの或る喜劇の主人公は郷里を嫌い、「無言の黄泉の国もわが古里ほど荒涼とはしていまい」(I 286) というが、レンツ自身もかならずしもリヴォニアを愛したわけではない。だが、いかなる文学も、結実としての作品のみならず、それが培われた社会的精神的母胎にも注目するときに、その核心がいっそう明らかにされるであろう。従来の研究では、レンツの「疾風怒濤」期の活躍に目を奪われるあまり、「レンツはリヴォニアにあらず、アルザスでこそ自分自身の文学様式を見出した[23]」と断じて、リヴォニア時代を軽んずる傾向が強い。しかし、青少年期をドイツ文化と異文化がからみあう特殊な辺境で生きたことが、かれの文学形成に影響を与えなかったとは考えにくいのである。むしろ、レンツ独特の悲喜劇的世界がアルザスで花咲くためには、リヴォニアの土壌が決定的役割を演じたのではあるまいか。

そこでつぎに、このような視点に立って、まず啓蒙期リヴォニアの社会的かつ宗教的実相を見定めたい。その際、先住民農奴のエストニア人やラトヴィア人を最下層とする封建的社会を背景にして、敬虔主義の傍系一派「ヘルンフート兄弟団」の活動に焦点をあてる。ついで、これを踏まえて、少年レンツの習作の劇作品にも目を向けながら、いかに郷里リヴォニアが、かれの「疾風怒濤」期の文学世界に滋養を授けているのかを浮き彫りにしたいと思う。

リヴォニアの「ヘルンフート兄弟団」

周知のとおり、北方戦争（一七〇〇—二一）の結果、ピョートル大帝率いるロシアが、スウェーデンにかわりバルト海を制覇して、ヨーロッパの舞台に強国として登場した。そして、中世以来ドイツ文化の伝統を受け継ぐリヴォニアは、北隣のエストニアと同じく、ロマノフ王朝の北西端領土になったが、あくまでも自治領とみなされた。つまり、従来通りドイツ人貴族の伝統的特権は認められて、言語もドイツ語、宗教もルター派信仰、法制や行政もドイツ式のままであった。だから、この北国が、プロイセンと精神的に緊密に結びつき、カントの主要著作もその州都リガで出版されたというのもうなずける。それはともかく、リヴォニアにおける戦争の傷痕は、十八世紀半ばまで癒えがたく残った。住民の多くはロシアの収容所暮らしを余儀なくされ、永らく畑も荒地のままであり、レンツの郷里の町ドルパトも瓦礫の山であり、そのうえ、ペストや大火や洪水や冷害に襲われたのである。(24)

ところでリヴォニアは、ドイツ騎士団の入植以降くりかえし強国同士の戦場となり、ドイツ人をはじめ、先住民のエストニア人やラトヴィア人、さらにロシア人やポーランド人ら民族のるつぼであった。とりわけ北方戦争後は僧職に空席が倍増して、ドイツ本国で神学を修めた下層市民の子弟が数多く移住し、全僧職者の二分の一から三分の二ほどをドイツ人が占めた。いかに辺境であるとはいえ、ここでは田舎牧師ですら、田舎貴族なみに土地や農奴を非課税で所有できたことも魅力だった。だがそれだけに、いわば殿様気取りの生臭さ坊主も少なくなかったのである。[25] この点については後ほども言及する。いずれにせよ、リヴォニアは、ロシア的農奴制のもとに、上は貴族や僧侶のドイツ人から下は農奴の先住民まで、厳しい封建的社会秩序に組みこまれていた。ドイツ人社会ではルター派正統主義（Orthodoxie）が根づいていたが、十八世紀冒頭には形骸化し、その結果、敬虔主義が内面的覚醒運動として一世を風靡した。しかし、いまだ少なからぬ先住民が異教徒であり、かれらをキリスト教信仰に向かわしめるためには、「ヘルンフート兄弟団」の活動を待たねばならない。

レンツが物心ついてから育ったのは、リヴォニア第二の町ドルパト（現エストニアのタルトゥ）である。州都リガは、旧ハンザ都市特有の市民的自治精神がゆきわたり、豪商ベーレンス家を中心にして、ハーマンやリントナーやヘルダーらの知識人が、心の窓を西欧的啓蒙に対して開け放していた。他方、同じくハンザ都市とはいいながら、ドルパトの文化的雰囲気はあくまでも保守的であり、敬虔主義的色彩の濃い正統主義に立って、合理主義的啓蒙に敵対的であった。[26] その代表者がレンツの父親、聖ヨハネ教会の主任牧師クリスティアン・ダーフィット・レンツ（一七二〇―九八）である。かれはポンメルンの出身であり、敬虔主義の牙城ハレで神学を修めた。しかも、一七四〇年にリヴォニア移住後しばらくは、「ヘルンフート兄弟団」の活動にもかなりの共感を覚えていたのである。[27]

「ヘルンフート兄弟団」は、一七二九年にリヴォニアとエストニアで伝道をはじめた。一七三六年には指導者のツィンツェンドルフ伯爵（一七〇〇―六〇）自身が来訪し熱狂的に歓迎され、それ以来、その宗旨は全土に浸透した。そもそも「ヘルンフート兄弟団」は、敬虔主義の一派ながら、その「教会内小教会（ecclesiola in ecclesia）」

の姿勢に飽き足らず、ルター派領邦教会の枠組みを越えて、自律的に活動した。すなわち、原始キリスト教に立ち返り、平信徒の民主的集団として、敬虔主義の「下からの」運動を徹底したのである。[28] たとえば、かの啓蒙主義者ニコライも当教団について、「人間平等の考え方を身につけて、まるで身分差別がない」と評しているほどである。[29] されればこそ、「ヘルンフート兄弟団」は社会の底辺層を伝道の対象に選んで、バルト海沿岸地方の先住民農奴のみならず、北米大陸にまで渡り先住民や黒人奴隷の布教に努めたのであろう。伝道師の多くは神学の素養もない職人であったが、リヴォニアでは、ラトヴィア人教師の養成所を設立して、先住民教育に貢献した。[30] これは特筆すべきであろう。もっとも、熱狂的信者の農奴のなかには、古来の異教的聖壇や民族楽器を破壊したり、民族衣裳を脱ぎ捨てた者もあったというのは[31]、現代のわれわれからすれば、眉をひそめたくなるのだが。それはさておき、先住民が信仰をとおして、少しずつ社会的意識に目覚めたのはまちがいない。[32] だが、その結果として、教団の意図がどうであれ、行政側からも教会側からも、かかる宗派は封建的秩序を乱す危険分子とみなされざるをえまい。一七四三年、ロシア政府は「ヘルンフート兄弟団」の活動を禁止した。[33]

通説によれば、クリスティアン・ダーフィット・レンツはこの禁止令発布直後に転向し「ヘルンフート兄弟団」批判をして、栄達の道を歩みつづけたという。実際、一七七九年に――劇作家の息子ヤーコプが発狂して、失意のうちに帰郷した前後であるが――リヴォニア教区総監督にのぼりつめた。通説はなおも、かれを手厳しく評する。いわく、熱狂的パリサイ主義者だ、いわく、血も涙もない人間だ、と。[34] なるほどかれは、一七四八年、ある町の大火の際に、これは罪深い住民に下された神の罰だから懺悔せよ、と熱っぽく説教して、罹災者側から告訴されもし[35]、のみならず、かれは生涯に亙り、合理主義者の「野獣ども」[36] を敵視して、自由思想に染まる息子ヤーコプとも対立した（Vgl. III 499 f.）。このようなわけで、従来は、クリスティアンは狂信的な冷血漢であり、ヤーコプはその厳格な圧制のあわれな犠牲者である、とみる向きが強いのである。[37] しかし、そのような見方は、いささか通俗的な感じがしないではない。

そもそもクリスティアンは、ハレの代表的な敬虔主義者、フランケ（一六六三―一七二七）の熱心な孫弟子である。そのために、I・ユウリョは、かれの敬虔主義的な帰依を重視して、「ヘルンフート兄弟団」に対する共感や批判であれ、大火の際の懺悔を求める説教であれ、真摯な信仰心の発露のあらわれであるという。[38] とはいうものの、フランケの懺悔から回心を経て再生に達する、生き生きした信仰体験が、どんな思想もまぬがれえぬ宿命とはいえ、弟子らによって規範化されて、硬直していったのも事実である。[39] それゆえに、偏屈で偽善的なクリスティアン像も、あながち的はずれだともいい切れまい。しかし、前述のとおり、リヴォニアの同僚の多くが、領主気取りで牧師稼業をないがしろにしていたのに反して、かれはラトヴィア人教師の養成に尽力したり、ラトヴィア語版の二巻本の説教集を出版（一七六四、六七）して、先住民のためにフランケ流の実践的教育に心血を注いだのである。[40] このような、かれの信仰的活動を考えに入れると、通説のように、一方的に父親を独善的出世主義者の悪役と断じて、息子ヤーコプの精神、ひいてはその文学に及ぼす抑圧的な影響を過大視するのは問題であろう。

換言すれば、レンツの文学は、父と息子の葛藤などという個人的関係よりも、むしろ十八世紀リヴォニアの社会的枠組みのなかで見直すときにこそ、その核心に迫れるのではあるまいか。もっとも、たとえば少年レンツの長篇叙事詩『国の災難』*Die Landplagen*（一七六九）をみれば、飢饉やペストなどの災害を罪深い俗界に下された神の裁きときめつけて悔い改めを説き、敬虔主義的性格を帯びた正統主義に帰依する父親の影響の強さも察せられるのだが。[41]

少年レンツにみる西欧的啓蒙

W・ベンヤミンは、リヴォニア出身のガールリープ・メルケル(一七六九―一八五〇)の著書『ラトヴィア人――おもに哲学的世紀末期リヴォニアにおける』(一七九七)について、当地の農奴制廃止闘争の口火を切ったものであるとみなし、しかも、「ラトヴィア人農民の悲惨さを大胆に描くのみならず、その民俗に関しても貴重な情報を記して、傑出している」と称讃する。(42) 実際、いささか挑発的にすぎる側面もあるが、社会に対する容赦ないまなざしと先住民に対する深い共感には、現代人も驚き入るであろう。メルケルは冒頭でつぎのようにいう。

誇り高いイギリス人でさえ、黒人奴隷に自由と市民権を授けようという時代であるのに、いまだヨーロッパ大陸にこのような民族が存在するとは。かれらは、個人の自由の資格を奪われ、苛酷な専制の鞭の下に身を縮めながら、自由な先祖の墓のまわりを奴隷の鎖をガチャガチャ鳴らして歩き、たとい飢死寸前であろうとも、かれらと永遠に無縁な階層のために畑を耕してその富を増やすのだ。(43)

それにつづけて、貴族の「恣意の玩具」として弄ばれる農奴の一例を挙げていう。貴婦人は、劇場に行けばさめざめと泣くくせに、自分の従僕のラトヴィア人がささいな過ちを犯しただけで、血を流すまで鞭の雨を降らす、と。(44)

ところで、メルケルと親交のあったヘルダーも、『民謡集』(一七七八―七九)に農奴の歌を収めている。エストニア人による「領主を訴える女農奴の歌」がそれである。

娘よ、あたしは苦役から逃げやしない
野イチゴ摘みから逃げやしない
お父ちゃんの国から逃げやしない
恐ろしいドイツ人野郎から
恐ろしい鬼の旦那方から逃げるの。

あわれな百姓、柱に縛られ
鞭打たれて血を流す。
あわれな百姓、手かせ足かせはめられて
男ら鎖をガチャガチャ鳴らし
女ら扉たたいて
両手に卵かかえてお持ちした
贈り物は手袋はめて
腕の下でメンドリ叫ぶ
腕の下でガチョウもがあがあ
荷馬車じゃ小羊めえめえ。
うちのニワトリ卵生んでも
なんでもかんでも、ドイツの旦那らのお食事用さ。

（後略）[45]

この民謡は、ドイツ人領主を頂点に先住民農奴を底辺にすえたリヴォニアの封建的現実をあざやかに切断している。前述のとおり、田舎牧師すら、領主同様、村の小専制君主であったのであり、メルケルも、かれらの農奴相手のゆすり・たかりまがいの倒錯的実態を赤裸々に暴いている。[46] はたして少年レンツが、非抑圧民族の農奴に対する共感を培ったのかどうか、直接的な証言は残ってはいない。だがしかし、少なくともこの冷酷な現実が、少年の柔らかな感性に深い影を落としたとみても、それほど見当ちがいの評言にはなるまい。なぜならば、父親の牧師館にも先住民の従僕が雇われていたはずであり、農奴はメンドリやガチョウの贈り物を届けにきたにちがいない。教会では、父親の熱心な説教に耳を傾ける農奴らもいたであろう。広場の年の市では、農奴が売買され、町はずれの畑では、農奴が牛馬のように働いていたであろう。あるいは、厩からは、農奴が鞭打たれてあげる叫び声が響き、思わず両手で耳をふさいだことも珍しくなかったろう。いずれにせよ、少年レンツが、ラトヴィア人やエストニア人農奴の日常の姿を、その言葉や風習を、身近に見聞きしていたのはまちがいない。[47]

その点を念頭に置きながら、つぎに十五歳のレンツの処女作の戯曲『怪我した花婿』*Der verwundete Bräutigam*（一七六六作、一八四五刊）をみてみよう。この作品は、かれの後年の劇作品同様に、実際に身の回りで起こった事件を題材にしている。その大筋をいえば、結婚を間近に控えた男爵が従僕のささいな過失に怒り打擲して、什返しに胸を刺される。花嫁は男爵が殺されたと思いこみ、自分も死のうとするも、けっきょく男爵の命に別条はないことが判明して、めでたしめでたしでおわる。要するに、この劇作品は、「登場人物のだれもが（中略）甘くまた苦い涙を競いあう」とローザノフも評するとおり、時代の好尚にかなったゲラート流の「お涙頂戴喜劇」の一種であるといってよい。(48) しかし、だからといって、青臭い少年の習作にすぎぬ、と切り捨てるわけにはゆくまい。というのも、この喜劇は、「疾風怒濤」期のレンツを特徴づける、道徳的感傷的演劇の枠組みを破壊する起爆力を予感させるからである。

そもそも敵役の従僕ティグラスは誇り高い。かれはいう。「おれは一匹の犬にすぎないのか。（中略）いや、おれだって、自由な人間じゃないか。奴［男爵］とおれをへだてるものは金だけなのに」（I 15）と。かれはドイツ人ではあるが、前述のメルケルの著作における感傷的な貴婦人に仕えるラトヴィア人従僕や、ヘルダーの民謡のエストニア人農奴と同じく、文字通り「家畜なみ」（I 226）に殴打される。しかも、単なる無断外出という理由のみで。ティグラスはそれに対して怒る。つまらぬ過失ひとつで、打擲されるのは理不尽ではないか、と。そして最後に、「この汚名を晴らすのが、おれの義務だ――たといそれでひどい目にあおうとも」（I 19）といって、男爵に復讐をする。このような社会的意識は、当時の封建的社会においては、画期的というべきである。

くりかえしだが、少年レンツは、逆境にあえぐ先住民農奴の生活にじかに触れていた。のみならず、農奴に民族的覚醒をもたらした平等主義的「ヘルンフート兄弟団」の急進的活動についても、古老たちから、くりかえし聞いていたにちがいあるまい。つまり、かれはリヴォニアで生まれ育ったがゆえに、ドイツ本国の場合よりも、はるかに鋭敏に封建的社会の矛盾を感じとっていたとみて大過なかろう。その点を踏まえて、『怪我した花婿』の従僕ティグラスの言動をふり返れば、かれのいう「自由」は、けっして単なる借り物の修辞的言葉と断じることはできまい。いや、それどころか、封建的現実の矛盾を暴露する契機が読みとれる。すなわち、喜劇『軍人たち』が、貴族の「恣意の玩具」に貶められた従僕に連帯的姿勢を示し（I 226）、喜劇『家庭教師』や喜劇『哲学者は友等によって作られる』が、従僕同然に虐げられる知識人の実態を暴きながら、人間の独立・自由を希求するとするならば、この処女作にこそ、その萌芽がみられるのである。その意味で、K・フライエが、ティグラスの社会的意識に注目して、リヴォニア社会が「隷属的人間の状況」に対するレンツの目を開いたと指摘する(49)、のは正しい。このようなわけだから、レンツはすでにリヴォニアにおいて、「疾風怒濤」期の作品の核心にかかわる社会的問題を少年らしく凝視しはじめていたことが分かる。

その後のレンツの農奴制に関わる意識を示すものとして、つぎのものがある。すなわち、ストラスブール時代末からワイマールを経てバーデン方面を経巡っていた頃(一七七五—七七)、書簡形式で執筆した農奴制改革案『某所の若き貴族のL—からL—に住む母親宛の書簡』*Brief eines jungen L—von Adel an seine Mutter in L—aus**in***がそれである。なお、題目中のL—は、リヴォニア人あるいはリヴォニアを指す。このエッセイは、断片におわったものの、当地の進歩的領主らによる改革案にならって、「農民が家畜とみなされる」(I 828)状態を改善しようとし、領主権の大幅な制限を提唱する(50)。とはいえ、この北東の辺境における農奴解放は、ナポレオン戦争(一八〇〇—一四)以後まで待たねばならないのである。

さて、前述のとおり、レンツはケーニヒスベルク遊学のために郷里を離れてから、みずからは二度と帰郷しようとはしなかった。かれは、ゲーテのゲッツの自律的行動を讃美する論説『ゲッツ・フォン・ベルリヒンゲン論』*Über Götz von Berlichingen*(一七七三—七五作、一九〇一刊)(以下『ゲッツ論』と呼ぶ)のなかで、当代ドイツ人の生涯を評していう。「われわれが生まれると——両親は食物と衣類を与え(中略)この国にわれわれの働き口があれば——友人も親類もパトロンもわれわれをそこへ押し込み——われわれは「歯車となって」しばらく他の歯車と同じくぐるぐる回り、つぎつぎと動きを伝える(中略)諸君! 自慢じゃないが、これこそわれわれの生涯だ」(II 637)

と。

レンツの毒のある喜劇は、まさにこの人間の主体性を喪失した「生涯」を仮借なく描く。のみならず、みずからは父親から定められた僧職の道を歩むことを、すなわち「歯車」に成り下がることを拒絶する。そして、ケーニヒスベルクからフランス領アルザスのストラスブールを目指して、馬車を馳せたのだ。ヘルダーがリガ港から出奔後、二年目の春のことである。十八世紀ドイツ、ましてや北東の辺境地域においては、現代のわれわれの想像以上に、個人が封建的社会に埋没していた。だから、かれのふるまいが、家長の父親から身勝手と非難されたとしても当然であろう。しかし、見方を変えれば、文学的営為のために家族も僧職の身分も捨てようとするレンツの姿勢にこそ、北方の凍土で発芽した近代的自我のあらわれがみてとれるのである。これは、田舎青年にとっては、ケーニヒスベルク時代の師、カントのいう「未成年状態から脱出する」[51]という最初の試みであり、かれ自身の「啓蒙」の道程の第一歩を意味した。いまこそ、リヴォニアに根深く巣食った古い封建的道徳観念から抜け出て、かれ一流の喜劇を書きあげるときがめぐってきたのだ。郷里で培われた社会的矛盾に対するみずみずしい感性が、レンツの文学の滋養となって、その根をアルザスに、いやドイツの大地にしっかりとおろすのである。

――とはいえ、奇妙なことにレンツは、ストラスブールにおいて革新的舞台を作りつづけながら、それと同時に、つぎの詩のように、新文学の旗手たらんと夢想した古巣リヴォニアの少年時代を、敗者の自嘲的な口吻で追憶する。本論でみるとおり、このような自己諷刺は、かれの劇世界の底を貫いていることをあらかじめ指摘しておこう。

ああ、ぼくはいい気なものだった、

闇が明けそめ、朝焼けが
褐色の空を破って、ぼくに光を投げたとき、
ひそかに思った、蕾のわが身よ、
ああ、なんとみずみずしく汁液が体をめぐるのか、
お前は、昼にどんな花を咲かせるのか、
ドイツの喜び、リヴォニアの誇りは、と。(III 116)

第一篇　諷刺と挑発

第一章▼民衆娯楽劇の衣裳——喜劇『新メノーツァあるいはクンバ国王子タンディの物語』

はしがき

二十歳の春、レンツは学業を中断し、ある将校志望の男爵兄弟の無給家庭教師として、フランス領ストラスブールに向け旅立った。このゴシックの大伽藍の町で、若きゲーテは「疾風怒濤」の狼煙をあげ、レンツも『家庭教師』（一七七四）をはじめ、『新メノーツァあるいはクンバ国王子タンディの物語』（一七七四）（以下『新メノーツァ』と呼ぶ）、『軍人たち』（一七七六）、『哲学者は友等によって作られる』（一七七六）と、四作の喜劇を堰を切ったように書きあげたのである。しかもそのいずれも、当時の市井の生活を舞台に、好んで卑俗な素材の数々を選び、われわれと同じ張三李四を登場させて、一見、民衆娯楽劇の体をなしている。

本章では『新メノーツァ』をとりあげるが、これは、アジアの架空の国の王子を主人公にすえた童話風の、少しく荒唐無稽な内容の喜劇であり、特に混乱が目立つ。そのため出版当初より、『家庭教師』を絶讃した批評家達からも酷評された(1)。だが、今日ようやく注目されつつある。いずれにせよ、よかれあしかれレンツの面目がもっともよくあわれている作品である、と考えられる。

第一節　民衆娯楽劇の伝統

『新メノーツァ』は、『家庭教師』と同じく、結婚および家族再会という喜劇の常套的モチーフを駆使して、ハッピーエンドでおわる。つまり、アジアの王子タンディは、ザクセンの田舎貴族ビーダーリングの娘ヴィルヘルミーネと結婚するが、その直後に、かれ自身がビーダーリングの行方不明の一人息子であることが判明する。赤ん坊のとき、イエズス会士によりアジアに連れ去られたのである。そこでかれは、近親相姦の罪に悩み失踪する。しかし最後に、ヴィルヘルミーネは実の妹でないことが分り、万事めでたく、両人は夫婦の絆を結び直し、ビーダーリング家にもどるのである。なお、のちほど触れるとおり、これにカメレオン伯とその妻ドンナ・ディアナを中心とする筋が絡み、その他多くの人物が登場する。

この喜劇は、どうやら、家族の理想的調和・解体・調和回復という古代ギリシア・ローマ喜劇以来の伝統的構造を踏まえているようである。[2] それでは『新メノーツァ』も、十八世紀のヨーロッパで流行した感傷的な家庭劇に倣い、けっきょく家族の調和を謳いあげようという作品なのであろうか。しかも、登場人物に注目すると、ビーダーリング（Biederling）は bieder に拠ってその小市民的根性を指し、カメレオン伯はペテン師の、浅薄な合理主義者ツィーラウ（Zierau）は Ziererei、すなわち気取り屋をあらわす。またツォップ（Zopf）は弁髪、すなわち軍人風であることから、イエズス会士の仲間であることを指す。[3] これらの名前（sprechender Name）が示すように、人物がカリカチュア的類型として描かれている点は、十八世紀中葉にドイツで盛んだった「ザクセン喜劇」に基づいていると考えられる。[4] そのかぎりでは、『新メノーツァ』は、家庭調和を讃美する啓蒙期喜劇の枠を越えるものではないかのようである。

この反面、それとは逆に、「疾風怒濤」の作品にふさわしく、「三単一の法則」をはじめとして、擬古典主義的文学規範をことごとく踏みにじっている。

第一に、諸々の筋が複雑に絡みあっている。主要な筋だけをあげても、タンディとヴィルヘルミーネの結婚、タンディの家族再会、カメレオン伯によるヴィルヘルミーネ掠奪の陰謀、ドンナ・ディアナによるカメレオン伯への復讐劇の計四つである。

第二に、舞台が、「自由自在」(I 125) というレンツの指示通り、シェイクスピア流にめまぐるしく変化する。たとえば、ナウムブルクのビーダーリング家一つでも、居間、庭、タンディの部屋、離れ、と変わり、さらに、ドレスデンの街道からライプツィヒの居酒屋までザクセンじゅうを駆けめぐる。都合三十六場をとおして時間の無制約な流れに任せ、十五種類の場を転々とする。

第三に、上記のことと関連するが、何よりも特徴的な点は、あたかも言語表現に飽き足らないとでもいうかのように、見世物小屋風の舞台が続出することである。たとえば、第三幕は、ビーダーリングとカメレオン伯のドタバタの殴りあいではじまり、タンディとヴィルヘルミーネが恋情をたっぷり訴えあう「濡れ場」を経て、居酒屋「嘆きの天使」に移る。ここは、乞食、傴僂、盲人、跛達がタンディのまわりに群れ集う、「死の舞踏」を思わせる饗宴の場である。また、つづく第四幕の仮面舞踏会は、カメレオン伯がドンナ・ディアナに刺殺される「殺し場」で幕を閉じる。

以上のように、『新メノーツァ』では、変幻奔放な舞台、すなわち滑稽、感傷、グロテスク、エロチシズム、流血に溢れた舞台が、す速いテンポで進み、大仰な身ぶりと言葉でおもしろおかしく演じられる。観客は終始、笑い、涙ぐみ、驚き、あるいは、はらはらしながら楽しむにちがいない。この喜劇とも悲劇ともつかない荒唐無稽な芝居——これこそ、ゴットシェートがドイツの劇場から追放しようとした、バロック時代の巡回劇団による民衆演劇でなくて何であろうか。[5] このことを裏づけるように、W・ヒンクは、バロック時代の民衆演劇の基底にあるコメディア・デラルテと『新メノーツァ』の構造上の類似を明らかにしている。[6] さらに、このコメディア・デラルテの源流の一つである古代ローマ喜劇作家プラウトゥスが、レンツに影響を与えたことをR・バウアーが指摘している。[7] ちなみに、レンツはプラウトゥスの喜劇を五作翻案している。

それはさておき、周知のとおり、ゴットシェートが劇場をいわば道徳説教壇に変えようとした結果、啓蒙期の喜劇は本来の喜劇性を喪失しかけていた。[8] しかし、レンツはこのめくるめく感覚の悦びを甦らせようとしたのである。あたかも若きゲーテが、ハンス・ザックスや人形劇等の野放図な活力に魅せられて、『ハンスヴルストの結婚』(一七七五作)をはじめとする道化芝居を試みたように。

ところで、『新メノーツァ』は、その題名をデンマーク人ポントピダン(一六八九―一七六四)の小説『メノーツァ。むなしくキリスト教徒を捜し求め、世界を遍歴したアジアの王子』(独訳一七四二)に拠っている。これは、当代の旅行記ブームに便乗した、正統主義の護教書であり、ドイツでは広く読まれて一七五九年には四版目を数えた。『新メノーツァ』は、同書から内容上の影響受けたとはいいがたいものの、「高貴なる野蛮人」(der edle Wilde)がヨーロッパを訪問して、その風俗習慣を批判し、人々の蒙を啓くというモチーフを受け継いでいる。[9] つまり、クンバ国王子タンディは、王妃の仕掛けた邪恋を退けて幽閉されるも脱走して、文明を学ぶためヨーロッパに渡る。だが、その社会の不合理や矛盾を酷評せざるをえない。そもそも十八世紀のヨーロッパは、異国趣味が盛んであり、このモチーフは文学や演劇に好んで用いられた。モンテスキューの『ペルシャ人の手紙』(一七二一)はこの風潮に拍車をかけた。[10] したがって、レンツは『新メノーツァ』のなかに、この時流に乗ったモチーフをとり入れたということができよう。しかも、タンディがヨーロッパを批判するのは、全五幕三十六場のうちわずか三場にすぎない。つまり、ツィーラウ（第一幕第七場と第二幕第六場）、ビーダーリング（第二幕第四場）そして敬虔主義者ベーツァ（第二幕第六場）を相手に議論する三場である。奇妙なことに、第二幕以降、この種の批判はまったく影をひそめてしまう。このことからみて、レンツは、異国の貴人によるヨーロッパ批判というモチーフを知的粉飾以上に考えておらず、単に民衆の人気をあてこんでいたかのようである。なお、この点については後ほど言及するはずである。

第二節　ルソー的文明社会批判

以上みてきたとおり、『新メノーツァ』は、まず家庭調和を謳うハッピーエンド、ついで茶番劇のスタイル、さらに異国趣味の三点から、さまざまの演劇の伝統を駆使した、サービス精神満点の民衆娯楽劇の様相を呈している。しかし、だからといって、この劇をもって単なる娯楽劇と結論づけるならば、それは誤りである。実はこの喜劇の背後には、深刻な問題が隠されている。しかも、この問題は、通奏低音のように、劇全体に亙って通底しているのである。

このことを解き明かすために、タンディを中心とする登場人物に注目することからはじめたい。タンディにとってヨーロッパとは、『新メノーツァ』に登場するザクセンのあやしげな人物達にほかならない。かれらは皆、それぞれ何物かにとりつかれて、自分自身を見失っている。すなわち、貧乏貴族ビーダーリングは、カメレオン伯にそそのかされて土地を借り入れ、養蚕で一山あてようとする投機欲の虜であり、その大人もカメレオン伯への恋情に溺れ、かれの操り人形同然である。当のカメレオン伯も、ヴィルヘルミーネへの色恋に狂って掠奪を図るが、けっきょく、嫉妬の鬼と化した妻ドンナ・ディアナに刺殺される。また、ベーツァは狂信的な敬虔主義者であり、ツィーラウは享楽の奴隷である。しかも、純真なヴィルヘルミーネすら感情過多で、「紙人形」(I 128)さながら失神ばかりしている。要するに、これらの人々は自分の内外の環境、すなわち真に己れならざるものに隷属し、レンツの言葉を借りれば、「環境のボール」(II 619)あるいは「他者のボール」(II 638)にすぎない。

ところで、レンツに決定的影響を与えたルソー[11]は、『人間不平等起原論』(一七五五)のなかで、「自然人」を「自由の意識」と「自己を改善(完成)する能力」を持つ者であるとし、[12]『エミール』(一七六二)において「社会に生きる自然人」の形成の過程を示す。[13]そして「社会に生きる自然人」が、社会生活を送りながら、自分の目でみ、自分の心で感ずる独立した人間であるとするならば、文明人とは、社会に束縛され他者の感情や意見に操られて「完全に仮面をかぶって生きている」という。[14]したがって、上のザクセンの人々こそ、かかる文明人であるといわざるをえない。かれらは、専制主義国家のなかで自己を喪失した存在なのである。ちなみに、M・レクトールは、当代ドイツ人作家のうちレンツほど、人間の隷属性を見抜いた者はなかろう、と評している。[15]さてタンディは、この上辺のみが啓蒙された文明社会を批判していう。

ぼくは、あなたがたの沼地にはまり、息がつまりそうだ——もうがまんできない——ぼくの魂は！　この啓蒙された世界よ！　どこへ行っても無為と腐った欲望が、情熱と生命のかわりに精神の死が、行為のかわりに饒舌がはばを利かせているではないか。(I 140)

あなたがたは、悪徳と卑劣がつまった華麗なる仮面にすぎない。ちょうど枯れ草のつまった剝製の狐のようだ。だから、心と臓腑を捜しても無駄だ。(I 141)

これらの言辞は、いささか抽象的なきらいはあるものの、ルソー的『自然人』による文明社会批判である。この「華麗なる仮面」が群がる「沼地」のなかで、ただひとりタンディは文明に毒されず、「心と臓腑」を具えている。それゆえかれは、窒息する前に故国に帰ると宣言する（第二幕第四場）。ところがこの「自然人」も、ヴィルヘルミーネへの恋情にとらわれると、豹変するのである。というのは、今晩帰国すると断言した舌の根も乾かないうちに、娘を溺愛するビーダーリングに追従し、臆面もなく前言を翻して、結婚のためならばなお五年（第二幕第四場）、なお七年（第二幕第七場）ザクセンに留まるという。あれほど辛辣に批判した社会に、みずから残ろうというのである。これは、「文明」に対し「自然」を生きぬこうとするルソー的「自然人」が、単なる一人のザクセン人に転落する第一歩ではないだろうか。この疑いを裏づけるように、タンディは、結婚するやいなや、もはやあの活気ある文明批判を全く口にしない。こうしてかれは、ずるずるとザクセンの「沼地」に沈みはじめる。すると、「沼地」はその獲物を有無をいわさず引きずり込んでしまう。この間、タンディがビーダーリングの一人息子であるという事実が判明するが（第三幕第三場）、それは、まさにこの逃れようのない無気味な状況を暗示している。

さて、タンディは近親相姦の罪に怯え、家出をし、『家庭教師』のロイファーさながら自分を去勢しようとまで悩む。ここで、ベーツァがビーダーリングの使いとして登場し、神学の知識を盾に詭弁を弄し、近親結婚を正当化しようとすると、タンディは「サタンよ、ひきさがれ！」(16)（I 175）とイエスまがいの態度で退散させる（第三幕第十一場）。だが、ビーダーリング自身が迎えにくると、もはや抗う力も失われ、「父上のいうとおりにいたします」（I 186）と従順に答えざるをえない。これは、クンバ国王子であることをやめ、「文明」に対する「自然」の生を捨てるという宣言である。そしてこの直後、ヴィルヘルミーネが妹でないことが分り、万事めでたく、ビーダーリング二世が誕生する（第五幕第一場）。

ところで序説でも少し触れたが、レンツは『ゲッツ論』（一七七三―七五作、一九〇一刊）のなかで、つぎのように十八世紀ドイツ人の生涯を論評して、ゲッツに倣って封建制的生活の循環の鎖を打ち破れ、という。そもそもゲッツの自由とは、皇帝を戴く封建制的秩序内のそれにほかならないのだが(17)、レンツは、いわば芸術家的自由を表象するせいであろうか、その点を見誤っている、と思われる。

われわれが生まれると――両親は食物と衣類を与え――教師はわれわれの頭に母語や外国語や諸々の知識をつめ込み――かわいい娘はわれわれの心に、肉欲だけのせいではないが、自分のものにして抱きしめたいという願いを吹き込み――この国にわれわれの働き口があれば――友人も親類もパトロンもこぞってわれわれをそこへ押し込み――われわれは［歯車となって］しばらく他の歯車と同じくぐるぐる回り、つぎつぎと動きを伝える――この先無事に行けばの話だが、われわれが擦り減って、新しい歯車にわれわれの場を譲らざるをえなくなるまで――諸君！　自慢じゃないが、これこそわれわれの生涯だ――これでは人間は、けっきょく、われわれが世界や世界の事件あるいは世界の成行きと呼ぶ、大きな機械に納まりきる、小さく精巧な機械にすぎないではないか。(18)（II 637）

これは要するに、自律的能力を喪失した人間の生涯であり、タンディも今、この生涯を歩み出す。つまり、タンディは、Ｈ・アルンツェンも指摘するように、ビーダーリング二世となることで、父親があてがう役割を演じ、社会に順応するのである。[19]これは、みずからを精神的に去勢するのに等しい。ザクセンの「沼地」に完全に呑み込まれ、「華麗なる仮面」をかぶり、この社会、すなわち「大きな機械」の意のままに動く人間という「歯車」に成り下がったのである。それに対して、カントの『啓蒙とは何か』(一七八四)は、「啓蒙された時代」の実現のためには、「規律正しい軍隊」に守られる国家という「大きな機械」の秩序が第一義であり、そのかぎりで人間は「小さな機械」であることを余儀なくされる、という。[20]このような対蹠的立場からみると、近代芸術家特有のアナキーを先取りして、社会秩序まで乗り越えようとするレンツの姿勢が浮き彫りにされよう。かれは、社会的現実に対して観念的な裁断を下そうとも、社会組織を逆照射し批判する視線を持つのである。

こういう次第であるから、たといこの喜劇が結婚と家族再会の大団円でおわろうとも、そのハッピーエンドは空虚なものにすぎない。というのも、タンディが批判する社会や人間の問題は解決されるどころか、何ひとつ劇の冒頭と変わらず、かれらは「華麗なる仮面」のままだからである。ハッピーエンドは、物語をいったん終止するだけの、みせかけの和解にすぎない。それゆえ、これはむしろ、タンディの悲劇的結末に対する批判をこめた逆説というべきである。他方、「ザクセン喜劇」は、市民の愚行を嘲笑しその自己矯正を計ろうとするゴットシェート派の「嘲笑喜劇(Verlachkomödie)」であれ、あるいは、市民的美徳を褒め称えるゲラートの「お涙頂戴喜劇」であれ、合理的世界秩序の確信に立って、かならず解決が見込まれている。[21]つまり、これらの啓蒙期を代表する喜劇が、けっきょく社会の調和を理性的あるいは感傷的に確証しようとするのに反し、レンツの目はきわめて醒めていることが分かる。

以上のように、『新メノーツァ』は単なる通俗的な娯楽劇ではない。それどころか、民衆娯楽劇の装いをしながら、痛烈な人間批判がこめられている。なお、この喜劇を、浅薄に啓蒙されたヨーロッパの批判とみる向きもあるが、[22] 単にそれだけにとどまらず、われわれは、この作品から現代に通ずる人間批判を読みとるべきであろう。

第三節　人形劇

『新メノーツァ』は、『軍人たち』と同じく、一種のエピローグつきである。すなわち、ハッピーエンドの直後に突然ツィーラウ父子が登場し、父親が息子を相手に生き生きと人形劇擁護論をぶつ。そして、「三単一の法則」や「美しき自然」を否定し、アリストテレス流のイリュージョン劇にまっこうから異論を唱えるのである。従来、このエピローグは、喜劇の本筋を惑わすものとして無視されがちであった。しかし、これは、文字通り「異化」の作用を果たしている。言い換えれば、レンツは、この場でツィーラウの父親の口を借りて、『新メノーツァ』のドラマトゥルギーを擁護すると同時に、観客に、この喜劇自体が人形劇でなかったのか、と考えさせる。[23] 実際、登場人物の身ぶりは不自然なぐらい誇張され、しかも台詞も大仰で紋切型が目立ち、人形の性格が顕著である。[24] そもそも「華麗なる仮面」をかぶり、精神的に去勢された人間は、人形同然であろう。観客は、あやしげなハッピーエンドに至るまで、この劇の楽しさを十分味わうにちがいない。それがこのエピローグにくると、あなたのみた喜劇は人形劇でしたよ、と念をおされて、突然、みせかけの調和の背後に、人形に成り下がったグロテスクな人間の姿、ないし赤裸々な現実を認識する。ここで、観客は自問しないであろうか。「あるいはわたしも人形のひとりではないのか？」と。

ところで、劇作家としてのレンツの夢は、貴族や市民や民衆、すなわち国民全体のための演劇をつくることであった。「わたしの観客は、国民全体（das ganze Volk）であり、それゆえ下層民も、また良い趣味や高い教養のある人々も、ともに除外することはできない。」（III 326, vgl. III 317, II 670, II 703）と述べるとおりである。『新メノーツァ』の酷評に対する自己擁護の論説、『新メノーツァ反批判』*Rezension des Neuen Menoza von dem Verfasser selbst aufgesetzt*（一七七五）によれば、当時のように社会全体の教養のレベルが低く、国民が「文化と野蛮の混合物」であるかぎり、国民全体のための劇はそれにふさわしく、悲劇性と喜劇性の両面を兼ね具えざるをえない。この不調和な社会を写し出す劇、すなわち「人間社会の絵画」こそ、かれ独特の喜劇である（II 703 f.）。一方、かれの悲劇とは、『演劇覚書』*Anmerkungen übers Theater*（一七七四）によれば、二千年の伝統を誇るアリストテレス詩学を挑発的に逆転反撃し、その結果生まれたシェイクスピア流の「性格悲劇」にほかならない。ここでは、ギリシア悲劇のような、盲目的に神々や運命に屈従する主人公はもはや必要としないのである。なお、F・マルティーニは、十八世紀の専制主義国家こそギリシア悲劇の運命と同義であると喝破して、このレンツの文芸批判のなかに、社会的政治的批判を読みとっているが[25]、これは注目に値しよう。

さて、レンツはいう。

肝心なのは、みずから事件を創り、自分の手で、たえず大きな機械全体を回す人間なのだ。雲の上の神々には、もしお望みというならば、せいぜい観客としてきていただくだけだ。（II 654）

だが、このような悲劇は、社会全体の教養レベルが高まった、きたるべき時代の所産であり、喜劇はその悲劇に向けてのステップとして位置づけられる（II 703 f.）。レンツは喜劇において、人間自律が実現する社会的なユートピアを脳裡に描きながら、人間社会の実相を暴露する。高みから見下ろすのでも理想化するのでもなく、ありのままの現実を戯画となるのも怖れず、赤裸々に写しとるのである（Vgl. I 653, III 325 f.）。その強烈な主観により、現実の形態がいわば内部から突きくずされて、リアリズムを逸脱するのも辞さずに。

したがって、喜劇『新メノーツァ』においては、レンツはまず観客全体の教養にふさわしく、その娯楽本位の期待に応えようとする。ついで、この民衆娯楽劇の枠組みを借りて、人形に堕落した人間の姿をグロテスクなカリカチュアとして浮かびあがらせ、かれらの不毛な心を暴き出す。レンツは、そのことをとおして、観客が「華麗なる仮面」を脱ぎ捨てて、「自分の手で、たえず大きな機械全体を回す」存在となること、すなわち自己覚醒を希ったのである。レンツの考える演劇とは、『ゲッツ論』でレンツがいうように、単に一晩かぎりの酩酊へと誘うシャンパンの類いではなく、あくまでも観客の生そのものを変えてゆく「プロメテウスの火」なのである(II 639, vgl. II 565, II 709)。この意味で、レンツの喜劇は単なる娯楽劇どころか、挑発的精神に支えられている、といってよかろう。

むすび

思うに、この種の挑発的な演劇はヴェーデキントを経て、ホルヴァートをはじめとする二十世紀の演劇まで受け継がれてきている。だがしかし、当時は、『新メノーツァ』の根底をなす挑発的精神は受け入れられようはずがなかった。ゲーテは『詩と真実』第三部(一八一四)のなかで、レンツについて、「流れ落ちる彗星のように、ドイツ文学の地平線上に一瞬尾を曳くと、この世に何の痕跡も残さず、突然姿を消した」(26)と冷笑している。まさにゲーテですら理解できなかったレンツの現代的一面こそ、かれの悲劇性ではなかろうか。

もっとも、レンツの演劇は、啓蒙理念に根ざす主体的自我によってのみ貫かれているわけではない。逆説的だが、それと同時に、レンツは、いかに当代の人間の内面が社会的現実により拘束されているのかを見据えればこそ、その圧倒的な重量の前で途方に暮れて、ただ反語的に笑うほかないのである。その点については、つぎの第二章および第三章の喜劇『哲学者は友等によって作られる』や喜劇『軍人たち』の考察によって知られるはずである。

第二章▼市民的知識人の批判
——喜劇『哲学者は友等によって作られる』

はしがき

喜劇『哲学者は友等によって作られる』(一七七六)(以下『哲学者』と呼ぶ)は、自伝的色彩がひときわ濃いことを別とすれば、従来、たわいのない主観的作品であるとして、軽視されつづけてきた。実際、その大筋は、異郷で借財をかかえ「友等」のいいなりになっている詩人が、貴婦人に対し身分違いの恋情を抱き、三角関係に巻き込まれるが、けっきょく恋敵が身を引いて大団円というだけのメロドラマ調である。

そこで、これまでの研究では、せいぜいレンツのストラスブール時代(一七七一—七六)における伝記的事実(たとえば、将校の無給家庭教師、文学仲間との葛藤、経済的困窮、故郷喪失、貴婦人への恋慕)との符合点を探ったり、モデル探しに終始し、その結果、この喜劇は、レンツ自身の叶わぬ恋の愚劣な夢物語にすぎない、とみなされてきた。(27)代表的なレンツ研究家ローザノフでさえ、このような批評に与したうえで、「当時の病理的なものの研究に資する伝記的、文化史的記録」以上の価値を認めようとしない。(28)だがしかし、『哲学者』が指し示すべクトルは、自伝の枠組みを大きく越えて、十八世紀後半期に生きた、ドイツの市民的知識人の精神的閉塞状態をありのままに映し出している。本章では、その点を解き明かしてみよう。

第一節　市民の奴婢的現実

ドイツの若き詩人シュトレフォンは、特権のない貴族であり、市民同然である。かれは、スペインの港町カディスに住みついて七年になるが、借金に追われ、貧窮に喘いでいる。しかも、かれのいうところの「友等」によって、すっかり思うがままに利用されている。つまり、ドランティーノの恋人に捧げる詩を代筆したり、アトロンボロの食後の話し相手や散歩のお伴をつとめたり、あるいはアルバレス大公のためにフランス語の恋文を代筆するのであるが、謝礼はほとんどない。いわば下僕なみの扱いに甘んじている。かれはいう。「かれらを助け起こしてやったのに、逆に、踏みつけてよこした」（I 275）と。

ついでながら、レンツの代表作『家庭教師』（一七七四）のロイファーも、かれと同じような奴婢的状況の下に置かれている。というのも、当時、資産を欠いた市民的知識人の多くは、糊口をしのぐために、パトロンの恣意に耐え屈辱を甘受し、社会的かつ精神的独立を犠牲にした[29]。まして、パトロンの身内の婦女子と恋愛に陥れば、破局の道をたどるほかないであろう。それゆえ、ロイファーは、パトロンの令嬢グストヒェンの誘惑に負けたとき、自分を去勢することで、すなわち、自然的欲求の源を断ち切ることで、かろうじて市民の義務を守りうると考える。『家庭教師』は、そのようなグロテスクな社会的抑圧状況を嘲笑的に描いている。

それはさておき、シュトレフォンも、アルバレス大公の令妹ドンナ・セラフィーネとたがいに慕いあっている。だが、いずれこれも悲劇的結末に至らざるをえないことは、容易に察しがつくであろう。封建制的秩序は堅牢なのである[30]。

ところで、シュトレフォンは、そもそも「人間探究」、「人間改善の構想」という「哲学的夢」（I 274）の実現のために異郷を訪れた。『新エロイーズ』（一七六一）のサン＝プルーもそういってパリに行くのだが、[31] これは、「人間の正しい研究題目は人間である」[32] というポープの言葉に基づく知的新傾向なのであった。シュトレフォンは、『新メノーツァ』（一七七四）におけるクンバ国王子タンディのヨーロッパ訪問のモチーフを引き継いでいるといえよう。タンディはだが、けっきょく、人間批判、社会批判の剣を折り、みずから社会に順応する。これは、前章でみたとおり、レンツの芸術家的理解に従えば、人間の自律的能力を放棄する謂である。一方、シュトレフォンは、冒頭からただ「友等」に酷使されるままで、たかだか「かれらはぼくをまるで伝令の馬のように、へとへとになるまで乗り回した」（I 274）と、愚痴るばかりである。つまりかれは、タンディの「その後」の姿であるとみなしてよい。これを要するに、シュトレフォンは、社会の抑圧的状況のなかで自己を確立しえず、外界の圧力に対して恭順で、その結果、社会的独立や禁忌の愛の実現のために、いかなる行動にも出ようとしない、ということである。

のちにシュトレフォンは、自分について、「他人に気に入られるために、人間としてのあらゆる権利を放棄する者」（I 311）であり、「観察するだけの無為」（I 292）に甘んじる「哲学者」（I 311, vgl. I 279, I 286, I 308）にすぎない、と断じたうえで、「単なる観察者は半人前だ」（I 311）と結論づける。これは、とりもなおさず、「友等」のために上述の「哲学者」の役割を演ずることで、みずから奴婢的存在に成り下っていることに対する自嘲である。

第二節　「お涙頂戴喜劇」の流行

E・シュミットは、五幕二十場からなるこの喜劇が、構成上分裂していることを指摘して、「はじめは無味乾燥、あとになると奇想天外」と述べているが、[33] この指摘は正しい。なぜならば、第一幕（全体の三分の一余りの量）は、一場ごとに「友等」をひとりひとり登場させて、シュトレフォンを取り巻くみじめな現実を、重い足取りでくどくどと描く。ところが、第二幕以降は、場面が突然、スペインからフランスに変わるのに応じて変調し、テンポが軽快となる。それればかりでない。色彩豊かな幻影のような舞台が、つぎつぎとあらわれてくるのである。まず、第二幕が開くと、そこはマルセイユの港であり、シュトレフォンとセラフィーネはあい携えて下船するところである。

シュトレフォン（大地に身を投げ出し、接吻する）自由が呼吸する幸福なる大地よ、セラフィーネ、君のために、ここに御堂を建ててあげよう――

セラフィーネ　それよりも、羊飼小屋があって小羊に囲まれていたいわ。

（中略）

セラフィーネ　そして小さなお庭があるの、わたしはそこでお仕事をするのよ。（I 288）

セラフィーネは、何もかも捨てて、シュトレフォンとふたりで羊飼になることを夢想する。ついでながら、レンツの劇断片『シエナのカタリーナ』（一七七五―七六作、一八八四刊）の貴族の女主人公もまた、一介の画家と同様のことを願う（I 468）。

ところで、A・ハウザーは、羊飼を主題にする文芸を定義づけて、「もとよりひとつの虚構であり、遊戯的偽装であり、無垢と単純という牧歌的状態に対する媚態にすぎない」といい、つぎのようにつづける。「羊飼の生活は、文学では昔からひとつの理想像であり、そこでは、上流社会からの逃避や上流社会の習俗の軽蔑という否定的特徴が決定的要素をなした。[34]」

つまり、牧歌的なものとは、そもそも、日常的現実からの逃避を許す、ひとつの美的な虚構である。したがって、セラフィーネも、羊飼いのわが身を想像することをとおして、身分違いの結婚をタブー視する現実の社交界から離脱し、そのような社会を蔑視しつつ、愛の成就を願望し空想する。舞台は、第一幕の重苦しいスペインの現実から、一足飛びに、マルセイユへ変転したのであるが、その幕開けにふさわしい情景というべきである。

さて、十八世紀のヨーロッパは、ルソーにみられるように、田園趣味のルネッサンス期である。ドイツの文学界でも、アナクレオン派やゲスナー達が牧歌を、ゴットシェートやゲラートや若きゲーテは牧人劇を書いている。G・カイザーによれば、このような風潮の歴史的背景として、キリスト教の世俗化にともなう原罪観の衰退による、自然の理想化が考えられるという。[35]いずれにせよ、『哲学者』の羊飼いの夢想の場は、時代の流行に倣ったものであると考えてよいであろう。このように、とりわけ同時代に流行した様々な文学の断片を寄せ集め、焼き直す手法は、レンツが得意とし、この喜劇でも駆使されている。[36]

たとえば、シュトレフォン自身、ウェルテルのモチーフに拠っているのである。つまり、かれはセラフィーネを情熱的に慕いながらも、はじめから出口のない三角関係（後述）をあくまで受動的に持ちこたえるだけで、最後は「ピストルを額にあてて」（I 311）、ウェルテル気取りの死を計ろうとする（第五幕第一場）。

それと同時に、かれは、ペシミスティックなモノローグに耽り、「死すべきか、愛すべきか」（I 292）と遅疑逡巡し（第二幕第三場）、非行動的、観照的であるから、この点は、ハムレット像をモデルにしている。[37]実際、シュトレフォンは、ハムレット同様、第三幕で、「劇中劇」を催す。ハムレットが「劇中劇」によって、現実の人間関係をあてこすりながら、叔父クローディアス王の罪を確かめようとしたように、シュトレフォンも、現実の三角関係（シュトレフォンとセラフィーネとラ・ファル侯爵）をあてこすりながら、セラフィーネの本心を探ろうとする。かれみずから主役を演じ、その年上の恋人役には、かの有名な、社交界の花形で美貌の高級遊女あがり、ニノン・ド・ランクロを設定し、しかも、最後にこのふたりは実の母子であることが判明する、という仕組になっている。つまり、『オイディプス王』の近親相姦のモチーフを盛り込んだ、文字通りの芝居がかった「濡れ場」である。なお、「劇中劇」はバロック期に栄え、レンツを経て、ロマン主義に橋渡しされて、たとえばティークの童話劇『長靴をはいた牡猫』（一七九七）を生むことになるが、「アンチ・イリュージョン劇」の先駆けとなる手法と考えることができよう。(38)

これまでみてきた、羊飼の夢、ウェルテルやハムレットの「写し絵」、あるいは「劇中劇」の場などの浮き世離れした舞台の数々が、クライマックスに達するのは、最後の第五幕における、セラフィーネとプラド伯爵の婚礼の夜の場面である。シュトレフォンの禁忌の恋が、破局に至ることは予想通りとはいえ、セラフィーネは、現実的な打開策として、軽薄な財産めあてのラ・ファル侯爵と結婚し、その庇護の下で、シュトレフォンを愛人にしようと考えた（第三幕第二場）。後述のように、当時の社交界では、この類の姦通はブームであった。かの女は「哲学者」ではないので、クールな提案をする。が、シュトレフォンはこれを拒み、けっきょくセラフィーネは、高潔なプラド伯爵と婚礼の式を挙げる。ところが、その夜、プラド伯爵は、セラフィーネとシュトレフォンが相思相愛であることを知ると、とっぴなことに——と現代のわれわれには思えるが——泰然として身を引く。つまり、伯爵は、セラフィーネと偽装結婚の形をとりながら、それを隠れ蓑にして、シュトレフォンとセラフィーネが事実上の夫婦の絆を結ぶことを、寛容にも提案する。こうして、八方塞がりの恋は急転直下、いま、セラフィーネの羊飼の夢がかなえられる。つぎは、伯爵とシュトレフォンの対話であり、ふたりは異様な恍惚感に浸って、この喜劇の幕は下りる。当時の観客も、伯爵の無私の愛を前にして、涙にかきくれるところであろう。

プラド　わたしは神様の御指示通り、おふたりの誠実な心を永遠に結びつける道具として、お役に立ちましょう。あなたは、わたしの代りに、セラフィーネと結婚なさい。わたしは、おふたりの後楯になります。気高い行為の歓喜は、激しい快楽の歓喜を埋めあわせてくれます。だから、一体、わたしたちのどちらの方が嫉まれるべきなのか。（中略）さあ、あなた方に、三人の間の永遠の秘密となる、わたしたちの将来の生活の計画をお話ししましょう。

シュトレフォン（プラドの手を握り、その目をじっとみて）プラドさん、まさか、こんなことが？

プラド（何も答えず、むせび泣きながらシュトレフォンを抱きしめる）

シュトレフォン（プラドの腕から身をふりほどくと、その膝を抱いて）ああ、人間を崇め奉るとは、何という幸せなのか！（I 315 f.）

この奇抜な「娘一人に婿二人」の三人所帯の案は、あるいはルソーの実生活に根ざす『新エロイーズ』のヴォルマールとジュリとサン＝プルーの和解的共同生活を踏まえているのかもしれない。それはともかく、H・ヘットナーは、これが「姦通の讃美」であり、ウェルテルの悲劇をこれほど悪意に諷刺したものはないといい、憤激している。[39]この批評は、読み違いなのだが、実際、当時は姦通や重婚がモダンであった。というのも、十八世紀ヨーロッパは、先にも少し触れたように、世俗文化の興隆期であり、キリスト教の原罪や贖罪という超自然的教義が崩れ出し、その結果、自然が神格化され、人間の自然もまた、快楽、なかんずく官能が復権する。それゆえに、特に上流階級では、自由恋愛の風潮が、これまでになく広まった(40)。たとえば、『ペルシャ人の手紙』（一七二一）は、その様子についてつぎのように記している。

フランスでは、亭主族は恩情主義の覚悟をきめて、不貞を星まわりが悪かったのだとあきらめている。女房を自分だけのものにしようとする亭主は、公衆娯楽の妨害者としてつるし上げられるであろう。また、独占資本的に太陽光線の恩恵をうけようとする大馬鹿野郎といわれるだろう(41)。

『新エロイーズ』も、パリにおける結婚は、財産や身分めあてで、恋愛とは別物であり、それゆえ、夫婦各々愛人をかかえるのが日常茶飯事である、といって批判している(42)。

このような時代風俗であればこそ、ゲーテの劇『シュテラ』（一七七六）の重婚による和解や、『哲学者』における、『シュテラ』をもじったような、偽装結婚の和解が生まれてくるのであろう(43)。だが『シュテラ』は、あくまで市民的道徳規範に反抗し、愛の自律を讃えるものとするならば(44)、『哲学者』の場合、その愛の結実は、徳性ある伯爵の仲立ちによって成立したものであり、自主的に獲得したものではない。むろん、「姦通の讃美」評は誤解にすぎない。むしろ、伯爵は、徳性の涵養による人間の調和的完成を最後に謳っている。そこで思いあたるのが、十八世紀中葉からドイツで一世を風靡した「お涙頂戴喜劇」である。

周知のとおり、イギリスではいちはやく市民層が擡頭したが、かれらはもはや、アリストテレス詩学以来の「ジャンル峻別の法則」を遵守して、悲劇の王侯貴族に感嘆し、喜劇の市民を嘲笑することはできない。つまり、自分たちの生活感情や社会的葛藤を盛りこめる舞台のジャンルを求めはじめたのである。こうして、十八世紀初頭に、悲劇と喜劇のジャンルの混淆がはじまり、市民劇の原型が誕生した。センチメンタル・コメディとドメスティック・トラジディの登場である。前者は、フランスのコメディ・ラルモワヤントを経て、ドイツにおいては、ゲラート流の「ザクセン喜劇」、すなわち「お涙頂戴喜劇」として結実する。この喜劇の常套的パターンは、『哲学者』の大団円のように、人間関係の縺れが、市民的道徳（寛容や犠牲や友情や無私の愛）によってめでたく解決し、観客が泣きぬれる、というものである。(45) したがって、レンツも、この流行に乗じたのではなかろうか。

そこで、「お涙頂戴喜劇」の代表作、ゲラートの喜劇『信心婆』（一七四四）をみてみると、三角関係が友情によって円満に解消する。徳性高い女主人公は、いささか仰々しい調子でいう。「おふたりとも、ご自分にふさわしくお幸せになり、しかも、わたくしが、おふたりの喜びのために、すこしはお役に立てたという甘美な思いを抱けるならば、どんなに嬉しいでしょう(46)」と。ついでながら、ゲラートの人気長編小説『スウェーデンのG伯爵夫人』（一七四七）も、やはり三角関係にある三人の和解のために、一人が身を引くという、物わかりのよい道徳を感傷的に披露する。しかも、三人は、その後平和裡に共同生活を営みつづける。(47) このようなゲラート流の三角関係の平和的解消は、現代のわれわれからみれば、空々しく、奇妙に思われよう。だが、『詩と真実』第二部（一八一二）のなかで、ゲーテも述べるとおり、ゲラートの道徳的著作は、「ドイツの道徳的基礎」として、当代随一の人気を誇っていたのである。(48) それゆえに、かれの「お涙頂戴喜劇」が諄々と説く道徳も、風紀の紊乱した世間に対して、中産階級の正しい規範を指し示すものとして、もてはやされたものと思われる。とはいうものの、口あたりのよい道徳を熱っぽく弁じる、この種の演劇は、けっきょく現実の社会的状況を無視し、家庭という私的空間のみを視野に入れて、ひたすら感涙にむせばせようとする。なるほどこの自己完結的な道徳的秩序も、本来は、ドメスティック・トラジディの系譜上の「市民悲劇」と同様、自覚的な市民劇形成の発酵を意味するはずなのであるが。

いずれにせよ、このような次第であるから、『哲学者』の大団円は、明らかにグラート流の「お涙頂戴喜劇」を踏まえている、と考えられる。そもそもレンツの処女作『怪我した花婿』(一七六六作、一八四五刊)も、序説でみたとおり、その種の演劇をなぞらえたものである。ついでにいえば、レンツ自身、道徳・神学論文『道徳の第一原理試論』*Versuch über das erste Principium der Moral*(一七七一/七二作、一八七四刊)のなかで、「われわれは隣人を幸福にしようと努めなければならない」(II 510)といい、徳性の涵養を説いている。

以上みてきたように、『哲学者』の舞台は、第一幕でシュトレフォンの奴婢的状況をすこしく冗長に描いてから は、まるでその現実から逃避行するとでもいうように、羊飼の夢の牧歌を皮切りに、ウェルテル像やハムレット像の「写し絵」や「劇中劇」の場の色彩豊かな詩的夢想を映しつづけて、最後は、三角関係の平和的解消の大団円で幕が下りる。そして、こうした美しい夢の数々の舞台に対応して、シュトレフォンの「友等」は、一幕以降ほとんど姿をみせず、また、シュトレフォン自身も、もはや社会的抑圧状況について嘆くことはない。

それでは、喜劇『哲学者』は、いったん現実の奴婢的状況を冷徹にみすえるものの、その解決に戸惑いはてて、ただ美しい夢想に酔い痴れることによって、社会的現実を忘却しようとするのであろうか。(49) つまり、社会的矛盾を夢想によって乗り越えようとする一種の自己欺瞞にすぎないのだろうか。

第三節　痴人の夢

ところが、奇妙な話だが、この美しい夢想には、実は、茶番劇に転倒するような仕掛が隠されている、と考えられるのである。以下、この点を解き明かしてみよう。

まず、第二幕冒頭におけるセラフィーネの羊飼いの夢である。これは、前述のとおり、禁忌の愛の成就を願望する夢である。ところが、この抒情的な田園幻想に耽る間もなく、突然、セラフィーネとシュトレフォンがドタバタ劇を演ずる。すなわち、セラフィーネが気まぐれにシュトレフォンの腕から自分の宝石箱を奪い取り、マルセイユの海へと放り投げる。すると、シュトレフォンは、とっぴにも、理由なしに自殺しようとし、アルバレス大公から「自殺は貴族にのみふさわしい」（I 289）とせせら笑われる。こうして、牧歌的情調が、このドタバタ劇のために、不意に断ち切られて、爆笑哄笑を呼ぶ場へどんでん返しとなる。これは、とりもなおさず、ふたりの身分違いの恋愛を、意地悪く、嘲笑の的にしていると考えられよう。

ついで、第三幕の「劇中劇」の場に移る。この企画は、そもそも、前述のとおり、シュトレフォンがセラフィーネの本心を確かめるためのものであった。ところが、その意図と正反対に、かれが主役を演じながら、感情移入するあまり、思わずセラフィーネに対する恋情をさらけ出す台詞を漏らし、おおいに観客の失笑を買う。つまり、「劇中劇」が持つべき本来の機能が逆転して、茶番に堕するのである。そのうえ、シュトレフォン演ずる主役が、いくら美貌とはいえ、六十五歳の相手役ニノンに向って、激しく求愛し、自分の母親と知って自殺する姿は、滑稽である。要するに、この「劇中劇」の場も、けっきょく笑劇にすぎないことが明らかであるが、これも、また、シュトレフォンの不毛な禁忌の愛を、形を変えて、揶揄している、といえるであろう。

さらに、これと対応するように、ウェルテル気取りのシュトレフォン自身も、実は、あやしげである。というのも、かれは、たびたび自殺を計ろうとしたあげく、終幕に至り、ようやく、「ピストルを額にあてて」、文字通りウェルテル像を完成しようとする矢先に、寛容なプラド伯爵から、セラフィーネを譲るといわれ、自殺をまたもや中断する。かれには、ウェルテルのような、恋愛のために殉ずる死すら許されず、それどころか、貴族の恵みで、やっと結婚の幸福を手に入れる。かれは、シェイクスピアの悲劇の主人公とは正反対に、つねに他人に生の鍵を握られている (Vgl. II 669)。そのうえ、シュトレフォンはしじゅう落ち着かず、『新メノーツァ』の登場人物のように、人形さながらである。態度はびくびく、足取りはぐらぐら、声はおろおろ、手紙を読む手もがたがたふるえ、また、やたらに倒れかける。(50) シュトレフォンは、たしかに道化であり、ウェルテルのカリカチュアである。したがって、ここでもタブーの愛への挑戦が嘲笑されているのである。

最後に、第五幕のゲラート流の大団円の場を見直してみるならば、これは、先にみたとおり、道徳を諄々と説き聞かされて、泣きぬれるべき神妙な場面である。ところが、このきれいごとの道徳教科書風演劇の雰囲気を破るような道具立てが、つぎのように、二点指摘できる。

第一に、舞台は、「半ば燃えつきたロウソク」がおぼろげに閃く、新郎新婦の初夜の寝室である。花嫁のセラフィーネは、「劇中劇」の場のニノンと同じく、「チャーミングなネグリジェ」(51) をまとっている。が、どこか愁い顔である。花婿の伯爵は、愛撫しつつ囁く。「[乙女の] 自由を捨てる最後の瞬間は、そんなにつらいの」と (I 312)。これは、少しく官能をくすぐる道具立てであり、道学者先生の説教壇にふさわしい、とはいいがたいであろう。

第二に、この点と直接関わることだが、シュトレフォンの行動がいかがわしい。なぜならば、セラフィーネの結婚に絶望して、初夜の恋人の姿をみながらピストル自殺をしようと決意して、つぎのようにいうからである。「だが、死ぬ前に、あの人をもう一度みずにはいられない。男の腕に抱かれ、好色な月に盗み見されているかもしれぬあの人を」と。これは、自虐的な、のぞき見の願望である。しかも、「手よ、ふるえるな、足よ、ぐらつくな」と自分を激励しつつ、びくついた足取りで、恋人の寝室へしのび込んで行くのであるから (I 311)、これは滑稽千万である。

第三に、プラド伯爵の感傷癖が、すこぶるあやしげである。シュトレフォンのために身を引く段に、つぎのように宣言する。「友よ、ふたりともわたしを愛して下さい。ぜひとも愛して下さい。むりにでも、そうしていただきます。わたしは、あなた方を幸福にするための神様の道具なのですから」と。そういって「一種の恍惚感に浸る」のである(I 315)。これは、自己陶酔でなくて何であろうか。「お涙頂戴喜劇」の登場人物は偽善的傾向を具えがちとはいえ、一体、このような男の寛容や無私の愛にどれだけの内実があるのか、はなはだ疑わしい。むしろ、一見開明派の貴族が得々と教え諭す、市民的美徳の観念的遊戯性が露呈されるのである。

このように、上述の三点を考慮すれば、『哲学者』の大団円の場は、極彩色を帯びた民衆演劇のそれのようであり、ゲラートばりの道徳的な生真面目な衣裳の下から、茶番劇の本体の裸形が透けて見えてくるであろう。ついでにいえば、レンツは『ゲッツ論』(一七七三—七五作、一九〇一刊)のなかで、フランスの古典主義演劇を批判して、「シャンパンを一本空けたときのように、快く、楽しく、甘美な心持ちで帰宅するが、ただそれだけじゃないか。一夜明ければ、何も残っていない」、つまり観客を覚醒させる「プロメテウスの火」を点ずることができない、というが(II 639)、この批判は、そのままゲラートの喜劇にもあてはまるのではないだろうか。実際に、レンツは、第二篇第四章でみるとおり、文壇諷刺劇『ドイツの伏魔殿』(一七七五作、一八一九刊)において、ゲラートを、ヴィーラントやヴァイセとともに、フランスかぶれとして愚弄している。[52]

したがって、この大団円の場面は、あたかも高き徳性が生みだす三角関係の平和的解消、すなわち、身分違いの愛の実現という美しい夢を謳いあげるかのようでありながら、実は、ゲラートの「お涙頂戴喜劇」をもじった茶番劇である、と考えるのが正しいであろう。つまり、大団円は偽装の和解にすぎない。換言すれば、この禁忌の愛は、せいぜい道学者先生ゲラートが説くような、物わかりはよいが、空疎な抽象的道徳によって、つかの間の「正夢」に酔い痴れるのがふさわしい、と作者は揶揄しているのである。

以上みてきたとおり、第二幕の羊飼の夢の場から、第三幕の「劇中劇」の場やウェルテルの「写し絵」を経て、第五幕のゲラートばりの大団円の場に至るまで、夢想曼陀羅が描かれるが、これは作者レンツの一種の詐術なのである。つまり、第一幕で明らかにしたような奴婢的状況の現実の下では、「哲学者」シュトレフォンは、自分の手で恋人を勝ち取ることもできず、さればといって、ウェルテルのように一途に愛に殉ずることもかなわず、せいぜい自虐的なのぞき見を試み、「デーウス・エクス・マキナ」のような伯爵の出現によって、愛をかなえてもらうしかない。喜劇『哲学者』は、夢想の舞台を繰り広げながら、諧謔を弄して、この愛の実体のなさ、愚かさを赤裸々に映し出し、このような愛は茶番にすぎないことを、喜劇全体を通じて露にしているのである。

むすび

喜劇『哲学者』において、シュトレフォンは、かれのいわゆる「友等」との関係において、市民としての自律的能力の破産宣告を受けた「哲学者」である。だが、この喜劇は、あたかもこの奴婢的状況から逃避するとでもいうかのように、夢想曼陀羅に耽溺し、禁忌の愛の心願成就に陶酔する。しかしながら、これは作者の詐謀にほかならない。作者は、むしろ、身分違いの愛のみならず、愛そのものも、人間行動の閉塞的状況の封建制度の下では、どこまでも実を結ぶことはありえず、あくまで一時の夢、つまり痴人の夢にすぎないことを、この夢幻泡影の舞台をとおして、醒めた目で描き出すのである。この愛の不毛に対する皮肉な視線は、本書で明らかなとおり、くりかえしレンツの他の劇作品にもあらわれてくる。

だが、レンツは、こうしてX線透視のように社会的現実の諷刺画を突きつける一方で、これに対抗すべき確かなヴィジョンを観客に示したわけではない。われわれは、おそらく、このようなレンツを例にして、十八世紀後半期に生きたドイツの市民的知識人の方向を見定めかねた精神状況の一端を、垣間見ることができるのではないだろうか。

第三章▼諷刺的諧謔の精神
――喜劇『軍人たち』

はしがき

レンツの演劇は、ヨーロッパ文学の様々な伝統を受け継いでいるが、なかんずくバロック時代の民衆演劇の影響はみのがせない。その例をあげれば、粗野だが生彩ある台詞や身ぶり、あるいは悲劇とも喜劇ともつかない意外な筋立の展開、また、それに応じた卑俗な素材や市井の登場人物たちという諸点である。だが、それにとどまらず、この民衆娯楽劇の装いの下に、人間社会の実相に鋭く迫る批判精神がひそんでいる。そのうえ、その演劇は、啓蒙期の産物であるだけに、一見、楽観主義に浸っているようにみえるが、実は、その奥にアイロニーが見え隠れする。

さて、喜劇『軍人たち』(一七七六)は、喜劇『家庭教師』(一七七四)と並んで、レンツの代表作と目されている。その大筋を述べれば、市民の娘が遊蕩貴族の将校に騙され捨てられて、娘の婚約者は怨恨からその将校を毒殺し自害するというもので、いかにも通俗的である。しかも、この喜劇は、大団円が奇想天外な場面で幕切れとなる。すなわち、駐屯軍連隊長が将校の不祥事を根絶する目的で、軍人用慰安婦養成所設立案を掲げ、来たるべき幸福な社会を祝しておわるのである。

ところで、『軍人たち』は、レンツがストラスブール時代のうち、一七七一年から一七七四年に亙り、将校兄弟の無給家庭教師を勤めたときの見聞や、その兄弟が弄んだ市民の娘に対するかれ自身の恋慕などを素材に用いている。この経験は、まず一七七四年に覚書風の『日記』*Das Tagebuch*（一八七七）のなかで、ウェルテル流の主観的感情吐露の形で表現され、翌七五年に執筆の小説『或る詩人の道徳的回心』*Moralische Bekehrung eines Poeten*（一八八九）のなかでは、この経験が客観化される。『軍人たち』は、このような創作過程を踏まえたうえで、現実の将校や市民の多様な姿を凝視している。(53)

従来の『軍人たち』に関する論考のなかでは、W・ヘレラーの形式上の分析が画期的である。かれは、この喜劇の言語上の芸術的形象を指摘したばかりでなく、その簡潔な場面の展開技法や身ぶりの重視や非完結的構造等に注目して、反アリストテレス的演劇の先駆的作品であることを看破している。(54) だが、これまでの研究者は——これはレンツ研究一般にあてはまることだが——作品のなかにレンツ自身の経験を読みとろうとするあまり、ややもすれば、レンツの演劇のもつ味わいのおもしろさ、おやと思わせる意外性を見落としがちであった。本章では、このような反省に立って、あくまでも『軍人たち』を歴史的文脈のなかの文学的形象として、把えたいと思う。

第一節　軍人劇の流行

そもそもレンツは、実際に身近に起こった日常的な事件を題材にして、独特な劇世界を作りあげる奇才である。前述のとおり、『軍人たち』もまた、みずからの経験を土台に据えている。だが、そのような経験が作品として結実するためには、当時のドイツにおける軍人劇の大流行という背景を必要とした。そこでまず、その軍人劇に注目することからはじめたい。

七年戦争（一七五六―六三）におけるプロイセン軍の活躍は、戦後、熱狂的な軍人英雄視の風潮を生んだ。なかでも貴族がほぼ独占していた将校は、「完璧な男性の鑑」[55]として崇拝された。レッシングの喜劇『ミンナ・フォン・バルンヘルム』（一七六七）の成功は、この風潮に拍車をかけて、軍人劇が一世を風靡することになる。だが、この種の軍人劇は、『ミンナ・フォン・バルンヘルム』の単なる亜流の域を出ない。すなわち、それらはおおむね、名誉と人間的欲求の板ばさみに苦しむ将校が、勅命等の「デーウス・エクス・マキナ」によって大団円を迎える。しかも、将校はテルハイム少佐のように情深く寛容な英雄として、また兵士一般もヴェルナー曹長のように忠実な部下として、理想化されている。文字通り楽観主義の風潮の下で、軍人が、美徳を具えた「あらまほしき姿」として描かれているのである[56]。むろん、現実の将校の生活は、これから著しくかけ離れているのだが。ところで、ツヴァイクは、当時の世相をつぎのように述べている。

七年戦争からフランス革命に至る四分の一世紀ほどの間、ヨーロッパじゅうが無風状態におおわれる。ハプスブルク家やブルボン家やホーエンツォレルン家の大君主は、戦争に疲れ果てていた。市民は、のんびりと静かな煙の輪を作りながら煙草を吹かし、兵士は、弁髪に髪粉をふりかけ、役に立たなくなった武器を磨き、荒廃した国々も、ようやく一息つくことができる。しかし戦争がないと、諸侯は退屈する。ドイツやイタリアやその他の群小君主は皆、その小人国の居城のなかで死ぬほどに退屈して、何かおもしろいことがないか、と願っている[57]。

この戦後の泰平ムードに浸り切って、将校達もまた、ただ無聊を慰めることばかり考える。すなわち、享楽的なロココ文化の衣裳をまとい、芝居見物や舞踏会や音楽会にうつつを抜かし、あるいは酒池肉林や恋愛遊戯に耽溺する。他方、市民は、経済的発展の下で富を蓄えながら社会的栄達を、女性は、美貌を武器に玉の輿に乗ることを願う。そこで駐屯地では、市民や女性はたやすく将校の餌食にされる。『家庭教師』のなかで、或る市民が将校の無軌道な生活ぶりについていう。「将校ときたら――女に子供を産ませると、あとは知らん顔をきめこむ。（中略）勇猛な手合いというのは皆、背徳者と相場がきまっているのさ」（I 102）と。

『軍人たち』は、この将校の頽廃した生態を赤裸々に暴いている。ここでは、将校は「死ぬほどに退屈して」、将校クラブとおぼしき所（第一幕第四場）やコーヒー店（第二幕第二場）や貴婦人の館（第四幕第九場）で、カクテル酒を飲んだり、音楽会を催しながら、空虚な議論や仲間内の悪ふざけや市民いじめに、えんえんと興ずる。なかでもデポルト男爵は、この悪魔的な軍人階級の代表である。かれはことさらロココ風の優雅な物腰で、装身具商ヴェーゼナーの娘マリアンヌに言い寄る（第一幕第三場）。

「ぼくの清らかな衝動がめざす高貴な君よ、／ぼくは君を讃え、とわに君を愛でよう。／まばゆい光の君よ、愛と誠は／朝ごとに新たに訪れる。」（I 203）デポルトが恋人に語る言葉は、このマリアンヌに捧げる詩に示されるような、単なる感傷的な紋切調にすぎず、真実味に欠けている。[58] にもかかわらず、この紳士風の仮面に――この点に、同時代の軍人劇の英雄的将校像の名残りがアイロニカルに読みとれるのだが――娘本人ばかりか、父親までも欺かれて、「男爵夫人」の夢をみることになる。こうして、デポルトは、頭脳的プレーで恋の手練手管を操りながら、マリアンヌの貞操を弄ぶ。まるで『危険な関係』（一七八二）の蕩児ヴァルモン子爵のように、合理主義に徹し、無情である。それゆえ、獲物を射とめた後は、さっそく同僚の将校マリに、あげくのはては下劣な従卒にたらい回しにして、恥ずるところがない。かれはメフィストフェレスさながらにいう。「あの女があんなになったからといって、何の責任があるものか。しょせん、あいつは淫売だったのさ」（I 240）と。それぱかりか、マリアンヌの父親に借財を負わせて破産に追い込み、ヴェーゼナー一家を社会的に葬り去る。デポルトは、文字通りの精神的サディストである。

その同僚オーディーもまた、貴族の支配者意識に毒されており、率先して、マリアンヌの婚約者である織物商人シュトルツィウスをなぶり者にして悦ぶ。市民の娘についてもつぎのようにいう。「淫売は、どう転んだって淫売さ。兵隊パン助にならぬのなら、坊主のパン助になるのがおちさ」（I 199）と。くりかえすが、将校はおしなべて、野獣のように冷酷なサディストとして描かれている。

ところで、『軍人たち』の刊行直後に、ヴァーグナーの悲劇『嬰児殺し』（一七七六）が出版される。これも、将校のグレーニングスエックが肉屋の娘エーフヒェンを誘惑し、かの女は絶望のあまり嬰児殺しの罪を犯すという、社会批判劇である。だが、この将校は、冒頭で、よこしまな情欲のためには手段を選ばぬ破廉恥漢として登場するのに、いつのまにか、エーフヒェンとの結婚を決意したり、また、嬰児殺しの結果、斬首刑に処せられるはずのエーフヒェンの赦免を宮廷に願い出ようとする誠実な貴族に変貌して、美化されている。それぱかりか、この悲劇の影響がみられるシラーの市民悲劇『たくらみと恋』（一七八四）では、将校のフェルディナントが、音楽師の娘ルイーゼとの恋愛において、いささか自己中心的な点はあるものの、身分上の偏見にとらわれぬ、情熱的な貴公子として描かれている。

これを要するに、この「疾風怒濤」の両作品は、前述の通俗的軍人劇にみられる将校の「あらまほしき姿」に追従するところがあるといわざるをえない。それに反して、『軍人たち』は、あくまでも、将校の市民に対する横暴さの実相を徹底的に映し出す。この点で、先の両作品にみられない迫力をもっている。
ちなみに、レンツは、『軍人たち』をはじめとする喜劇について、ある書簡のなかでつぎのように述べている。

わたしはそもそも、さまざまな社会階層を、高みから思い描くのではなく、ありのままに表現しよう（中略）と努めています。（III 325 f.）

第二節　市民批判

このように将校を「ありのままに」映し出すレンズは、つぎにみるとおり、その犠牲となる市民層に対しても、容赦なく向けられる。

この喜劇の主要舞台は、亜麻織物業が盛んなフランドル地方の隣あわせの二つの商都である。[59] その一つの商都では、ヴェーゼナーの経営する装身具店が、貴族や富裕な市民間に高まるファッション熱に応え、また、軍隊が駐屯するもう一つの商都では、ヴェーゼナーの娘マリアンヌの婚約者シュトルツィウスが若き織物商人として、駐屯軍連隊長の信用が篤い。つまり、二人とも、勃興する市民層の代表格とみられるが、ややもすれば、貴族に対して精神的に隷属しかねない。

ところで、『嬰児殺し』にせよ、『たくらみと恋』にせよ、その市民的家庭像は、レッシングの悲劇『エミーリア・ガロッティ』（一七七二）に拠るところが大きい、と思われる。すなわち、これら三作品のなかでは、おおむね、父親は口やかましく頑固だが根は実直で、市民的誇りという徳性を具え、娘は父親の掌中の玉とかわいがられ、多感で貞淑である。ただし、母親にかぎっていえば、娘が玉の輿に乗ることを願うような虚栄心のかたまりで、いわば「取持ち婆」にすぎない。つまり、母親を除けば、父親も娘もともに、内輪のユートピアとしての市民的家庭を基礎づける美徳（後述）――それが不自然な形で表現されることもあるにせよ――を具えていろ、といってよい。(60) ところが、『軍人たち』の場合、この市民的家庭の基本的性格づけがくずれている。

まずヴェーゼナーは、冒頭でこそ、顧客のデポルトが娘に接近するのを毅然として拒絶し、市民的誇りを体現するかのようにみえるが（第一幕第三場）、この父親は、デポルトの例の月並な恋愛詩を読んで以来、娘が玉の輿に乗り、ヴェーゼナー家が社会的に上昇する、という幻想に囚われる（第一幕第六場）。そこで父親は、市民的倫理の仮面をかぶりながら、小賢しく、小心翼々と、ありきたりな母親もどきの「取持ち婆」の役割を演ずる（母親はほとんど登場せず）。いわば、金で貴族の称号を買うのと同然である。その意味で、旧来の父親像から逸脱している。(61) だが、けっきょく、デポルトのおかげで借財を負わされて破産し、また、娘も騙されたあげく街娼に身を落とす。しかも、ヴェーゼナーはわが娘とは知らず、この街娼と出会うと、自分を「誠実な男」と称しながら、「改心なさい」（I 244）と市民的美徳を説く（第五幕第四場）。これが、貴族に対する奴隷根性むきだしの市民の言辞であることを考えると、笑止千万である。

マリアンヌは、あどけなさと媚態、高慢と蓮っ葉な性格の美しい娘である。ひっきょう、エーフヒェンやルイーゼが孝心篤く、信心深く、市民的家庭という美徳の砦のなかで平和裡に暮しているとすれば、マリアンヌは、新しい世代の女性といえる。というのは、このような市民的世界に窒息感を覚えて、「あたし、ときどき胸のあたりが苦しくなって、不安のあまり部屋にいたたまれなくなるわ」（I 195）というからである（第一幕第三場）。それゆえに、「シュトルツィウス――まだ、あんたが好きよ――だけど、あたし、もっと幸福になれるのなら――」

(I 204)といい、婚約者シュトルツィウスを捨て、デポルトに乗り換え、「男爵夫人」となる夢に耽る(第一幕第六場)。くりかえすが、マリアンヌにとって問題は、あくまでも、かの女には窮屈に思われる市民世界から、のびやかにみえる貴族世界へ脱出することである。だから、「ねえ、じっとあなたを見ていると、／どうしてかしら、何だっていいなりになってまうの(62)」と恋人ファウストに告げるグレートヒェンとはちがって、全身全霊、愛に殉ずることはない。それどころか、デポルトに捨てられれば、マリから若き伯爵へと、つぎつぎに将校を渡り歩く。つまり、マリアンヌも、逆説的だが、新しい女性であればこそ、父親同様、貴族世界に対する幻想の奴隷である。

最後に織物商人シュトルツィウスだが、その姿は、冒頭から、奇異というより滑稽な印象を与える。すなわち、病気のせいであろうか、「頭を包帯でぐるぐる巻きにして」、開口一番「ぼく、気分が悪いよ」(I 193)と母親に甘える(第一幕第三場)。かれは四六時中「体がふるえ」(I 232)、「顔が青ざめ」(I 243)、とにかく「気分が悪い」。マリアンヌの浮気心を種に、顧客の将校達からさんざんなぶり者にされても、「気分が悪くなりまして。あいすみません」と卑屈にいい、「足をよろめかせながら退場する」(I 210)だけである(第二幕第二場)。マリアンヌから捨てられれば、高熱のため、ふたたび「頭を包帯でぐるぐる巻きにしながら」(I 216)、飛びはね、自分の胸をたたき、歌を口ずさみ、幼児のように落ち着かない(第三幕第二場)。そして、この「寝取られ亭主」は恨みに狂ったあげく、デポルトを毒殺し、自害する(第五幕第三場)。たしかにシュトルツィウスは、「不正に耐えるものがびくつき、不正を働くものがはしゃいでいてよいのか」(I 241)と義憤じみた言葉を吐くが、しかし、自分の恋人を将校達の毒牙から救い出そう、と考えることさえしない。つまり、英雄気取りで、腐敗した貴族を告発するポーズをみせるにせよ、これは実は、ごくありふれた怨恨がらみの、いわば無理心中にすぎないのである。そもそも、かれには市民的自覚が欠落している。そのかぎりにおいて、この復讐劇は貴族社会に何の痕跡も残さず、新しいデポルトがつぎからつぎに生まれるであろう。シュトルツィウスは、いかに自分を悲劇の主人公に仕立てようとも、せいぜい自分の幻想のなかにおいて英雄であるにすぎない。この意味で、いわば市民的な英雄の戯画と呼んでもよかろう。

要するに、この喜劇の市民達は、もはや市民的徳性の鑑として理想化されてはおらず、なかんずくシュトルツィウスに至っては、はっきりと滑稽化され、諷刺の対象とされている。

第三節　貴族・聖職者批判

それにもかかわらず、この市民の側に立とうとする貴族や聖職者が登場しないわけではない。ラ・ロッシュ伯爵夫人、従軍牧師アイゼンハルト、ならびに連隊長シュパンハイム伯爵がそれで、かれらもおしなべて、その「ありのままの姿」をさらけだす。この三人には、啓蒙における歴史的諸段階が投影されていると考えられるので、各人の立場を明確にするために、序説の冒頭で紹介したグリミンガーの啓蒙観にふたたび注目しよう。

かれによれば、七年戦争前後の一七五〇年から一七七〇年に亙るドイツでは、啓蒙中期であり、その大勢は、従来のヴォルフ流の合理主義から「感傷主義（Empfindsamkeit）」に転換して、経験や感情が重視される。一方、七年戦争後は、後者はさておき、前者の合理主義がようやく国家的認知を受けて、プロイセンをはじめとして、啓蒙専制主義体制が実際に深く根づく時でもある。(63) グリミンガーは、このような状況の下での「感傷主義」成立について、つぎのように述べる。

それ［感傷主義］は、権威主義的な支配形態や経済上の必然的法則や教会の統制が入り混った身分制秩序の

現実のなかで、共感と同情という、これまでとは別個の世界を可能にする。(64)

しかも、かれは、この「これまでとは別個の世界」を形成するための前提として、私的生活圏としての市民的家庭の成立をあげたうえで、「友人関係とともに、ただ家庭だけが、私的人間感情を親密に育成することができるが、これこそ平和な社会のユートピアであり、同時に、背徳的世界、とくに宮廷的貴族のそれへの批判でもある」とつづける。(65)つまり、「感傷主義」とは、堅牢な啓蒙専制主義体制の下で、「共感と同情」という愛の美徳を基礎にした市民的家庭を砦にして、内輪の平安なユートピアを生み出すことにほかならない。

とはいえ、フランス革命前の社会体制においては、当然ながら、身分制そのものの否定は思いもよらなかった。したがって、この私的なユートピアといえども、「身分違いの結婚」は許されるはずはない。このことをあらかじめ指摘しておこう。

さて、ラ・ロッシュ夫人は、まさしく「感傷主義」の貴族である。(66)なぜならば、かの女は、あくまでも「女友達として」、息子と対等につきあい、「家畜なみ」とされる下僕を人間的に扱う(I 226)(第三幕第八場)。しかも、マリアンヌを冷酷な将校達から救い出すために、「大切な女友達として」(I 229)わが家にひきとるからである(第三幕第十場)。ところがかの女によれば、マリアンヌの幸福は、「世の習いにそむく」(I 230 f.)ような身分違いの結婚にあるのではなく、むしろ「貞淑と無私の愛」(I 230)に基づく市民的結婚にある。これは、当時の中産階級のモラルを代弁するものにほかならない。というのも、ゲラートが、その有名な『宗教的頌歌』(一七五七)のなかで、市民は自分の定めに順応すべきである、と説くからである。

神が授け給うものを楽しめ
汝がもたざるものには耐えよ
いかなる身分にも安らぎがあり
いかなる身分にも重荷がある(67)

いずれにせよ、たといラ・ロッシュ夫人が貴族であろうとも、その家庭は市民的美徳の場であり、厳格な身分制秩序のなかで、小さな社会的調和の雛形を築く。

とはいうものの、どこまで、貴族世界に住む者が市民や民衆を理解できるのであろうか。『たくらみと恋』の大公の側室、ミルフォード夫人も、たしかに、「無実の罪を悲しむ人達を救う(68)」ような「共感と同情」の持ち主だが、ひっきょう、何千人もの領民が大公により兵隊として外国に売り渡されるという、ありふれた現実に対して、全く盲目である。

つまるところ、ラ・ロッシュ夫人も貴族世界の「高み」から市民世界を見下ろし、それゆえに、この世界のなかで窒息感を覚え、焦燥するマリアンヌの悩みを理解できない。そこで、マリアンヌも、この私的なユートピアの砦から出奔しようとする。そのときはじめて、ラ・ロッシュ夫人は、マリアンヌの気持ちを理解して、つぎのように独白する(第四幕第三場)。

あの娘から恋を奪ったのは、はたしてよかったのかしら。だって、空想の世界がなければ、人生になんの魅力があるというの。ただ飲み食いするだけで、なんの希望もなんの喜びももたらさない暮らしでは、単なる

生きる屍にすぎないわ。（I 235）

つぎに、アイゼンハルトであるが、かれは徹底した合理主義者である。[69] それゆえに、将校間の演劇論議において、演劇は、あくまでも教訓性を具えた娯楽であるべきだと考える（第一幕第四場）。つまり、ゴットシェート流の合理主義的美学を背景にする、芸術をとおした道徳改善の立場に立つ。ところで、かれは、将校達が市民の娘を蔑視し「淫売」呼ばわりするのに反駁して、「淫売だって、淫売にさせられなければ、けっして淫売になりはしない」（I 200）といい、将校の責任を追及する（第一幕第四場）。だが、このような合理主義的思考も批判だけにとどまる。すなわち、かれの目の前で、将校達がシュトルツィウスを慰み物にしても、せいぜい、「皆さんの画策に関わるつもりはありません」（I 208）というばかりで、いかなる行動にも出ない。要するに、アイゼンハルトは、しょせん現実の矛盾の観察者以上の者ではなく、その点で、『新メノーツァ』（一七七四）のタンディ王子や『哲学者』（一七七六）のシュトレフォンと変わらない。かれの方が、ラ・ロッシュ夫人に比べると、かなり後退している。

最後に、シュパンハイム連隊長。かれはラ・ロッシュ夫人と連れ立って、この喜劇の最終の場に登場するが、[70] 部下デポルトの不祥事を恥じ入った様子で、ヴェーゼナー家のために金銭上の救済策を申し出る。ところがラ・ロッシュ夫人が、このような将校の性的頽廃の原因として、その独身制[71]をあげると、かれはにわかに、軍人の不祥事を撲滅するための私案を得々と演説しはじめるのである。すなわち、「軍人は［アンドロメダ神話の］怪物と同じだから、奥さんお嬢さん方が安全な身でいるためには、ときには不幸な女性が人身御供として捧げられる必要がある」といい、「国王が軍人用慰安婦養成所を設立する」ことを発案するのである。しかも、「生まれた子供は国王のもの」とするから、兵隊徴募費の節約にもなるという。最後に、この私案が宮廷で採択されれば、「これまで、わたしども軍人のおかげで、混乱に陥っていた社会でも、万人が平安と幸福のもとで歓喜しながら、接吻を交わしあうようになりましょう」(I 734)と結び、社会的調和のユートピアを謳いあげて、この五幕三十五場の幕が下りる。

さて、前述したとおり、当時は、合理主義的啓蒙が国家的に認知された時であるが、連隊長の私案は、極言すれば、啓蒙専制主義体制を上から支える者の、合理主義に貫かれた国家的プログラムと考えてよさそうである。しかしながら、この私案は、いささか滑稽かつグロテスクである。というのも、まず、将校の犠牲となる女性の救済策に、同じ女性の人身御供を用いるという内容は、奇怪で笑止である。それゆえ、ラ・ロッシュ夫人が「軍人用慰安婦養成所」の考えに異議をさしはさむ。「はたして、名誉ある女性に、そんな決心がつきますかしら」と。または、「あなた方男性は、女性の心や願いなど少しも分ってくださらないのだわ」(I 734)と。だが、連隊長は、奇妙にも、それに全く耳を貸さず、自分の演説に酔ったように、とうとうと私案を説きつづける。このような自己陶酔的長広舌の姿も、また、あやしげというべきである。ちょうど、前章でみた『哲学者』のプラド伯爵が、とっぴな偽装結婚を得意気に説くときのように。いずれにせよ、このような社会改革者気取りの楽観主義は、すでに『新メノーツァ』の合理主義者ツィーラウの姿において、揶揄されている(I 134f.)。そのうえ、連隊長はそもそも、アイゼンハルトの将校批判に対して、「これまで一体、どこの家庭が、将校のおかげで不幸になったというのですかなあ? 市民の娘が欲しくもない子供を産んだからって、どうということもありますまい」(I 199)といい、将校が市民の娘を誘惑する、事の重大さに思いがおよばない(第一幕第四場)。このような連隊長が提案するのであれば、上述の金銭上の救済策であれ、また、「軍人用慰安婦養成所設立案」であれ、疑わしいことこのうえない。

それはさておき、レンツ自身は、ストラスブール時代からワイマール時代に亙り（一七七三―七六）、軍制改革の構想を練りあげ、『軍人の結婚について』*Über die Soldatenehen*（一九一三）として、ヴェルサイユやワイマールの宮廷に提案しようとしていた事実がある。ローザノフは、この点を根拠にして、連隊長の私案をレンツのそれと同一視する。[72] したがって、連隊長の滑稽な改革案を、そのまま額面通りに受けとって、つぎのように評する。「[この場面は] 不要な、反芸術的な代物であり、作品全体の印象を弱めるばかりか、その奇想天外さが、観客と読者の間に反感を呼びおこす」[73] と。他の先学達も、おおむねこの批評にならっているといってよい。[74]

そこでつぎに、『軍人の結婚について』をみると、それは三つの要点から成っている。第一が「市民軍」の創設、第二が軍人の独身制廃止、第三が諸階層間の協調である。なお、レンツのいう市民軍とは、古代ゲルマンのそれにほかならない（II 798 f.）。

つまり、従来の傭兵的常備軍は、単に「老練な殺人者」（II 792）であるばかりか、「国家の囚人」（II 795）でもあり、しかも市民と敵対している。そこで、これを廃止し、文字通りの「祖国防衛者」（II 792）として、いわば「市民軍」に再編成することを説く。すなわち、国王の私兵的性格が強い国王の軍隊を解体して、家庭をもつ一般市民を軍人とし、市民の軍人を作るという案である。この根底には、軍人の戦闘意欲は、「自分の妻子を護るために戦うときにこそ」生まれるという考えがある（II 798 ff.）。さらに、この「市民軍」の成立の下では、「今は、いわばバラバラに引き裂かれた諸階層が、その然るべき関節にはめ直されて、国家という身体は恢復する」という、諸階層が対立する現実をみすえながらも、社会的調和のユートピアを謳いあげる（II 819 f.）。

いうまでもなく当時、国家は国王の私物であるがゆえに、戦争も、あくまで国王の個人的な営みにほかならなかった。[75] したがって、レンツの私案は社会的認識が希薄であるとはいうものの、結果として、啓蒙専制主義体制の批判を含むことにならざるをえまい。ゲーテは『詩と真実』第三部（一八一四）のなかで、この私案について、「軍制の欠陥はかなりよく観察されていたにせよ、その改革案たるや、笑止で、実践不可能であった」[76] とするが、この評価は正しくない。L・クロイツァーが指摘するとおり、レンツのいう「市民軍」の、さらに近代化された「国民軍」は、フランス革命の際、プロイセン・オーストリアの連合反革命軍との戦いを通して成立するからである。[77] したがって、レンツの軍制改革案は、細かい点で非現実的なところがあるにせよ、[78] その大綱は、啓蒙主義的思想に基づき堅実であり、歴史的条件が整いさえすれば、実現可能なはずである。

要するに、レンツの改革案のなかには、連隊長のそれにみられる奇異で滑稽な要素は見当らず、むしろ両者は異質というべきである。

以上の考察が正しいとすれば、シュパンハイム連隊長の「軍人用慰安婦養成所設立案」をその言葉通りに受けとって論ずる、上述のローザノフの意見に従うわけにはゆくまい。むしろ、その国家的認知を受けた合理主義的ユートピアが諷刺されている、とみなすのが適切であろう。連隊長は、単に、その「ありのままの姿」が映し出されるばかりか、シュトルツィウスら市民と同様、戯画化されて、嘲笑の対象にされているのである。しかも、実はそれだけにとどまらず、汎欧的な文学上の伝統を継承しながら、なおも辛辣な諷刺的諧謔の精神に貫かれている。そのことを次節で解き明かしてみよう。

第四節　「ほらふき兵士」の伝統

さて、この喜劇は、マリアンヌやシュトルツィウスの各々の話の筋立が、将校達のそれと絡みあいつつ進行するのであるが、後者のなかで、ひときわ諧謔に富む場面がある。将校ラムラーに関する二つの色恋沙汰のエピソードと将校ピルツェルのとんまな問答の場がそれである。E・シュミットは、これらの場面について、「きわめて粗野な類いの体験的冗談を、軽やかで大胆なタッチを用いて、劇的光景に仕上げてゆく才能があらわれている」と認めながらも、けっきょく、「これらのエピソードの支離滅裂さは目をつむるにしても、いくらか教養のある人ならば、このむきだしのリアリズムとシニシズムには不快感を覚え、顔をそむけたくなるだろう」と断じている。[79] また、他の先学達も従来、これらの場面を等閑視している。[80] しかし、それでは、ここに秘められた諷刺の泉を掘りそこねた批評といわざるをえない。

そこで、まず、ラムラーの場を具体的にみてみよう。そもそもラムラーは、初登場（第二幕第二場）からして、すでに、空威張りの台詞を威勢よくまくしたてながら、身ぶりも得意然としている。たとえば、「疾風怒濤」の作品にふさわしい荒々しい台詞で、「いいか、貴様の腕と足をへし折って、窓から放り投げてくれるぞ」とどなりちらしながら、「あたりを偉そうに（thrasonisch）[81] 歩き回る」という調子である。だが、少しでも強そうな相手を目の前にすれば、とたんに萎縮し、「部屋を足早やに行ったり来たりして」、最後はいやみたらしい捨て台詞を残し、しっぽを巻いて退散して、皆の物笑いになる（I 210 f.）。

さて、ラムラーの色恋沙汰のエピソードの一つ（第三幕第一場）は、同僚マリの恋人である町一番の美女が住む家だと騙されて、夜這いをするが、実は、老いたユダヤ男の家であったという話。一見、男色や反ユダヤ主義を盛り込んだ下品なくすぐりかと思えるが、とにかく、ラムラーの挙措言動が滑稽である。かれは闇のなかを「爪先立って忍び歩くが」、ユダヤ男は強盗が来たかと思い、ベッドのなかで「歯をガタガタいわせて」ヘブライ語で祈る。ラムラーはそれを聞き、ユダヤ女と勘違いし、「マリの声をまねながら」甘い言葉をささやき悦に入って、「編み上げ靴と軍服を脱ぐ」。すると突然、将校仲間が闖入し、「お前、このユダヤ男とよからぬことをおっぱじめるつもりか」といって、爆笑する。ラムラーは例によって、剣を抜き、「お前らもろとも粉々にしてくれるぞ」と息ごむのものの、けっきょく、しどろもどろの態で尻に帆を掛ける（I 215 f.）。つまるところで、ラムラーが脱ぐのは、軍靴や軍服だけではなく、実は、軍人という英雄そのものの服である。つまり、老いたユダヤ男の前で、よこしまな情欲をさらすことをとおして、英雄的な将校もその虚飾がはぎとられ、丸裸のみじめで卑小な存在に成り下がり、諷刺の的とされる。

つぎの色恋沙汰のエピソード（第四幕第九場）でも同様である。すなわち、かれは、醜いビショッフ老未亡人のもとに寄宿しながら、その美人の従妹をねらっている。だが、老未亡人の館で催される音楽会で、将校達は、かの女とラムラーのありもしない不釣合な関係をおおいにからかう。老未亡人の方はいい気になり、「流し目で、なまめかしく微笑し」、あるいは、ロココ風の貴婦人気取りで「顔の前に扇子をあてて」、色気たっぷりに「おほほほ」と笑う。他方、ラムラーはがまんしきれず、とうとう、「あなたの腕と足をへし折って、あなたを窓から放り投げますぞ」と豪語するものの、けっきょくすごすごと退却して、皆の失笑を買う（I 238 f.）。老女との色恋という、観客を笑わすべき茶番劇を仕立てて、浮気な軍人たちを愚弄するのである。

要するに、ラムラーは大口をたたいて豪傑ぶるが、根は臆病であり、色恋沙汰をめぐって皆から、かつがれ、からかわれるという役どころである。これは、古代ローマ喜劇作家プラウトゥスの『ほらふき兵士』（前一〇五頃作）に溯ることができる軍人類型のそれではなかろうか。(82)

『ほらふき兵士』の主人公ピュルゴポリュニケースは、(83)武勲を誇り、女にもてると喇叭を吹く、うぬぼれの強い厚顔な傭兵隊長である。しじゅう「威張って」歩き回り、剣を抜けば、「どうやらこやつ［剣］は敵どもを／

木端みじんにしたいらしい」と広言を吐く。[84] しかし、実は、せいぜい食客に追従されるだけの腰抜けにすぎず、下男や娼婦に欺かれ、あげくのはては愛人にも逃げられて、人びとの笑いものになる。これが、俗に徹して物語られ演じられる。それは、一種の軍人精神の戯画といってもよい。この「ほらふき兵士」という大言壮語癖の軍人は、単にテレンティウスの『宦官』(前一六六初演)のトラーソに受け継がれるばかりでなく、近世に至ると、コメディア・デラルテのカピターノやスペイン劇のマタモロス等となって生き返る。そのうえで、とくに十六世紀から十八世紀に亙り、この軍人像が様々にアレンジされながら、汎欧的な文学的類型に仕上ってゆく。たとえば、シェイクスピアのフォールスタッフをはじめ、若きコルネイユの喜劇『舞台は夢』(一六三九)のマタモールやグリューフィウスの喜劇『ドイツ人ホリビリクリビリファクス』(一六六三)の二人の主人公のように。[85]

レンツ自身は、一七七二年に、『ほらふき兵士』をはじめとするプラウトゥスの喜劇を数篇翻訳する。ゲーテはこの翻訳を高く評価して、「わが国の演劇は、道化役ハンスヴルストの追放以来、いまだゴットシェート流派にぎゅうじられている。すなわち、道徳と退屈に」といい、「劇場に活発さと動きをとりもどす」ことを期待する。そのうえ、「観客の意に添うように」、場所や人物や状況を現代ドイツ風に変えることを提案する。[86] そこでレンツは一七七三年、この忠告に従い、翻訳を翻案に書き改める。ちなみに、翻訳版『ほらふき兵士』*Miles gloriosus*(一八八四刊)の結びには、「現代の将校殿もラテン語がおできになればよろしいのですが」(II 130)と書かれて、当時の驕慢な将校もまた、原作の辛辣な軍人諷刺の対象であることが示唆されている。

こういう次第であるから、将校ラムラーが、この「ほらふき兵士」という軍人類型に拠っているのは明らかであろう。つまり、かれの二つのエピソードは、単にシュミットがいうような、「むきだしのリアリズムやシニシズム」、あるいは下品なくすぐりの笑わせでおわらずに、むしろ、古代ローマ時代以来の汎欧的な文学的類型を踏まえることによって、愚かしい英雄気取りの軍人精神が、痛烈に嘲笑されるのである。

つぎに将校ピルツェルだが、かれは変わり者で、女性を追いかけるかわりに、終日、哲学論議に耽り、途方もないことをえんえんと語りつづける。[87] しかも、いつも役者気取りで、好んで「絵になるような姿勢」(I 206)をとる、うぬぼれ屋でもある。そのナンセンスな言動が滑稽である。たとえば、従軍牧師アイゼンハルトが、将校達のシュトルツィウスいじめをやめさせる算段をたずねると、かれは「急に立ちあがり」、ポーズをとって、いかにも得意気に演説をはじめる(第二幕第二場)。「それは、連中が思考しないせいであります。思考すること、これこそ、わたしのいいたいことであります」と、相手の手をつかみ、「よろしいですかな。これはあなたの手です。しかし、それは何でしょうか。皮膚です、骨です、土ですぞ」と、今度は相手の手首の脈所をたたいて、「ここ、ここにこそ本質があるのですぞ、鞘のなかに剣がさしてあるように、血のなかに、血のなかにこそ――」(I 205 f.)と。

つまり、ピルツェルは、具体的現実的な問題に対しても、みかけだおしの空虚な抽象論議でしか答えることができない。他の場(第三幕第四場)でも、この、とんまな将校は、将校達の女遊びについて、「それは、連中が思考しないせいであります」(I 222)と、同じくアイゼンハルトを相手に先の台詞をくりかえす。のみならず、教練中にも思考が「機械的に働く」(I 222)と称する男なのである。

要するに、ピルツェルにおいては、合理主義的思考が戯画化されている、とみなすことができる。そればかりか、その得々とした空回りする長広舌は、「ほらふき兵士」の大言壮語に源を求めることができるであろう

ここで、ふたたびシュパンハイム連隊長をふりかえってみよう。かれは、先にみたとおり、私案と称して、奇々怪々な大看板を臆面もなく並べ立て、自分が作りあげた観念世界に没頭するかのようである。その内容は空

虚であり、文字通り、合理主義的啓蒙の戯画と考えられる。この大言壮語癖の連隊長は、これまでの考察から明らかなとおり、ラムラーやピルツェルの場でくりかえし指摘してきた、「ほらふき兵士」そのものではないだろうか。しかも、その観念的性癖は、ピルツェルを受け継いでいる。

つまり、ラムラーやピルツェルの場面は、『軍人たち』の本筋とは関係なく、随所に挿入されて、観客を楽しますべき見せ場の機能を果しつつも、英雄ぶった軍人が、プラウトゥスの『ほらふき兵士』の伝統の上に立って、揶揄される。そして、これが、最終の場における連隊長の長広舌にいたって、クライマックスに達する。すなわち、レンツは、プラウトゥス流の機知をおおいに発揮しながら、鋭い皮肉で軍人精神を諷刺し、嘲笑するのである。

むすび

すでに知られたように、喜劇『軍人たち』は、時代の好尚にかなった軍人の「あらまほしき姿」から仮面をはぎとって、その「ありのままの姿」を暴露する。しかも、軍人の犠牲となる市民や、また、啓蒙されたはずの貴族までもが、非情なほどにその「ありのままの姿」をさらけだす。その徹底性は、「疾風怒濤」のなかでも際立っている。

しかも、それだけにとどまらない。つまり、レンツの諷刺的諧謔の精神は、自己喪失した市民すら戯画化することをいとわず、さらに、プラウトゥス流の機知を自在に操り、伝統的な文学的類型の「ほらふき兵士」に拠りながら、英雄気取りの軍人精神を戯画化して、徹底的に笑い飛ばすのである。

ちなみに、レンツは、『演劇覚書』（一七七四）のなかで、「戯画の画家」の方を「理想主義の画家」よりも十倍も評価する、と述べる。というのは、後者が、自分の頭のなかでしか存在しないような「美の理想」をこねくりまわすだけであるのに、前者は、現実をはるかに「正確に、真実に」描写するからである、というのである（653）。すなわち、これは、「美しき自然」を標榜するゴットシェート流の擬古典的合理主義文学観に対する、根本的な異議申し立てである。こうしてレンツは、あえて下品なくすぐりの類いもいとわずに、生き生きとした舞台を作り、いまや、「道徳と退屈」の場であった劇場が、「活発さと動き」のそれへと蘇生してゆくことになる。

ところでここで、『軍人たち』と同じく貴族と市民の対立問題を扱う、前にあげた「疾風怒濤」の軍人物の二作品にふたたび注目しよう。すなわち、『たくらみと恋』は、ひっきょう「無限の宇宙を統べる摂理(88)」が両階層間の恋人達の愛の成就を彼岸において約束し、さらに、『嬰児殺し』は、此岸における両階層間の宥和の可能性を示しておわっている。しかしながら、『軍人たち』の場合は、将校が市民間にひきおこす混乱をこの両作品と比べようもなく赤裸々に描き、身分社会の矛盾を冷徹にみすえるものの、彼岸であれ、此岸であれ、その救いの可能性は閉ざされたままである。けっきょくは、哄笑だけが高々と鳴り響いて、幕が下りる。

レンツは、身分社会の対立問題を目の前にして、自分でもどう解決してよいか分からず、どうしようもないものをどうしようもないとして、ただ笑い飛ばす。そして、その解決断念のうちに、既成の社会制度のなかでもがき苦しむ、市民的知識人の悲痛な叫びを、聞くことができるのではなかろうか。

第二篇　反逆と自虐

第四章▼「疾風怒濤」の二人の旗手、ゲーテとレンツ――文壇諷刺劇『ドイツの伏魔殿』

はしがき

諷刺とは、一般に権威あると思われている人間的現実の正体をあばき、「王様は裸だ」と笑いながら、その倒錯的現実の陰画の描写をとおして理想の陽画を指し示す精神の働きである。そうであれば、諷刺の文学が広まるところは、およそ新たな時代の芽生えをうかがわせる変動期にあたるにちがいない。[1] 実際、モンテスキューの『ペルシャ人の手紙』（一七二一）やスウィフトの『ガリヴァ旅行記』（一七二六）をはじめとする十八世紀の諷刺の文学も、「理性」という名における新しい人間観のもとで誕生した。当時ドイツにおいては、ゴットシェート派の「嘲笑喜劇」、あるいはリスコーやラーベナーの散文に込められた諷刺が文壇をにぎわしたが、合理主義的な教訓的傾向が強いために、その刃は鈍かった。ところが七十年代に入り、「疾風怒濤」の若い世代が合理主義的偏向に反旗を翻しながら登場すると、状況はにわかに一転した。すなわち、かれらはこぞって文壇諷刺劇（Literatur-satire）を書いて、当時の文学界を毒のある剣で突き刺したのである。たとえばゲーテは『神々、英雄およびヴィーラント』（一七七四）や『プルンデルスヴァイレルンの年の市』（一七七四）などにより、ヴァーグナーは『プロメテウス、デウカリオンおよび評論家』（一七七五）や『栄誉の夕べのヴォルテール』（一七七八）により、あるいはレンツは『ドイツの伏魔殿』（一七七五作、一八一九刊）により、大立者ヴィーラントの率いる文壇やその模範たるフランスの古典主義文学などに向かって、痛罵を浴びせた。しかもかれらは、粗削りとはいうものの、生き生きとした筆法により新しい文学の方向を宣言したのである。

本章では、この従来等閑視されがちだった文壇諷刺劇のなかから、(2)『ドイツの伏魔殿』をとりあげて、この独特な諷刺的世界を浮き彫りにしたいと思う。そのためにまず、当劇作品と有機的な関係にあると考えられる、ゲーテの『神々、英雄およびヴィーラント』の問題点を探ることからはじめたい。

第一節　ゲーテ作『神々、英雄およびヴィーラント』にみるヘラクレス的精神

『神々、英雄およびヴィーラント』は、そのアイロニカルな題名から察せられるとおり、ワイマールの宮廷顧問官ヴィーラントを槍玉にあげた戯作である。ヴィーラントによるシェイクスピアの翻訳（一七六二―六六）は、「疾風怒濤」の若者にシェイクスピア崇拝の嵐を呼ぶ契機となったものの、その翻訳はフランスの古典主義悲劇の影響の下にあり、かれらからみると、原作の野性味豊かな悲喜劇的世界の真髄をつかみそこねていた。(3)同様にして、ヴィーラントが、エウリピデスの悲劇『アルケスティス』（前四三八初演）を当世風のジングシュピールに書き改め、そればかりか、かれ自身が主宰する『ドイツのメルクリウス』誌のなかで、原作のギリシア神話の粗野な迫力を貶めながら改作を自画自讃したときに、新文学の尖兵達は、古代ギリシアが冒瀆されたと思ったのである。そこでゲーテが、この好評のジングシュピール『アルケスティス』（一七七三）について、「ギリシア神話を基礎づける力強く健全な本性を断じて認めようとせず、すぐれた古代人達と高貴な様式に対して、身のほど知らずな罪を犯している」と憤慨して、一気呵成に書きあげたのが、『神々、英雄およびヴィーラント』である。(4)むろ

ん、かれはこのとき、後年（一七八七年）『イフィゲーニエ』を韻文に書き直す際に、ヴィーラントの『アルケスティス』を手本にすることになろうとは[5]、想像だにしなかったのだが。

それでは、新世代の崇める古代ギリシアの「力強く健全な本性」とは一体何を意味するのだろうか。この点を解き明かすために、まず『アルケスティス』の原作および改作の人物描写に焦点をしぼって問題点をあげ、ついでゲーテの諷刺的世界に注目したい。それをとおして、「疾風怒濤」の文学の一断面があらわになるはずである。

最初に『アルケスティス』の内容を一言で述べると、死の床にある若い王アドメートスは、アポロンの取り計らいにより、身代りをみつければ助かることになるも、両親達から身代りを断られた結果、后アルケスティスが若い命を捧げる。だが、ヘラクレスはかの女を冥界から奪い返す、というものである。

さて原作をみると、生の実相が、さまざまな矛盾の姿のままに、描かれている。まずアドメートスは、友人ヘラクレスが訪ねると、愛妻の死を隠して丁重に遇す。ところがこの義に篤い王が、老父との口論の場では、身代りを拒んだ卑劣漢め、と口汚く罵り、我欲をさらけだす。要するに、かれはわがまま勝手な殿様なのである。他方アルケスティスは、夫のために潔く献身する貞淑な妻である。だが、ことさら幼児の教育を口実にあげて、後妻を娶らぬ誓いを王に求める点に、女性としての浅ましい嫉妬心がうかがわれる。最後にヘラクレスだが、牛飲馬食し泥酔したあげくのはて、声をはりあげ、管を巻く粗暴な男である。しかし、王が悲しみを隠して歓待したと知ると、死神から后を連れもどす離れ業を演じて、恩に報いる。すなわち野蛮だが神々しい生命力にみなぎる半神である。以上のように、三者三様、各人に偉大さと卑小さが具わっている。だからこそ、その姿は真実の迫力を持ってわれわれに訴えかけてくるのであろう。

ところが、ヴィーラントの改作では、これらの彫塑的な人物像の表面が磨かれ、ロココ調の優美な玉にぬまがうごとくに姿を変えている。たとえば、后が身代りを神々に誓うやいなや、王はその撤回を請い、両者は愛する伴侶のために死のうと競いあう。これは完璧な無我の愛である。ヘラクレスに至っては、美徳のためには、「快い憩いも／恋の甘い戯れも諦める(6)」と歌ったあげく、ただ王に対する友情に命を捧げる覚悟で、后奪回のために冥界へ向かう。つまり、豪傑ヘラクレスは、美徳の権化に変身したのである。これには現代のわれわれも思わず失笑せざるをえない。

要するに、人間の本性に肉薄するギリシア神話は、ヴィーラントによって、友愛や夫婦の純愛という、時好に投じた市民的美徳を甘美に謳う感傷的なジングシュピールに生まれ変わったのである(7)。

それでは、ここで若いゲーテのギリシア像を探ることを眼目としながら、『神々、英雄およびヴィーラント』の諷刺の世界をみてみよう。この戯作は、冥界の視点から現世を笑い飛ばすという点で、ルキアノスの『死者の対話』（一六〇―一六五頃作）の形式を踏襲している(8)。つまり、此岸のヴィーラントが寝ぼけ姿で、プルトンが統べる冥界に呼び出され、神々や英雄ら――メルクリウスやエウリピデスや『アルケスティス』の登場人物――につぎつぎと尋問されては嘲罵される。そして、これはヴィーラントの夢であった、という落ちで幕となる。

エウリピデスはヴィーラントにいう。

作家風情なぞ、われらの廃墟の寄生虫のくせして、お主が描く人間どもはどいつもこいつも、どこで拾ってきたのか、人間の尊厳とやらを相続する名門の出じゃないか。まるで卵のように同じ顔をしあってな。お主は、これをかき混ぜてつまらぬ雑炊を作ったものさ。夫のために死にたいわ、と妻がいえば、妻のために死のう、と夫がいう、しかも、この二人のために死にたい、といいだす英雄までいる始末とはな(9)。

またアルケスティスも、ヴィーラントの筆になる自分達夫婦について、「いやな感じの、気取って、痩せこけた、顔色の悪い人形[10]」と酷評する。これらは、古代ギリシアの人物像がもつ豊饒さが、「人間の尊厳」という今風の人間中心主義により卑小化された、というゲーテの批判と解することができよう。

この諷刺の刃の鋭さのあまり、ヴィーラントが卒倒しかねないと思われるのが、ヘラクレスがおどろおどろしく『ファウスト』第一部（一八〇八）の地霊のようにあらわれる山場である。すなわち、「巨人」のヘラクレスが、おろおろするナイトキャップ姿の宮廷顧問官を「いやにちっぽけな奴だな」と鼻先であしらうのだが[11]、そのとき二人の対蹠的な姿が火花を散らすように照らし出される。そもそもヴィーラント流に「人間の尊厳」のフィルターをとおして、ギリシアの原初的な「白然」を醇化するならば、半神ヘラクレスも「中肉中背[12]」の姿をとらざるをえないであろう。ところが、ゲーテ流のヘラクレスからみると、そのような手法は、「見当はずれの理想[13]」が生む「けち臭い想像力[14]」の結果にすぎない。それは神々の矮小化である。だから、「おれ達は、お前には大きすぎる（zu groß）。大きすぎるのだ[15]！」と罵るのである。そして「中庸なんぞ有難がらずに、百姓や下僕や女中のいい、ヘラクレスの躍動する生命力を白讃する[16]。そして、その「ありあまる力」を誇り、つぎのようにつづける。生き方を一番だと思え」、あるいは「半神というのはな、酔っ払おうが、乱暴しようが、神性を汚しやせん」と「精力のありあまった男は、女どもが欲しがるだけの子供を作ったものさ、頼まれんときでもな。おれだって晩に五十人の赤ん坊をこさえたものだ[17]」と。

しかも、かれは単なる「巨人」にとどまらず、『ゲッツ』（一七七三）の帝国騎士の主人公と同じく、「自力救済権（Faustrecht）[18]」をもつ、独立・自由な存在である。

ところで、このゲーテの描くヘラクレスの台詞に耳を傾けていると、シラーの『群盗』（一七八一）の冒頭で、カール・モールが吐く情熱的な台詞が思い出されよう。

赫々と輝くプロメテウスの火は燃え尽きた。（中略）人間はヘラクレスの棍棒に群がるネズミのように這いずり回り、頭蓋骨から脳味噌をしぼり出し、ヘラクレスの睾丸のなかに何が入っているかを調べあげる。[19]

呪われるがいい、このだらけた去勢された世紀よ。昔の仕事を反すうしたり、古代の英雄を注釈本で虐待したり、悲劇に書いて汚すしか能がないではないか。この世紀の生殖力なぞ、涸れ果ててしまった。[20]

このカールの表現を借りて、ゲーテの立場に立てば、『神々、英雄およびヴィーラント』――ヴィーラントによるホメロスやシェイクスピアの注釈も非難しているが――に描かれるヴィーラントは、「昔の仕事を反すうしたり、古代の英雄を注釈本で虐待したり」、「ヘラクレスの睾丸のなかに何が入っているかを調べ」たあげく、エウリピデスの悲劇から有徳の士ヘラクレスをでっちあげた、といってよかろう。ゲーテは、このようなヴィーラントに、「去勢された世紀」のサロン趣味的姿勢をみて罵詈を浴びせる。他方、「ありあまる力」をもつヘラクレスには、それと正反対の「この世紀の生殖力」の象徴を読みとろうとしているのではないだろうか。換言すれば、ヴィーラントのヘラクレスは、「去勢されたヘラクレス」であり、ゲーテのそれは「プロメテウスの火」を掲げる、創造的精神そのものなのである。

以上から知られるとおり、若いゲーテからみた古代ギリシアとは、生命力が横溢する、混沌とした、本然の

「自然」である。これこそ、本節の冒頭で言及した、古代ギリシアの『力強く健全な本性』の謂であろう。ヴィーラントの場合は、それとは逆に、当諷刺劇のエウリピデスが、「ただ風習や劇作上の習慣やつぎはぎだらけの規則に従い、自然と真実を切り刻んでは、整えてならす[21]」と冷評するとおり、あくまでも「人間の尊厳」の視点から理想化された「自然」である。極言すれば、このような「自然」は、レンツがいうように、芸術家の脳裡でのみ練りあげた美の理想にほかならない（II 653）。このことは、つまるところ、古代の「黄金時代」を背景に平和な牧人を描いたゲスナーや、古代ギリシアに「高貴な単純と静かな偉大」をみたヴィンケルマンの場合にもいえるのではあるまいか[22]。いみじくもW・レームは、「疾風怒濤」のギリシア観を述べるにあたって、「ヴィンケルマンやヴィーラントやゲスナーのギリシアを否定した」と指摘し、「古典主義円熟期が求めたイフィゲーニエ的ギリシアではなく、オリュンポス以前のプロメテウス的巨人的なギリシアを追究したのである[23]」とつづける。

最後になったが、ヴィーラントのジングシュピールが内面的心情の世界の内側で自己完結するとすれば[24]「疾風怒濤」はあくまでも、ゲーテが『シェイクスピアの日に』（一七七一作）のなかでいうように、シェイクスピア劇の「のぞきからくり」の世界をめざした。そこでは、「われわれの自我の独自性、すなわち、われわれの意志が主張する自由が、全体の必然的な運行と衝突する[25]」。つまり、独立・自由な人間が、かれらを支配しようとする盲目的な力と戦って、破滅するのである。ゲーテが「去勢された世紀」のただなかであらわした、鉄の右手をもつ騎士ゲッツは、帝国が王侯によって蹂躙され、騎士の自由が蝕まれる時代——そこには、ゲーテの生きる十八世紀ドイツの閉塞的状況が投影されているが[26]——の「全体の必然的な運行」に反抗する、ヘラクレス的な「巨人」である。すなわちゲッツは、レンツの『演劇覚書』（一七七四）に述べられるとおり、事件によって操られるどころか、みずからが事件を作り、「自分の手で、たえず大きな機械全体を回す」のだ（II 654）。要するに、

『神々、英雄およびヴィーラント』の根底を支えるヘラクレス的精神こそが、若い世代があげた新たな文学の狼煙だったのである。

第二節　『ドイツの伏魔殿』にみるヘラクレス的精神

本節では『ドイツの伏魔殿』を考察するが、この原題にある Pandämonium は本来、ギリシア神話における半神が住む神殿をあらわす。当時のドイツ文学界は、『詩と真実』第二部（一八一二）にもあるとおり、「ドイツの［ミューズの女神が住む］パルナッソス山」と呼び習わされていたから(27)、レンツはこれを冷笑する意味をこめて、かかる題名をつけたのであろう。この諷刺劇は三幕物であり、面白いことにレンツ自身がいわば狂言回しで登場して、第一幕（全四場）は、パルナッソス山を舞台に一般の読書界を、第二幕（全五場）は、その山頂にあると思われる「詩聖の殿堂」のなかでフランスかぶれの流行作家を面罵する。第三幕（全一場）の「法廷」は、エピローグというべきで、ドイツ文学の未来を占い、幕切れでは、この劇全体がレンツの夢と分かる仕掛けになっている。これは、『神々、英雄およびヴィーラント』の落ちを踏まえているとみられるが、それだけにとどまらず、このように劇的筋が直線的におさまることを嫌い、最後に転倒する――しかも、いささか不器用な仕方で――というのは、本書のこれまでの考察から明らかなとおり、いかにもレンツに似つかわしい結末であろう。

それはさておき、『神々、英雄およびヴィーラント』にはみられない、レンツ独特のバロック風の舞台も注目に値しよう。すなわち、『ファウスト』第二部を思わせるスペクタクルあり、小道具や衣裳を駆使したパントマイムあり、歌あり、劇中劇あり、観客を飽きさせない。しかも四六時中、さまざまな外国語が、フランス語や英語からギリシア語まで飛び交う。この絵巻物を繰り広げるような、野放図な舞台そのものが、今様のジングシュピールや「お涙頂戴喜劇」の世界をあざ笑うかのようである。

まず第一幕をみてみよう。冒頭から、「一飛び」に岩から岩へ飛びあがるゲーテの姿は、「四つん這い」で登るレンツと対照的である（I 248）（第一場）。ひきつづきゲーテはレンツを伴に従えて、パルナッソス山の上から、文学について訳知り顔の、軽佻浮薄なエピゴーネンや読者や評論家に冷罵を浴びせる。つまり、麓で蟻のようにうろうろするエピゴーネンめがけて、岩塊とみせかけた紙つぶてを打ったり（第二場）、飛行船で舞いあがってきた評論家達を不潔なクロバエや一寸法師に変身させて、谷底に突き落とす（第四場）。こうして、『ゲッツ』や『若きウェルテルの悩み』（一七七四）を書いた創造的なゲーテは、文字通り巨人として、「去勢された世紀」の読書界を背景にひときわ映える。

このゲーテは、ヘルダーの『シェイクスピア』（一七七三）でつぎのように記されるシェイクスピアを彷彿させよう。

［シェイクスピアは］高々と岩の絶頂にすわっている！（中略）そのはるか深い谷底では、人々がざわめきながら、かれを説明し、守り、呪い、弁明し、崇拝し、中傷し、翻訳し、冒瀆する――だが、かれは誰にも耳を貸そうとしない[28]！

そのうえ、この「疾風怒濤」の宣言書は、ゲーテこそが、『ゲッツ』によってドイツのシェイクスピアになると――「かれ［シェイクスピア］の記念碑を、われらの騎士時代から掘り起こし、われらの言葉で、かくも堕落した祖国において築き直す」――と予言しておわる[29]。そもそもヘルダーは、エリザベス朝イギリスという歴史上かつ風土上固有の状況からシェイクスピアが誕生したように、十八世紀後半期のドイツから、それに応じた個性的な文学が創造されることを望んでいた。したがって、この言辞からは、守旧派文学が美の普遍性の見地に立ち、創造ではなく模倣の道を歩むのに対して、ゲーテはあくまでも自分の生きる社会と対峙して、時代の志向を突き破るような、いわば「ここでの今」の文学を創造して欲しい、というヘルダーの願いが読みとれるであろう。(30)

さらにゲーテ自身が、この宣言書の片割れの『シェイクスピアの日に』(前述)において、シェイクスピアを「七里靴」の「巨人の足取り」で歩く「最大の旅人」と呼び、(31)つぎのように讃える。「プロメテウスと競いあい、一筆一筆かれを手本にして、巨人の寸法で人間を形づくった(32)」と。つまり、シェイクスピアはギリシア神話の人間の創造者と比べられて、第二の創造者である、というのである。

このようにみてくると、『ドイツの伏魔殿』のゲーテの姿には、あきらかに新世代の偶像の巨人的なシェイクスピアが、ひいては『神々、英雄およびヴィーラント』の創造的なヘラクレスが、投影されていることが分かる。

さて第一幕の幕切れで、劇中のレンツは山の麓の一般読書界を指して、憫然なカリカチュアの群れにすぎぬ、と嘆く。だが、つぎにみるとおり、このような滑稽な倒錯的現実は、第二幕の山頂の「詩聖の殿堂」のなかでもなんら変わらない。(33)というのも、カール・モール(前述)は「去勢された世紀」について、「へどがでるな、この下らぬインクで汚された世紀には」と憤慨するが、(34)第二幕では、文字通り「この下らぬインクで汚された世紀」をになう「詩聖」の魑魅魍魎が登場するからである。なかでも当代随一の流行作家ゲラートやヴァイセやヴィーラントが、痛い諷刺の矢面に立たされる。

まずゲラートは、「猫背であり、頬は痩せこけ、鼻は大きく、空色の目は落ちくぼみ、胸の前で合掌しながら」(I 256)と、いかにもヒポコンデリーの道学者先生という風貌であらわれる。かれは、婦人向けのたわいないデッサンを描き罵倒されただけで、ひざまずき、めそめそと泣き出す。そして讃美歌を口ずさみ、昇天する（第一場）。第一篇第二章でみたとおり、かれのフランス仕込みの喜劇は、感傷的な家庭道徳をいたずらに雄弁に説く。だが、社会的現実を視野に入れず、もっぱら泣かせようとするだけの舞台からは、観客を震撼させる劇的感動は生まれるはずもない。ここでは、前述した『ゲッツ』の「のぞきからくり」の舞台と対極にある、今風の「お涙頂戴喜劇」を揶揄しているのである。

つぎは、ゲラートと並ぶ人気作家ヴァイセをみよう。かれはまず「白い髪粉でかつらを塗り立て、宝石をあしらった靴をはいて」（I 257）あらわれ、これからパリ行の馬車に乗り込む様子である（第一場）。ついで、「イギリス風の短いかつらをかぶり、フランス風のビロード服をまとい」再登場すると（第五場）、「四方八方に、「宮廷風に」左足を後ろに擦りながらお辞儀をして」、シェイクスピアを下敷きにした悲劇『リチャード三世』（一七五九）の英語の台詞を、顔をしかめながら、「あきれるほど力のない語調で」——いかにもフランスの古典劇の模倣らしく——朗唱する。それにもかかわらず、「ドイツのシェイクスピア」の掛け声にいい気になって、「帽子を小脇に抱え、爪先で歩き回り」、自作ジングシュピールの小間使いのパートを、フランス語で「声を震わせて歌う」（I 265f.）。だが、舞台に本物のシェイクスピアが呼び出されれば、こそこそと逃げ出すほかない。ヴァイセは、フランスのオペラ・コミックを手本にして、ジングシュピールの創始者となり、七年戦争（一七五六―六三）後に、そのロココ風の劇に挿入された軽快な小曲は一世を風靡した。前節でみたヴィーラントのジングシュピール『アルケスティス』も、このような流れから誕生したのである。いずれにせよ、この舞台では、ヴァイセの「ドイツのシェイクスピア」の仮面がはぎ落とされて、ゲラートと変わらぬ、その貧弱な中身があらわになる。

最後にヴィーラントであるが、敬虔主義的禁欲的青年として登場するも、即座にロココ的作家に変身する（第二場)。以下にみるとおり、その変節ぶりも滑稽とはいえ、圧巻はゲーテに玩弄される場面であろう。ヴィーラントは、アナクレオン派の面々が下品な仕草をして、あやしげな歌を竪琴で奏でる舞台に、「目を白黒させ、頭上で手をたたいて」飛び込み、「娼家の歌手め」と罵り、竪琴をたたき壊す(I 259)。ところがこの石部金吉、見る間に竪琴を直し、洗練された装飾画の『滑稽物語』(一七六五)を思わせる、官能をくすぐる調べをかき鳴らす。しかも、そのロココ調の遊戯的な音楽に似つかわしく、友人G・ヤコービも雲に乗るキューピッド姿で登場し、小型ヴァイオリンを弾き、蝶々を舞わせる。貴婦人達は顔の前に扇子をあて、金切り声をあげたり、踊ったり、科を作ったり、いい寄られたり、と舞台は華やぐ一方である。そして、ヴィーラントはフランス語で拍手喝采を博する。と、まさにそのときに、ゲーテが躍り込み、「お前達、それでもドイツ人か?――さあ、御先祖様の遺骨が目に入らぬか、皆ひれ伏すがよい」といって、骨を掲げるのである。この骨とは、前述の「われらの騎士時代から掘り起こし」た「かれ[シェイクスピア]」の記念碑」、すなわち『ゲッツ』を指す。そのうえでゲーテは、ヘクトルの死骸を引きずるアキレウスさながら、ヴィーラントの「髪の毛をつかみ引きずり回す」(I 261)。これはいうまでもなく、ジングシュピール『アルケスティス』に毒づく、自信に満ちた『神々、英雄およびヴィーラント』の作者の姿である。

要するに、ゲーテがいわば「新プロメテウス」として、『ゲッツ』のなかで「全体の必然的な運行」に立ち向かう独立独歩の「巨人」を書き、かれの「ここでの今」の文学を作りあげたのに反して、文壇を率いる流行作家は、時代のなかにぬくぬくと安住しながら、観客の心を一晩だけ甘美にくすぐるフランス仕込みのジングシュピールや「お涙頂戴喜劇」を書くにすぎない、と痛棒を食らわされているのである。

以上から知られるように、レンツという諷刺の矢の射手は、「この下らぬインクで汚された世紀」を担う作家のからくりを、その誇張された衣裳や身振りや台詞をとおして、みごとに暴いてみせる。かれらは、あたかも「去勢された世紀」に操られる人形であるかのようにみえよう。『シェイクスピアの日に』はいう、「さあ諸君、ラッパを吹いて、あの良き趣味の楽園から、あらゆる上品な魂を目覚めさせよう。かれらは、物憂い薄明のなかで眠りこけ、生きているのか死んでいるのか分からない」と。[35] まさにレンツの諷刺の矢は、ヘラクレス的ゲーテを仰ぎつつ、この「良き趣味の楽園」の「詩聖」を射落とすのである。

いずれにせよ、『ドイツの伏魔殿』は、レンツが『神々、英雄およびヴィーラント』のなかのヘラクレス的精神を十分に踏まえながら、書きあげたことが察せられるであろう。ちなみに、このゲーテの諷刺劇の印刷のために奔走したのは、レンツその人なのであった。[36]

第三節　自己諷刺の劇

『詩と真実』第三部（一八一四）によれば、一七七三年、レンツは『ゲッツ』を読了後に『われらの結婚について』*Über unsere Ehe*（現存せず）という諧謔的なエッセイを書いて、ゲーテに送った。そのなかでレンツは、二人の才能を比較して、自分をゲーテの下に置くかと思えば、両者を対等視したという。[37]『ドイツの伏魔殿』にも、そのようなレンツの姿勢がうかがえないわけではない。H・ヘットナーは、この点を踏まえながら、この諷刺劇について、謙遜の仮面を被るものの、実はゲーテと自分を対等視する、レンツの恐れを知らぬ不遜の表現である、と非難している。[38] ローザノフは、これを批判して、レンツとゲーテが当時「双生児の詩人」と並び称された事実を指摘したうえで、当諷刺劇は、あくまでも「疾風怒濤」の文学上の立場を、喜劇的才能を駆使して浮き彫りにしながら、ゲーテに対する熱烈な信奉を表明するものだ、と評価している。[39]

そこでつぎに、この点を念頭に置きながら、劇中のレンツの姿に焦点を合わせてみよう。すでにみたとおり、第一幕では、ゲーテは「巨人の足取り」で岩の絶頂に登るのに対して、レンツは「四つん這い」でたどり着く。後者は、前者から「坊や」（I 249）と呼ばれるばかりか（第一場）、エピゴーネンからも「ゲーテのエピゴーネン」（I 252）と蔑まれる（第二場）。他方、この山の麓の読書界を睥睨するのは、ゲーテとレンツの二人だけである。その限りで、両者は、レンツがゲーテにいうように「兄弟」（I 249）である（第一場）。

とはいうものの、このような関係は、第二幕の幕切れ近くでは（第五場）、にわかに変質して、レンツの姿が目立って見劣りしてくる。それは、いつも「隅に引っ込み」、ヘルダーから「坊や」と呼ばれ、みずからも「中学生」と称するだけではなく（I 268）、守旧派文学に放たれた痛い諷刺の矢が、いまや劇中のレンツ自身に向けられるからである。

もっとも最初は、クロップシュトックやレッシングやヘルダーを前にして、劇中のレンツも威勢がいい。フランスの古典主義の模倣理論を侮蔑して、「ぼくは模倣なんかしませんよ」といいながら、自分の芸術的営為を披露するからである。つまりかれは、「人間をつぎつぎに、あえぎながら運び、かれらの前で直立させる」（I 268 f.）。周知のとおり、ギリシア神話によれば、プロメテウスは、神々の姿に似せて土と水を練り固めて、直立姿勢の人間を作った。しかも、『演劇覚書』は「真の詩人」を、「かれ［創造者］の火を胸に抱いてこの地上の玉座にすわり、かれ［創造者］を手本にして小さな世界を産む小さな神々」と呼び、創造の神と比べている（II 648）。このようにみてくると、この箇所は、劇中のレンツが劇作家としての自分をプロメテウスになぞらえて——ゲーテがシェイクスピアをそうしたごとく（前述）——、いわば「第二の神」（alter deus）として、みずから「第二の自然」（natura altera）を創造する[40]、という矜持ある行為を指すと読めるのではあるまいか。そのかぎりで、レンツはゲーテと同等に描かれている、といえそうである。

ところが、この「直立」した人間像について、ヘルダーは「われらの時代には大きすぎる（zu groß）」といい、劇中のレンツもそれに応じて、やおら自分の演劇論を得々と演説しはじめる（I 269）。すなわち、「梯子をのぼる半神も、偉大さの最上段にたどり着くや滑り落ちる」というシェイクスピア流の「性格悲劇」――「巨人」が「全体の必然的な運行」と戦って破滅する「のぞきからくり」の舞台――は、あくまでも成熟した社会の産物であり、現在のドイツでは不可能である。それゆえに、『神々、英雄およびヴィーラント』の「大きすぎる（zu groß）」（前述）ヘラクレスさながらの巨像は、きたるべき時代の悲劇の主人公だ、と啓蒙主義的な進歩理念に立って述べるのである。従来の批評では、これを額面通りに受けとって、作者レンツ自身の『演劇覚書』や『新メノーツァ反批判』（一七七五）に基づく演劇論が吹聴されている、とみなしてきた。[41] しかも、実作の上でも、かれは「性格悲劇」を書かず、シェイクスピアの悲劇の翻訳『コリオレーナス』*Coriolan*（一七七四／七五作）すら未完におわったのである。

しかし奇妙なことに、劇中のレンツは、この演説をゲーテ達からほめられるにもかかわらず、いかにも自信なげに、「おほめにふさわしければなあ」とつぶやき「隅に引っ込み」、みずから「性格悲劇」に取り組める日を待望して祈る。だが、前述したとおり、ゲーテはそもそも『ゲッツ』によって、レンツ宿望の「のぞきからくり」を舞台とする「巨人」を作りあげたのである。そうであれば、この熱っぽい長口舌が、いかに作者自身の演劇論に拠っていようとも、この諷刺劇のなかでは、けっきょく劇作家としての無能を露呈するものにほかならない、と愚弄されても不思議ではなかろう。しかも、すでに第一篇でみたとおり、レンツの劇作品においては、『新メノーツァ』（一七七四）であれ、『軍人たち』（一七七六）であれ、あるいは『哲学者』（一七七六）であれ、およそ啓蒙主義的な改革案が揶揄されている。以上の点を考えあわせるならば、この弁舌を、作者レンツの単なる持論の披露とするわけにはゆくまい。これはむしろ、「哲学者」ぶりながら演劇論に熱弁を振るうものの、けっきょく「第二の神」となりえない作者自身を突き放して、笑い飛ばすものである、とみて大過ないであろう。それを裏づけるように、クロップシュトックやヘルダーやレッシングは、この「巨人」の悲劇の実現を念じる劇中のレンツについて、「あっぱれな小僧め。何ひとつ産み出せんくせに、予感だけはたいしたものだな」と、感嘆とも嘲りともつかぬ台詞を吐くのである。

ところで、ゲーテはこの台詞を聞くと、「わたしなら産み出してみせます」と誇らしげにいい、しかも、かれの猿まねをする「疾風怒濤」の仲間に向かって、つぎの挿話を聞かせる。すなわち、旧約の神が土と水を練って人型を作り、命の息を鼻から吹いてアダムを創造したが、悪魔がそれを猿まねしても、けっきょく泥の塊しか作れなかった、と。ここで、上述のとおり、劇中のレンツが、みずからをプロメテウスになぞらえながらも、ひっきょう、無能な劇作家としてあざ笑らわれている、と読めることを考えれば、この挿話は、「第二の神」のゲーテに比べて、劇中のレンツを、ひいては劇作家のレンツ自身を、悪魔あるいは偽りのプロメテウスとみなして揶揄嘲罵しているのだ、ということが分かる。それだからこそ、当諷刺劇の副題は、あたかも作品そのものの芸術的完成を疑い、単なる断片にすぎぬ、とでもいうかのように、「素描（Eine Skizze）」とされているのにちがいない。

いずれにせよ、ここには新文学の担い手は自分ではなくて、ゲーテであるという、いわば信仰告白が読みとれる。そして、これと対応するように、未来文学の展望が告げられる第三幕の幕切れでは、『ドイツの伏魔殿』の夢から覚めたレンツが、この劇中劇を振り返って、みずからに、おどおどと問いかける、「ぼくが新時代に向かって、［新文学の旗手に］名乗りをあげろというのか？」（I 271）と。

ついでにいうと、この諷刺劇は、ローザノフも指摘するとおり、ドイツの貧困な文学的状況を背景にしてゲーテとレンツを描く点で、「ドイツの文芸について」*Über die deutsche Dichtkunst*（一七七四／七五作、一八二八刊）というレンツの詩と関連がある。ここでは、当代ドイツを、ホメロスの古代ギリシアからダンテのイタリアやシェイクスピアのイギリスと比べて、石女の「老嬢」――「去勢された世紀」にふさわしく――にすぎず、せいぜい「しなびた花」を咲かせるだけだと憂い、ゲーテとレンツの「二粒の種子」のみがホープだという。ところが、その高揚した気分は突然転調して、レンツはみずからの創作能力の不足を嘆き、「かつてぼくも詩作しようとしたことを恥じ入るあまり／墓に眠るぼくの灰が舞いあがらないために」、シェイクスピア達の霊が自分の墓の上をさ迷わないように、と祈っておわる（III 115 ff.）[42]。これでは、まるでレンツ自身が「去勢された世紀」をになう一作家にすぎなかった、という自虐的な口吻である。

このような訳であるから、『ドイツの伏魔殿』は、『神々、英雄およびヴィーラント』において称揚された創造的精神をゲーテに認めながら、「去勢された世紀」の文壇に諷刺の矢を放ち、レンツの劇作品にみられる諷刺的諧謔の精神をおおいに発揮する。しかし、逆説的だが、その一番鋭い矢が射落とすのは劇中のレンツなのである。そしてかれの皮と肉を貫き、骨まで達するのだ。

これまでの考察が正しいとすれば、この諷刺劇をレンツの思いあがりの表現とする、前述のヘットナーの意見に従うわけにはゆくまい。さればといって、ローザノフのように新文学の旗手としてのゲーテを讃美する側面を強調したり、あるいはW・リークのように守旧派文学に対する「前哨戦」をゲーテと演ずるレンツの文学的立場を性格づけるだけでは、十分ではなかろう[43]。要するに、『ドイツの伏魔殿』は、劇作家レンツの徹底的な自己諷刺の劇である、といわざるをえないのである。

むすび

さて、『ドイツの伏魔殿』が著された一七七五年の春といえば、レンツの創作意欲がもっとも盛んな頃にあたる。(44) すでにかれは、『家庭教師』(一七七四)、『新メノーツァ』および『演劇覚書』によってゲーテと並び称せられ、いまや『軍人たち』や『哲学者』を書きあげつつあった。それにもかかわらず、このような自己諷刺の劇が書かれるというのは、いささか病的にさえ思われよう。だが、レンツの劇作品――第一篇でみたとおり、諷刺的諧謔の精神がそのひとつの根幹をなすが――の底流には、自分に対する苦い失意が澱んでいることを考えれば、この自嘲的な姿勢はいかにもかれに似つかわしい。ちなみに、かれの自虐的傾向の根元に、敬虔主義的色彩を帯びた正統主義により培われた原罪意識をみる向きもあるが、(45) それだけでは説明しきれまい。それはさておき、およそ諷刺の矢の射手は、『神々、英雄およびヴィーラント』の作者のように、あくまでも強い自信の宿る高みから、卑しむべき的をめがけて矢を放ち、笑いのめす。とはいうものの、諷刺的精神が徹底されれば、この自分の滑稽さにも気づき、おのずからその矢は射手自身に向けられるのではないのか。

いずれにせよ、レンツは『ドイツの伏魔殿』のなかで、『神々、英雄およびヴィーラント』からくみとったヘラクレス的創造精神をゲーテの姿に如実に描き出しながら、「去勢された時代」の文壇に痛罵を浴びせる。それは、レンツなりのゲーテの諷刺劇の受容である。だが、それだけにとどまらず、かれ自身は新時代の「性格悲劇」を構想するだけにおわり、ヘラクレス的創造精神に欠けるといって、みずからを笑い飛ばす。自分は偽りのプロメテウスであると。実際、レンツは劇作家として、『ゲッツ』のような「自分の手で、たえず大きな機械全体を回す」「巨人」の悲劇ではなく、逆に、「大きな機械に納まりきる、小さく精巧な機械」（II 637）である人間の悲喜劇を書いた。だがその劇世界から、フランス革命前夜の逃げようにも逃げられぬドイツ社会、「息が詰まりそうな沼地」（I 140）に縛りつけられて、「自分の手で、たえず大きな機械全体を回す」人間を表現することができずに、苦悶する市民的知識人の姿が浮かびあがってくるのではなかろうか。

第五章▼反逆としての自己処罰——劇的幻想『イギリス人』

はしがき

レンツの創作意欲は、ストラスブール時代（一七七一—七六）に泉のように湧きあがり、『家庭教師』（一七七四）を皮切りに四つの喜劇をつぎつぎと書きあげ、喜劇断片『民衆たち』（一七七五—七六作、一八八四刊）にも着手した。ところで、これらの五つの喜劇世界は、本書でみるとおり、いずれも一見めでたしめでたしでおわるものの、フランス革命前夜におけるドイツの市民的知識人の実態を暴き出している。つまり、あたかも「ザクセン喜劇」に倣い、家庭や社会や友人や兄弟の和を謳いあげるかのようでありながら、その喜劇的衣裳には、当時の逃げるに逃げられない社会状況における市民的知識人が、滑稽かつグロテスクに透写されている。

ところが、このストラスブール時代の掉尾を飾る劇作品『イギリス人』（一七七七）は、喜劇というジャンル名をもたず、なるほど随所に滑稽な言動が散りばめられているとはいうものの、もはや調和的秩序を遊戯的にさえ描き出すことはない。それどころか、十八世紀後半期の市民的知識人の閉塞的状況を自虐的にあらわすだけにみえる。これは、あるいは市民的知識人としてのレンツ自身のせっぱつまった絶望感を反映しているのかもしれない。だが、結論を先にいえば、それだけにとどまらず、新しい市民像に対するレンツのいわば信仰告白も読みとれるのである。

もっとも『イギリス人』は、ローザノフが「病的性格の特徴」をみて、作品の芸術性を否定して以来、せいぜい主観的妄想の所産であると軽視されてきた。[46] 管見によれば、ようやく近年或る研究者が当作品に注目して、主人公の自殺を『家庭教師』のロイファーの自己去勢の徹底化であるとみなし、これは市民がみずから封建的社会の生け贄になることの表現である、と論じている。そして、この劇作品をもって、レンツのストラスブール期の作品群が諦観的なおわりを遂げ、のみならず、レッシング以降の市民的自立精神を描く市民劇そのものもおわる、と結論する。[47] だが、この論考は、いささか大仰な結論を別としても、レンツの伝記的事実（父親との軋轢や貴大人への恋情）を基礎にすえている点で、伝統的なレンツ研究を踏襲している。本章は、これを批判する立場から、作品をあくまでも当時のヨーロッパ文学との深い連関のなかで捉えようとする。そこで、まず『イギリス人』をそれが育まれた歴史的舞台に送り返し、ついで、当代特有の物の感じ方や考え方を明らかにしながら、この劇作品のなかに潜んでいる新しさを浮き彫りにしたい。しかも、その際、これまで等閑視されてきた夢幻的な劇空間にも注目したいと思う。

第一節　自己破壊の悲劇

最初に『イギリス人』の梗概を述べれば、つぎのとおりである。イギリスの貴族ロバート・ホットは、父親の意志に反して、祖国の公務に就くことを厭い、旅先のイタリアで当地の王女に対する叶わぬ恋に身を焦がす。そのうえ、父親が祖国に連れもどしにくるにおよび、ロバートは帰国を嫌い、突拍子もないことに自害する。しかも、聴罪司祭の説教を斥け、恋人の名を呼びながら果てる。

ロバートは、レンツの他の喜劇の主人公と同じく、奇矯なアウトサイダーである。のみならず、後述するように、イギリスの貴族ながら、ドイツの市民的知識人の意識を投影しているとみなしてよい。ところで、モンテスキューの『法の精神』(一七四八)は、十八世紀イギリスの自殺の流行を記し[48]、レンツ自身も『イギリス人』の執筆当時、ある書簡のなかで、退屈のあまり自殺するイギリス人に言及している(III 424)。のみならず、『新メノーツァ』(一七七四)にも「イギリス人のまねをして、頭めがけて一発撃ち込もう」(I 189)という台詞がみられる。したがって、レンツはこの点も念頭に入れて、主人公をイギリス人にしたものと考えられよう。

かれは、第一幕の冒頭で、父親に命ぜられるがままに、祖国でハミルトン卿の娘を娶り、上院議員として勤めることを拒絶する台詞を吐き、その直後に、つぎのように独白する。

自然のなかでは、万物はみずからの欲求に従って、鷹は獲物を、蜂は花を、鷲は太陽をめがけて飛ぶというのに——人間は、ただ人間だけは——誰がぼくにそれを禁じようというのか？ ぼくは、人間がみずから願い追い求めるもの一切を、二十年間断念してこなかったろうか？ 植物のような生を、石のような生を送ってこなかったか？ ただ、親父のばかばかしい願いをかなえるために。ぼくは、この世の一切の美をなおざりにして、教師のように頭を痛めただけではなかったか。書物や揮発する蒸留酒のように、生気のない空しい物にかまけて、顎髭もはえやしないのに、老いぼれのごとく生きてこなかったか。(I 318 f.)

ここでは、父親から国家有為の者となるための教育を強いられたことを呪うが、その口吻は、『エミール』(一七六二)——『詩と真実』第三部(一八一四)によれば、当代ドイツの知識階層一般に影響を与えたという[49]——を思わせないだろうか。というのも、同書によれば、当時の教育は、子供を特定の境遇、すなわち「両親の身分にふさわしい」職業に向くように作りあげようとして[50]、「乗馬のように調教し」、「庭木みたいに、好きなようにねじまげ」る[51]。そこでルソーは、これが人間の自然性をゆがめるといい、激しく批判する。つまり、「人間としての生活をするように自然は命じている」のであるから、子供に生得の「自然の善性」を、社会からゆがめられないように護り育てるべきだという[52]。さらにかれは、自然から逸脱した文明人の生について論評する。「社会人は奴隷状態のうちに生まれ、生き、死んでいく。生まれると産衣にくるまれる。死ぬと棺桶にいれられる。人間の形をしているあいだは、社会制度にしばられている[53]」と。

以上を考えあわせれば、ロバートは、ルソー的文明批判の立場に立って、父親から定められた人生行路、すなわち良い教育を受け、良家の子女と因襲的な結婚をし、高位の官職に就くことを、「人間としての生活をする」ことを捨てた「奴隷状態」であるとして熱っぽく拒絶する、とみなしてよいであろう。ちなみに、ルソーは、『新エロイーズ』（一七六一）のなかで、サン＝プルーの口を借りて、上流階層の当世風な因襲的結婚を「財産もしくは身分との結婚」と断じ、「自然な感情の秩序はすっかり覆されてしまった」と酷評している[54]。

ところで、すでに触れたように、レンツの『ゲッツ論』（一七七三―七五作、一九〇一刊）は、ゲーテの『ゲッツ』が自立的行動を謳うとして熱狂的に讃美する反面、それと対蹠的なドイツの惨めな現実について、「人間は、けっきょく、われわれが世界（中略）と呼ぶ、大きな機械に納まりきる、小さく精巧な機械にすぎない」と訴える。すなわち、「われわれの生涯」とは、せいぜい「歯車」にすぎず、いかなる自立的行動の可能性ももたない「奴隷状態」であると（II 637）。これこそ、エリアスが『文明化の過程』において、「かれら［市民］は、せいぜい自立的に『考え、詩を書く』のみで、自立的に行動することは許されなかった」と記した、ドイツ特有の領邦的絶対主義のもとでの閉塞的状態を示すものにほかならない[55]。『若きウェルテルの悩み』（一七七四）の主人公にとっても、世界は、儀礼や出世欲に満ちた、非情で功利的な「機械」であり、人間性を損なう場である。それゆえにウェルテルはいう。社会におけるすべての活動も「奴隷船」における苦役にすぎず、人形のように操られていると[56]。これを要するに、ロバートは、ウェルテルと同じく市民的知識人の心性から、この社会の「歯車」と成り下がることを拒み、社会的秩序に背を向ける。『新メノーツァ』のタンディや『家庭教師』のロイファーや『哲学者』（一七七六）のシュトレフォンが、「奴隷状態」の社会に順応するのとは対蹠的である。しかし、だからといって、このドイツの領邦的絶対主義のもとでは、「人間としての生活をする」という心願がかなえられるはずがない。そこで、この通路を塞がれた情熱は、ウェルテルがあえてロッテに対する不毛な愛に耽るように、王女アルミーダに注がれ、絶望的な自己破滅の道を辿らざるをえない。柴田翔氏が、ウェルテルの自己破壊的熱狂について、「実は自己決定の能力を自覚しながら、外界によってそれを妨げられていた当時のドイツ市民階級における、自立性への欲求の内面への屈折現象である」と指摘していることは注目に値する[57]。このことはロバートの場合にもあてはまる。ロバートは、王女と仮面舞踏会で一度踊ったにすぎず、はじめから片恋を承知である。にもかかわらず、王女のみが、この「奴隷状態」からかれを救う唯一人の女神である、と妄想せざるをえない（第一幕）。自覚的な市民がこのように不毛な熱狂と自己破滅を余儀なくされる点にこそ、悲劇性がある。したがって、ローザノフが、この劇作品を「狂気の恋わずらい」の一言で片付けるとき、このことを見過ごしている[58]。いずれにせよ、王女に対する恋情の根底には、父親に体現される社会的秩序、すなわち自然から逸脱した社会に対する挑戦が潜んでいる。だからこそ、ロバートは恋に酔い、かつうなされながらも叫ぶ。「親父どもは出て行け」（I 330）と。

つぎに、かれの自害にまつわる問題を考える前に、まず当劇作品の夢幻的な劇空間に注目したい。

第二節　バロック的夢幻の舞台

『イギリス人』は、第二幕が二場あるほかは、いずれの幕も一場かぎりの五幕ものである。副題は「劇的幻想」(Eine dramatische Phantasei) である。終幕をのぞけば、残りの四幕全体をとおして、まるでロバートの物憂い心をのぞき見るとでもいうかのように、おしなべて幽暗な舞台である。すなわち、月明かりの晩にローソクの灯が赤いカーテンをとおしてちらちらと揺れ動き（第一幕）、幾多の星が明滅するかと思えば（第四幕）、営倉の薄暗がりであったり（第二幕第二場）、明け方近く（第三幕）である。

しかも、このかすかにうごめく夜の気配にふさわしく、あやしい幻影の世界が映し出される。つまり、ロバートがみずからを「プロテウス」と称し（I 318）、千変万化の海の神にたとえるとおり、かれは、幕ごとのつかの間に、めまぐるしく変身し、その姿を得意げに観客に披露する。まず第一幕はサルデーニャ軍のマスケット銃兵として、ついで第二幕はヴァイオリンを弾きながら歌う四人として、また第三幕は仮装舞踏会のドミノ姿の貴族として、さらに第四幕は手回しオルガンを弾くサヴォワ人の乞食として、最後の第五幕はハムレットのように狂人を装ってあらわれる。つまりロバートは、幕ごとに新しい仮面を被り、一人五役の演技によって、変幻きわまりない舞台を作る。そのうえ、王女自身も若い将校の仮装をし、兵卒姿に身をやつした兄を伴って、ロバートの前にあらわれる（第二幕第二場）。そればかりではない。遊女トニーナが、ロバートの前で或る劇を再現し、その蠱惑的な胸元からバラの花をつぎつぎと抜き出してはかれに投げつける、劇中劇的な場も幻想的である（第五幕）。しかも、この直後に舞台は反転して、身の毛のよだつ光景で幕切れとなる。すなわち、ロバートが鋏で喉笛をかき切り、血まみれの見世物的断末魔の場でおわる。これは古典主義演劇がもっとも忌み嫌う舞台であろう。

ましてや、この変幻自在の舞台を動き回るロバートは、レンツの喜劇の主人公たちタンディやロイファーやシュトレフォンやシュトルチウスと同じく、落ち着かない。やおら「両手をかじる」（I 327）（第三幕）かと思うと、「振り向きざまに、人［ハミルトン卿］の喉元をつかん」でみたり、あるいは「走って頭から壁にぶつかり」、「飛びあがり、窓から飛び降りよう」（I 330）（第五幕）としたり、その振る舞いはとっぴである。とりわけ死臭漂う幕切れで、王女アルミーダの肖像画を仰ぎ見るかれの姿は、悲劇的であるとともに、滑稽且つむくつけき眺めであるといわざるをえない。ここでは、ロッテ愛用の淡紅色のリボンを祭壇のごとく崇め、罪深い夢想に耽るウェルテルをもじっているかのように思われる。のみならず、かれの憂愁な独白や物狂いの姿は、ハムレットを下敷きにしているのであろう。ともあれ、その大仰で、ぎくしゃくした身振りは、まるで誰かによって操られているとでもいうように、人形風で、道化じみている。

これまでの考察から、かりにバロックの特徴を「変身」と「見せびらかし」にみることが許されるとすれば[59]、まさにこの劇は、バロック的な夢幻の遊戯的劇空間を繰り広げているといってよい。このようなバロックの揺れ動く、混沌とした世界の背景には、A・ハウザーによれば、既成の確固不動の体系がくずれ、現存世界の秩序が永続的ではない、という認識がある[60]。この点については後ほどあらためて言及する。

第三節　自己証明としての自己破壊

ここでは、ロバートの自殺にまつわる問題を、とりわけ当代の宗教的感情の側面から浮き彫りにしながら、『イギリス人』がはらむ新しさを明らかにしたい。

さてロバートは、すでに第一幕の冒頭から、いわば「ウェルテル病」の患者として登場してくる。というのも、ちょうど『哲学者』のシュトレフォンと同じく、恋人を一目みてから銃で自殺することを願い、宮殿警護の一兵卒に身をやつしている。あるいは、とっぴにも死刑を望み、脱走兵を自称し営倉に入れられる。第二幕の営倉の場では、恩赦を告げる王女に短剣を渡すと、「あなたの手から授かる死け救いです」(I 322)という始末である。そもそもこの台詞は、ウェルテルがロッテから手渡されたピストルをみて、狂喜して口にするそれを思わせよう。(61)も、ウェルテルにとってのロッテと同様、ロバートにとって王女は「神々しい光」(I 322)を放つ聖女であり、信仰の対象に等しい存在である。それゆえにこそ、ロバートは王女の結婚を聞くにおよび絶望し(第五幕)、自殺願望は募る一方で、走って頭から壁にぶつかったり、窓から身を投げようとして、さんざん暴れた後に、ついに銃で喉を突き刺す。そして瀕死の身ながらつぎのようにいう。

万物のうちでもっとも恐ろしい方[裁きの神]よ！(中略)ぼくの魂をこの世にお送りになったのに、もう、あなたの冷酷無情な領分にお迎えになるとは！　だが、どうかあの方[王女]に捧げる恋まで禁じないでください。あの方なしでは、永劫はただ長く、恐ろしい。ぼくが罪を犯したというならば、喜んで罰も拷問も受けましょう。あなたの命じるままに、地獄の責め苦も忍びます。あの方を恋い慕っていれば、どんな責め苦も楽しいかぎりですから。(I 335)

そもそも『イギリス人』は、凄惨な自殺の場面のために、当初雑誌に掲載することを拒否された、いわくつきの劇である(Vgl. I 752)。むろん自殺は、当時宗教界から断罪されていた。たとえばモンテスキューの『ペルシャ人の手紙』(一七二一)が、「ヨーロッパでは法は自殺者に対して狂暴である。かれらを、いわば、いま一度死なせるのである。むざんにも街じゅうを引きずりまわされ、汚辱を加えられ、財産を没収される」と述べるとおりである。(62)もっとも同書において、モンテスキューは自殺擁護の立場に立ち、主人に対し自由を訴えるあまり毒を仰ぐハーレムの女に好意的である。ついでにいえば、当時汎欧的に好まれた題材のひとつに、カエサルの圧政に反抗し、祖国の自由を思い自殺する愛国的な英雄カトーがあるが、ゴットシェートは英仏のカトー物に倣って『瀕死のカトー』(一七三二)を書き、またレンツ自身もストラスブール時代に劇断片『カトー』*Cato*(一七七一―七五作、一八八四刊)を残している。しかしこれに反して、ロバートの不毛な恋情による自己破壊は、ウェルテルの例をあげるまでもなく、スキャンダラスとみなされたにちがいない。

ところでレンツの喜劇においては、自殺のモチーフは珍しくはない。たとえば『哲学者』のウェルテル気取りのシュトレフォンは、三角関係の恋に身をやき幾度も自殺を試み、『民衆たち』では、瀕死のハインリヒを前にしてその兄は自殺する。とはいえ、前者の自殺は恋敵が身を引くために中断され、友愛の讃美でおわり、後者の自殺は兄弟の和解を意味する罪ほろぼしである。その意味で、両者の自殺はともに悲劇的とはいえない。これに対して、『軍人たち』(一七七六)のシュトルチウスは、恋敵の非情な貴族を毒殺して自殺するが、かれはひっきょう戯画化されているので、その死も身の毛のよだつようには描かれていない。ところが、『イギリス人』におけるロバートのなまなましい断末魔の場は、いかに道化風の要素が入り混じっていようとも、笑いのみでおわるには悲劇的色彩が強すぎるのである。

くりかえすが、ロバートの自殺は、市民としてのかれが、社会の変わりようのない「奴隷状態」を自覚するあまり、「人間としての生活をする」という熱っぽい欲求を、あえて王女への不毛な情熱に向けざるをえないことの必然的結末であった。逆説的だが、かれは父親に体現された社会から抑圧されていながら、反抗の刃を自虐的に自分自身に向けざるをえず、けっきょく社会から押しつぶされる。そこに悲劇性があることは、すでに指摘した。だがしかし、その自殺は、単なる敗北宣言にはおわらないのである。そのことを明らかにするために、まず上掲のロバートの台詞にふたたび注目したい。ここには熱をおびた宗教感情がいきいきと描かれているが、伝統的な宗教観と比べて、特徴的なのはつぎの二点である。第一に、ロバート自身は魂が滅びるか、救われるかの瀬戸際にいるにもかかわらず、地獄の劫火に灼かれるという恐怖におののいているわけではないこと、第二に、第一の点と関わることだが、天国に結ぶ恋ではないにしろ、やはり恋人への執着を捨て切れないことである。この二つの特徴は、現代人にとって目新しくなかろうとも、つぎの考察から知られるとおり、十八世紀の新しい精神の在り方を伝えている。

まず第一の地獄の恐怖に関して、スタンダールが『恋愛論』(一八二二)のなかで、興味深いことを述べている。すなわち、ラクロのリアリスティックな社会風俗小説『危険な関係』(一七八二)の貞淑なトゥールヴェル夫人が、宗教心から蕩児ヴァルモン子爵の誘惑に抵抗したことを嘲笑して、つぎのようにいう。

トゥールヴェル夫人がヴァルモンの誘惑に抵抗するのは、もっぱらあの世で煮え立った油釜で焼かれたいためである。自分が煮えたった油釜の恋仇にすぎないという考えが、どうしてヴァルモンに夫人を軽蔑し捨てさせなかったか了解に苦しむ。(63)

いうまでもなく「啓蒙の世紀」は、伝統的キリスト教の衰退期であり、恩寵による回心を経た信仰そのものが実質を失っていった。レンツ自身もケーニヒスベルク大学時代(一七六八—七一)にルソーを読み、にわかに正統キ

義から自然宗教に傾斜してゆく。たとえば、一七七二年頃に執筆の『感傷的魂のための哲学講義』*Philosophische Vorlesungen für empfindsame Seelen*（一七八〇）――最近発掘されたばかりであるが――は、原罪を「正しい信仰の大地に生える毒麦」のひとつといい、「家畜や無生物」にまで原罪をおしつける信者は「救いがたい迷信」の虜だと断じる。(64) つまり、正統主義は、「罪人」客相手の「哲学的神学的道徳を商う古道具屋や両替商」にすぎない、と嘲笑するのである。(65) レンツの信仰の問題は第三篇第六章で詳論するが、かれの世俗化された宗教感情を支えるのが、ルソー流の感傷的道徳的自然宗教である。『エミール』のなかの「サヴォワの助任司祭の信仰告白」は、本章第一節でみた人間の「自然の善性」を培う教育に対応する、自然宗教を説いている。その神とは、万人の良心と直接向かいあって、不滅の魂を授ける、慈悲深い創造者である。したがって、いかなる教会の権威も斥けられ、超自然的教義の原罪も、怒り裁く神も地獄の永劫の罰も、認められない。(66) このようにみてくると、スタンダールのトゥールヴェル夫人に関する感想は、あながち十九世紀初頭の進歩的知識人の独占物にとどまらないことが分かる。

要するに、ロバートが地獄に墜ちることについて深刻な恐怖心を抱かないのは、かれがこのような自然宗教的風潮下の市民的心性の持ち主であるからだ、ということが察せられるはずである。『アントーン・ライザー』（一七八五―九〇）のアントーン少年のみならず、(67) 若きルソーも――最後の審判の喇叭が高鳴るとき、(68)『告白』（一七六六―七〇作）を携え、神の前に胸を張って進み出よう、(69) と昂然とうそぶく晩年の姿からは想像しがたいのであるが――、いや、実は若きスタンダールすら地獄を恐れたことを考えに入れれば、(70) ロバートの態度の斬新さが明らかであろう。

ついで、ロバートの宗教的感情の第二の特徴としてあげた、来世における恋人への執心について考えたい。その際、『危険な関係』とともに革命前夜のフランス文学界の潮流を分かちあった、当代のベストセラー、『新エロイーズ』がおおいに参考になる。この感傷主義的小説は、いわば市民的な美徳の頌歌であり、その主人公たちの宗教的感情はおおむね、「サヴォワの助任司祭の信仰告白」のなかで説かれる自然宗教に収斂するといってよい。女主人公ジュリは、いかなる既存の宗派からも縛られぬ、感傷的かつ合理的な信心家であり、「理性の享楽主義」(71)に立って現世の幸福を尊重する。そこでかの女は、俗世と天上を連続的に捉えて、不慮の死の床でも、かつて家庭的義務から別れた恋人サン゠プルーと天上において再会し、結ばれるという信仰を大胆に告白する。

いいえ、わたくしはあなたとお別れするのではありません、あなたをお待ちしに行くのです。徳は地上でこそわたくしたちを隔てましたけれど、永遠の住み家では、わたくしたちを結び合わせてくれるでしょう。わたくしはこの楽しい期待をもって死んでゆきます。(72)

そして、かの女は最期に「サン゠プルーさん！……親愛なるサン゠プルーさん！」と恋人の名前を呼び、最後の審判も恐れずに息を引き取る。(73)ウェルテルもまた、おそらくこれに倣って、来世におけるロッテとの再会信仰を述べ、やはり「ロッテ！」と二度呼んで自殺する。(74)このようにみれば、ロバートが、来世における王女との結びつきに拘泥するのも、やはり自然宗教に培われた市民的心性に由来することが分かる。

ところで、このように永劫の責罰に対する恐怖を失い、また来世においても恋人に執着するのは、もとより現世的幸福を肯定して、キリスト教的な救済に対して薄弱な関心しか抱けないからである。実際、ジュリは臨終が近づき、牧師から世俗的な愛を捨て神に心を捧げるように勧められるが、かの女はこれまでの善良な生活こそ死の備えだと考え、最後の時をもっぱら最愛の家族のために捧げる。「まさに恐るべき審判者の前に出ようとしているのに（中略）親しい人々と語らい、かれらの食事を陽気にし、いかなる話にも、神のこと、救いのことにはただの一言も触れないとは！」と無神論的な夫ヴォルマールさえあきれるほどに。[75] ジュリは牧師にいう、「半ば消えかけた命の、苦しみに呑まれているこの余燼は神に捧げるほどの値打がございましょうか？（中略）わたくしは神のみ許に赴くためにその方々［家族］にお別れを述べているのです。わたくしが専念いたさねばならないのはその方々のことです」[76]と。しかも、かの女は、直接神とあい対して、いかなる儀式も必要とせずに死ぬ。これは、ルソー自身が『告白』[77]において、「死にゆくエロイーズ［ジュリ］の信仰告白はサヴォワ助任司祭のそれとまったく同じなのである」と述べるとおり、伝統的な啓示宗教にまっこうから背く、心情豊かな自然宗教の宣言にほかならない。

同じくロバートも、その臨終間際に聴罪司祭から「あなたの心がこの世のすべてから離れるように。（中略）あなたの心を、あなたが愛したものから神様に向けるように」と説教される。ところが、かれの場合は、ジュリよりも一歩踏み込んで、懺悔することを断るどころか、神の救済を断固として拒絶する。そして「恋人の肖像画を高々と掲げると顔に押しつけて」、やっとの思いで喘ぐような叫び声をあげながら、ジュリやウェルテルがそうしたように、恋人の王女アルミーダの名前を二度呼び、恍惚のうちに果てる。この不敬な市民的知識人が、家父長制的社会を体現する父親や司祭を前にして吐く最期の台詞はつぎのとおりである。

アルミーダ！　アルミーダ。——あなたがたの天国は、あなたがたのためにとっておくがいい。（I 337）

この社会的宗教的なしきたりに背く奇嬌な反抗的態度は、一見子供じみしみえるかもしれない。しかし、いわば「自分自身の天国」を仰ぐ態度から、或る真摯な声が聞こえてきはしないであろうか。ところで、十八世紀後半のフランス人の宗教心について、D・モルネは、『フランス革命の知的起源』のなかでつぎのように述べている。「国民の大部分は無信仰でもなく、宗教を敵視していたわけでもなかったにしても、少なくとも教会や司祭からかなり離れてしまい、もはや教会や司祭についてゆく気をなくしてしまっていた』(78)と。おそらく、これは、ヨーロッパの市民の間に広くみられた状況であったろう。このような宗教事情を背景にして、B・グレトゥイゼンは『ブルジョワ精神の誕生』のなかで、当代のフランス・ブルジョワジーの誕生を描く

「ブルジョワは」神の摂理のもくろみを修正する権利をいわば僭取するのである。自卑の念など毛ほどもなく、神に異議を申し立てるのだ。(中略)これからは自分の責任で行動するのだ。自分自身の摂理になるのだ(79)。

このような次第だから、ロバートの臨終の際の熱っぽく不敬な態度も、文字通り「啓蒙の世紀」の子らしく、かならずしも奇異とはいえないのである。つまり、どんなにかれのふるまいが道化じみていようとも、断じていわば引かれ者の小唄のみを聞きとるわけにはゆくまい。むしろ、その自虐的な行為から、主体的自我があげる「異議申し立て」の反逆の呻き声を聞かなければならないのである。しかも、そのことは、必然的に当代の社会的秩序そのものの批判を含まざるをえないであろう。

むすび

王女アルミーダに対するロバートのなりふりかまわぬ恋着は、不毛な自己破壊的熱狂である。だがこれは、宗教により聖別された社会的秩序という「奴隷船」の苦役に就くこと、「歯車」に成り下がることを拒絶する、後進国ドイツ市民の「人間としての生活をする」という欲求の屈折の結果にほかならない。

しかも、かれの自殺の一見子供じみたエゴイズムの底から、十八世紀ドイツの市民のひそかな心の震えが感知できるであろう。つまり、この最期の絶叫から、社会から押しつぶされるだけの弱虫の悲しくもおかしくも悲しい響きのみならず、自己実現の願いが——自然宗教に培われた市民としてみずからが「自分自身の摂理」になることへの願いが、聞きとれるのではなかろうか。その意味で、かれの自己処罰は、単なる自虐的な悲劇におわらず、それどころか、むしろ自己証明の謂なのである。

先にみた『イギリス人』の既成秩序の変動をみすえた、バロック的な変幻きわまりない劇空間も、実は、この硬直した抑圧的な旧世界が流動化し、新世界が生まれることをひそかに願う作者の心の投影である、と考えられよう。

このようにみてくると、この劇作品は、かれの喜劇がおおむね解決断念の苦汁に満ちているのと対蹠的に、主体的自我の実現の夢想が織り込められていることが分かる。とはいうものの、いかにもレンツらしく、やや沈んだ物憂く病的な調子が、諧謔的な道化芝居のそれと微妙に混じりあいながら、劇全体の底を貫いており、フランス革命前夜の息苦しいドイツ社会に生きるかれ自身の絶望と自己嘲笑もうかがわれるであろう。

第三篇　楽園の白日夢

第六章▼信仰と啓蒙——劇断片『シエナのカタリーナ』

はしがき

すでに序説で触れたとおり、レンツは、ドイツのはるか北東のロシア領リヴォニアで、牧師の父親から、敬虔主義的色彩の濃い、厳格な正統主義に立つ教育を受けて育った。いかにその影響が強かったかを知るには、少年時代の詩を一瞥すれば足りる。たとえば長篇叙事詩『国の災難』（一七六九）は、戦争、飢饉、ペスト、大火、洪水、地震と六種類の災害を、罪深い世界に下された神の苛酷な刑罰と受けとって、悔い改めを説いている。

しかし、ケーニヒスベルクの学生時代（一七六八―七一）にルソーの著作と出会って以来、かれの宗教感情は一転して、心情豊かな自然宗教的性格を強めてゆく。これは、文字通り「啓蒙の世紀」を生きたレンツの内的覚醒を意味するものであろう。ストラスブールにおける「疾風怒濤」の劇作家としての旺盛な創作活動には、この体験が色濃く投影されている。その一端は、前篇第五章の『イギリス人』（一七七七）の考察においてみたとおりである。

ところが他方、レンツの道徳・神学に関する論文をみると、これとあい矛盾する、少年期以来の正統主義に根づく言辞が登場して、驚かされる。この点から、かれの豊かな宗教感情は、ひとえに世俗化の道をたどるどころか、むしろ方向を見定めかねていたことが察せられよう。ローザノフも、けっきょくレンツは敬虔主義的性格を帯びた信仰から脱皮しきれなかった、と指摘している。(1) 要するに、かれは「啓蒙の世紀」の大海原をめざし出帆するものの、伝統的キリスト教の大陸から後ろ髪を引かれ離れがたく、煩悶したにちがいない。そしておそらく、この矛盾を凝視するときにこそ、十八世紀という転形期の渦に巻かれるドイツの市民的知識人の実態が、ありありと浮き彫りにされるのではあるまいか。

本章では、このような眺望に立ち、ストラスブール時代(一七七一―七六)の高揚した宗教感情がもっともよくあらわれている劇断片『シエナのカタリーナ』(一七七五―七六作、一八八四刊)に焦点を定めて、レンツにおける信仰と啓蒙の拮抗の様相を明らかにしたい。その際、かれの道徳・神学論文やルソーの著作も視野に入れて比較検討する。

第一節　宗教的熱狂

劇断片『シエナのカタリーナ』には、四種類の草稿断片が残されているが、各稿とも、神への帰依や隠棲をテーマにして、おおかれすくなかれ宗教的装いを帯びている。なかでも初稿こそ、本来の「宗教劇」の副題にふさわしく、その傾向が強い。というのも、主人公カタリーナの一種異様な宗教的熱狂の場面で大詰めを迎えるからである。そこで、この初稿に注目することからはじめたい。(2)

その筋を簡単にいえば、貴族の娘カタリーナは、父親から強いられた良家の御曹司との結婚を嫌い、一介の画家の恋人コッレッジョをむなしく追って失踪する。そして、ついには森に隠棲し、神に帰依しようとする。

つまり、かの女は、父親から授けられた「植物のような生」を断ち切り、あくまでも「わたしの自由」を求めて（I 429）、卑しい身分の恋人のあとを追う。『イギリス人』の主人公ロバートも、父親が敷いた立身出世のレールに乗り、知識の詰めこみに明け暮れた年月を、カタリーナと同じく、「植物のような生」や「石のような生」（I 318）と断じる。これは、ヘルダーの『旅日記』（一七六九作）の冒頭部に通じる、非人間的な文明社会に対する手厳しい批判である。

カタリーナの身分違いの恋は、このような社会では、成就されるはずもない。というのも、当代の家父長制的社会――教会と結束しながら、中世的思考をあらわすが――における結婚とは、本篇付章で詳論するとおり、一義的に、出産による財産相続人の確保だからである。この意味で、『エミール』（一七六二）も結婚について、「父親の権威により」結婚させられるのは、人ではなく、身分と財産なのだ」と非難する。(3) つまり、現代のわたしたちからみると奇異に思えるが、相思相愛の男女の結びつきは求められてはいない。この家父長制的社会を体現するのが、絶大な威力をもつ父親である。かの女はいう。「父は、まるで愛に／裏切られた神のように、わたしを威嚇し、にらみつける」（I 427）と。したがって、カタリーナが父親の権威に屈従することを拒むかぎり、森の洞窟に隠棲して、「神に対する神」（I 428）、すなわち父親に対抗すべき神、イエスにすがらざるをえない。かの女は、くりかえし十字架像に接吻していう。

助けたまえ、助けたまえ、わたしの父から
その愛と虐政から。
わたしを二度とかれの視線にさらせたもうな。
わたしを幼いときから奴隷にした、あの視線に。（I 428）

こうしてカタリーナは、かなわぬ恋に失意の結果、イエスを花婿に選ぶのだが、それにもかかわらず、コッレッジョに対する恋情を捨て去れない。そこで、とっぴにも、みずからの体に鞭を打つ。このような宗教的苦行も、ニーチェ流にいえば、満たされぬ肉欲の変形や自己嗜虐の快楽なのかもしれない。(4)しかも、この伏線とみなせる場面もある。すなわち、かの女がコッレッジョを追う段で、まるで「キリストのまねび」になぞらえるように、恋人の苦しみを味わおうと、炎天下に素足で茨と石の道を歩く。

だが、そもそもかの女は、歴史上の聖カタリーナ像を下敷きにして、貧者に胸を痛め、焼け出された百姓娘に喜捨する、いつくしみ深い女性として描かれている。だから、この鞭打ちの場面は、ローザノフのいうとおり、禁欲的なキリスト教的心情の真摯なあらわれである、と考えてもよさそうである。(5)


(カタリーナは洞窟のなかで鞭をもち、もろ肌を脱いでひざまずき、しばらく黙々と自分の体に鞭を打つ。)

あの方の美しく気品のあるお姿——(鞭打つ)

流れよ、流れよ、わたしの血、この思いを押し殺せ——

あの方の気高いまなざし——(鞭打つ)——ああ、そのいとしい口もと——

ああ、もうこれまで——イエスよ、イエスよ、助けたまえ!

(失神して、くずおれる。)(I 430)


しかし、この恋人を讃える口吻から、グレートヒェンがファウストに胸を焦がして、糸車の前で歌いだす姿が、思い浮かばないであろうか。かの女は歌う。「あの方の気高い歩み、／気品のあるお姿、／口もとのほほ笑み、／雄々しいまなざし」と。(6)

実際、カタリーナは、洞窟のなかで魂の平安を得るどころか、むしろグレートヒェンと同じく、恋人に対するなまなましい恋情に迷っている。もとよりかの女は、イエスを花婿にする際に、「あなたは、恋する娘にはすぎたお相手ではないのでしょうか」(I 428) と問うほど、恋に身を焼いていた。このようにみてくると、宗教的熱狂に耽る墨染の衣裳から、官能的な妄想に燃える白い裸形が透けてみえそうである。ちょうど、喜劇断片『民衆たち』(一七七五―七六作、一八八四刊) において、隠者ハインリヒが現世的欲望をのぞかせる場面のように。だが、だからといって、この禁欲的な鞭打ちの行為を、単に現世的欲望を隠ぺいする自己欺瞞と断ずるのは少々乱暴であろう。それでは、やはり字句通りに読み、熱っぽい世俗的愛と格闘する、キリスト教的な神秘的表現とみなすべきであろうか。

そこで、この点を解き明かすために、まず、レンツの道徳・神学論文のひとつで、最近はじめて全文が公刊された『教理問答』*Catechismus*（一七七二頃作）に目を転じてみよう。これは、宗教上の問題から日常的な道徳律にいたる五十三の問答を、「教理問答」の形式を借りて記しているが、カタリーナの禁欲的姿勢に通ずる一節が見い出せる。すなわち、女性との交際に関する注意事項は何か、という問いに対して、つぎのように答える（第四十一項）。「女性に触れるな。ただ敬意や崇拝をあらわすために、手や口に触れる場合以外は」と。あるいは、「人目から隠された、肉体の特定箇所に目を向けるな」と。さらに、「自分が肉欲に駆られたり、あるいは女性の肉欲を刺激したと気づいたならば、すぐに女性から離れよ」と。(7) そもそもレンツは、当論文の冒頭（第一項）でキリストの第一の教えとして、山上の垂訓から「姦淫するな」をとりあげ、肉欲に人間の堕落の根源をみている。(8)

ところで、このように肉欲を過度に罪悪視する禁欲的な姿勢は、喜劇『家庭教師』（一七七四）の奇嬌な田舎教師ヴェンツェスラウスにこそ似つかわしかろう。かれは「色欲を抑える」（I 83）目的でパイプを嗜み、魂の救いのために「性衝動の圧殺」（I 112）を熱っぽく説く、滑稽な禁欲の化身である。だが、『教理問答』のレンツは大まじめである。というのも、その根底にあるのは、原罪の意識から生まれる「キリストのまねび」[9]、すなわち「みずからのなかにキリストが生きる」[10]ことを第一義とするパウロの立場であり、この厳格な性道徳からは正統主義を読みとるのが正しいのだから[11]。もっともレンツは、「高慢」の最悪の例として、パリサイ的な狂信的態度をあげ、強く戒めるほど（第十一項）[12]、合理的でもある。それにもかかわらず、禁欲主義に凝り固まる点は、注目に値しよう。

それはさておき、前述の第四十一項はつぎの文でしめくくられる。

> 精神を培うために、肉体を懲らしめ、痛めつけるがいい。精神的集中力にいちじるしい衰えを感じるまでは、肉体を守ったり、構ったりするな[13]。

この熱狂的かつ自虐的な姿勢は、世俗の欲を断って、キリストの苦悩にならう、エッセネ派（Vgl. I 104）や中世の聖者やジャンセニストの苦行を思わせるであろう。この点を踏まえて、カタリーナの鞭打ちの場面をふりかえるならば、その行為はますます、熱烈に神を敬う心の発露である、といえそうである。

次節では、この問題を念頭に置きながら、レンツの他の道徳・神学論文に目を向けて、かれの信仰の実相に迫ってみよう。

第二節　啓蒙された宗教心

まず、レンツの道徳・神学論である『感傷的魂のための哲学講義』（一七八〇）（以下『哲学講義』と呼ぶ）に焦点を定めてみたい。これは、前述の正統主義に根ざす『教理問答』の場合と対蹠的に、あくまでも現世的幸福の実現を志向する啓蒙の立場から、パウロ的な正統主義を攻撃する。たとえば、肉欲に罪の根源、すなわち原罪をみるような視点を逆転して、肉欲こそ「神からの賜物」であり、「幸福」の源であり、「行動」の根本的なバネであるといい、積極的に意味づける。[14]ディドロの『ブーガンヴィル航海記補遺』（一七七二作）も、タヒチの楽園を舞台に肉欲の潔白を擁護しようとするが、このような意見は、同時代人の耳目を驚かしたにちがいない。最後にレンツは、肉欲を抑圧するのではなく、理性的に制御するべきだ、といって、若者に向かい、「肉欲をほどよく満たしてくれる」結婚を奨励し、結婚が無理な場合には、肉欲を浄化する「感傷的愛」を勧める。[15]ちなみに、この段に、ルソーのドゥドト夫人に対する狂おしい愛を重ねてみるのも、あながち的はずれでもなかろう。

だが、このような人間中心主義に立つかぎり、原罪をはじめとする超自然的教義は受け入れられるはずもない。事実『哲学講義』は、聖書に基づき、原罪の薄弱な論拠を具体的に示したうえで、原罪は「真の信仰の大地に生える毒麦」の類いの「雑草」である、と断じる。[16]

レンツの道徳・神学論文、『聖職者に献ずる、平信徒の愚見』*Meinungen eines Laien den Geistlichen zugeeignet*（一七七五）もまた、そのアイロニカルな題目から察せられるおり、原罪を疑問視して（II 524 f., II 525）、宗教の使命は、篤い信仰や学識よりも、「幸福」を授ける点にある、とする（II 530）。そして、「何もかも信じても何ひとつ感じとらないよりは、信仰が薄くても信ずることをそっくり全部感じとる」方がよい、という（II 528）。つまり、あくまでも内なる感情を尊ぶのである。この姿勢からは、啓蒙されながらも、魂に刻印された敬虔主義の影響も読みとれよう。[17]

こうして原罪が否認されれば、地獄の責罰であれ、キリストであれ、けっきょく内実を失うのが道理である。したがって、レンツにとってのキリストとは、もはや罪を贖う救い主ではなく、それどころか、天から「生命の火」をもたらし、人間の独立・自由のために行動する「プロメテウス」である[18]、というのも不思議ではない。

ところでローザノフによれば、レンツはケーニヒスベルク大学時代に、カントをとおしてルソーの著作を知り、なかんずく『エミール』から影響を受けた[19]。これこそが、レンツの正統主義にも決定的な変化をもたらした、と考えられる。すなわち、啓示宗教から袂を分かち、しかも合理主義に偏ることもなく、豊かな心情を伴う自然宗教的性格を強めてゆくのである。

そもそも「啓蒙の世紀」は、伝統的キリスト教が「自然の光」の下で色あせて、聖書や教会や聖職者や儀式の権威のみならず、超自然的教義、すなわち啓示宗教の核心をなす原罪と贖罪と救済が懐疑される。つまり、原罪体験における裁きの神と愛の神の弁証法が実質を失ってゆく。この脈絡のなかで、ポープの『人間論』(一七三三—三四)は、古代ギリシア以来の「存在の巨大な鎖」の理念を借りて自然を読み解きながら、自然宗教的信条を詩的に表現し[20]、ディドロの『ダランベールの夢』(一七六九作)等対話篇三部作は、その立場を尖鋭化する。他方、『エミール』の「サヴォワの助任司祭の信仰告白」は、世俗化の流れに棹さすものの、百科全書派的理神論からは一線を画し、独特の感傷的道徳的自然宗教を弁じるのである。すなわちルソーの神は、人間に対して、「善を行うために自由を、善を欲するために良心を、善を選ぶために理性を与え給う[21]」。それゆえ、つきつめれば、個人の豊かな内面こそが、真の礼拝堂である[22]。

こういうわけだから、『哲学講義』は、十八世紀の汎欧的な自然宗教の大河の産物のひとつであることが分かる。G・ザウダーによれば、ドイツの啓蒙主義神学者の間で原罪をめぐる懐疑的議論は、四十年代冒頭に起こり七十年代に山場を迎え、なかでもシュパールディングがレンツに影響を与えたという（Vgl. III 271）[23]。だがしかし、『哲学講義』にみられる原罪批判は、ドイツ思想の枠組みのみから解すわけにはゆくまい。いずれにせよ、レンツの啓蒙された道徳・神学論からは、正統主義より脱け出そうと躍起になる姿が看取できるのではないか。実際かれは、この頃（一七七二年）ある手紙のなかで、「正統主義は信じてはいないものの、篤信な新教徒です」（III 295）と意味深長なことをいう。だがしかし、この『哲学講義』よりもわずかに遅れて、かの正統主義的『教理問答』が執筆されたという（その逆ではなく）、注目すべき事実を考えに入れるとき、「啓蒙の世紀」の潮騒に耳を傾けて、啓蒙と正統主義の間を揺さぶられ、身もだえする牧師の子レンツの姿が、ありありとあぶりだされてくる。[24]

第三節　家父長制的社会への挑戦

さて、これまでの考察を踏まえて、『シエナのカタリーナ』に舞台をもどそう。まず、当劇断片第二稿のカタリーナの台詞に着目したい。かの女はいう。「かの女［友人］はいったわ、世界を自分に／あわせて、自分を世界にあわせようとしないのは、誇りのせいだと」（I 434）と。

この「誇り」について、レンツの道徳・神学論文の『精神の本性について』*Über die Natur unsers Geistes*（一七七一—七三頃作）が、興味深い一節を設けている。ついでながら、当論文は、説教の形式で、キリストに対する深い敬慕を伝えるとはいうものの、その眼目は、人間イエスの行動に、かのゲッツが体現する独立・自由な精神、すなわち啓蒙の根本理念である、人間の自律的能力の実現をみる点にある。キリストは、前述の『哲学講義』の場合と同様、ここでも「プロメテウス」として世俗化されている。

さて、レンツはいう。

自分のなかを探れば探るほど、自分について考えれば考えるほど、わたし自身が熱望するように、わたしがほんとうに自立し、誰にも従属しない存在であるのかどうか、ますます疑わしく思えてくる。(II 619)

この見方はおのずから、「人間は自由なものとして生まれた、しかもいたるところで鎖につながれている。自分が他人の主人であると思っているようなものも、実はその人々以上にドレイなのだ」(25) というルソーのそれに根本において結びつくであろう。レンツはつづける。

人間の魂は、自立した存在として生まれてこないとしても、自立を得ようと努める熱意や衝動をみずからに具える存在である(中略)、そのような魂の本性を示すのが、誇りではないのだろうか。(II 620)

これを要するに、レンツのいう「誇り」とは、「自分を世界にあわせ」るのではなく、「世界を自分にあわせ」ようとして、人間の独立・自由を生きるの謂である。ひるがえって、『教理問答』をみれば、キリストの第二の教えとして、神の前の「謙遜」をあげている(第十項)(26)。「誇り」は、文字通り、このキリスト教的美徳と正反対の「高慢」に通じて、伝統的キリスト教における自己否定の精神に抵触せざるをえない。くりかえしだが、あい反し矛盾するふたつの概念の「誇り」と「謙遜」を、ほぼ同時期に理想として掲げざるをえないという点に、啓蒙と信仰の間を根こそぎ揺れ動かされる、レンツの内面が垣間見られよう。ちなみにM・レクトールも、この「誇り」と「謙遜」の葛藤に、合理主義と敬虔主義の両端を振幅するレンツの精神の軌跡を読みとっている。(27)

ところで、ルソーの『人間不平等起原論』（一七五五）によれば、「自然人」とは、「自己愛」のみならず、他者に対する「憐れみの情」をも有する存在であり、かれらが共同生活を営み、民族が形成されはじめる段階こそ、人類のもっとも幸福な青年期であるという。(28) 第一篇第一章でみたとおり、このような「社会に生きる自然人」は、他者に隷属しない自由な人間である。かかる共同体に対するルソーの憧れが、『新エロイーズ』（一七六一）の第一の舞台、レマン湖畔の田園クラランにおける友愛の絆で結ばれた小社会として描かれている。(29) それと対極的な不平等社会が、現在の専制主義社会であり、そこでは「盲目的な服従だけが奴隷に残された唯一の美徳となる」。(30) つぎの一節からは、この奴隷的文明人と対蹠的な「自然人」の自由の意識が読みとれよう。

> 調教された馬は笞や拍車をじっと耐えしのぶが、馴らされていない駿馬は、ただ銜《くつわ》を近づけるだけで鬣《たてがみ》を立て、地を踏み鳴らし、はげしくあばれる。それと同じように野蛮人も、文明人がおとなしくつける軛《くびき》にむかってけっして首をさし出さない。そして平穏な屈従よりも、波瀾万丈の自由を選ぶ。(31)

ルソーはこれにつづけて、「自由な身に生れて、囚われることをひどく嫌う動物が、牢屋の格子に頭を打ちつけて割る」という挑発的な例をあげて、同時代の文明人に向かい、主体性の覚醒を促している。

ところで、前篇第五章でみたとおり、『イギリス人』の主人公ロバートは、カタリーナのいわば男性版であり、父親から押しつけられた結婚をつっぱねて、イタリアに失踪する。しかも当地の王女に対する片恋に身を焼き、父親が連れもどしに来ると自害する。この自虐的熱狂も、上掲のルソーの言葉を借りるならば、自覚的な市民的知識人が、十八世紀ドイツの専制的社会という「バスティーユ監獄」のなかで、「平穏な屈従」をはねつけ、「牢屋の格子に頭を打ちつけて割る」行為にほかなるまい。つまりロバートが、「自分自身の摂理」を切望して、父親の代弁する旧時代秩序の「牢屋の格子」に順応するのを拒むならば、みずから「頭を打ちつけて割る」、すなわち、鋏で自分の喉笛をかっ切るほかないのである。

この奇矯な振る舞いとカタリーナのそれは、たとい反キリスト教と擬似キリスト教の装いの相違があるにせよ、通底するであろう。なぜならば、文字通り「誇り」の高いカタリーナも、「自分を世界にあわせ」ず、家父長制的社会の「軛にむかってけっして首をさし出さない」かぎり、けっきょくみずから「牢屋の格子に頭を打ちつけて割る」、すなわち自分の肉体を血を流すまで鞭打ち、失神せざるをえないからである。要するに、両人とも、家父長制的社会に反発しながら自己のなかに蓄えた圧力を、余儀なく内部に向けて高めつづけたあげく、自爆せざるをえない。しかも、あくまでも「自分自身の摂理」をひたむきに憧れながら。

このようなわけであるから、中世の聖人を思わせるようなカタリーナの熱狂的自己処罰も、実は、封建的社会におけるルソー的意味の「自然」の渇望の屈折したあらわれにほかならないことが分かろう。換言すれば、鞭打ちつつ、ひたすら恋情を押さえつけようと身を折るかの女の喉もとから、俗世を捨てようとする聖女の祈りどころか、むしろ、ひとりの生身の女性の「わたしの自由」を求める声が、切々とこみあげてくるのが聞こえる。のみならず、この鬱屈した舞台のはるかかなたの虚空に、『新エロイーズ』の田園クラランの晴朗な映像が、すなわち「社会に生きる自然人」の楽園が、白日夢のように浮かびあがってくる、といっても見当ちがいの評言にはならないはずである。かつてジュリは、同書の第一の舞台ヴヴェイにおいて、市民の恋人を捨てることを強いる社会的因襲に苦しんだあげく、声をふりしぼって叫んだ。「自然よ、おお甘美な自然よ、そなたのあらゆる権利を恢復なさい(32)！」と。第二の舞台クラランこそ、「自然の権利」が実現されうる理想郷にほかならない。

むすび

レンツは、ワイマール宮廷から追放された直後、一七七六年の冬から翌年にかけて、小説『田舎牧師』*Der Landprediger*（一七七七）を書きあげた。その主人公の非正統的な牧師マンハイムは、貴族に向かって毅然とした態度をつらぬくように、市民的自覚の持ち主である。また、自分の教区の農民に、永劫の罰をはじめとする宗教上の教義を教えようともせず、むしろ現世的幸福を尊重する立場から、かれらを実践的な農業活動へ導いて、博愛的な共同体をめざす。しかも、自分の子供を『エミール』にならって教育する。したがって、レンツが、カタリーナの姿に「自分自身の摂理」となる悲願に目覚めながら、破滅せざるをえない市民の閉塞的現実を赤裸々に写し出したとするならば、この田舎牧師マンハイムの姿には、かのクラランを思わせる理想的な田園を舞台に、自然宗教に培われ、主体的に生きる市民像がユートピアとして投影されている、と考えられる。

いずれにせよ、このようにレンツの文学作品や道徳・神学論文をみてくると、かれが、ヨーロッパの同世代知識人が直面した自然宗教――百科全書派の合理主義的なそれであれ、ルソー流の感傷的なそれであれ――の問題を共有していたことが分かる。しかし、いかにレンツが、十八世紀の「自然の光」を全身に浴びて、ルソーに通じるみずみずしい世俗化された宗教感情を謳いあげようとも、ひっきょう、かれは啓蒙と伝統的宗教がせめぎあう歴史的な結節点の迷路に入りこみ、その両極のあいだを揺さぶられ、自分の道を探しあぐねていたのである。

そして、奇妙に陰鬱で熱っぽい、人間の奥深さに肉薄する喜劇を書きつづけ、ついにはその内面に精神の闇が広がった。ときに一七七七年晩秋のことである。その翌年の春、牧師の父親にやっとの思いで綴った短信は、ルカ伝の放蕩息子のたとえの一節（十五章十八―十九節）そのままであった。

父よ！　わたしは天に対しても、あなたにむかっても、罪を犯しました。もう、あなたのむすこと呼ばれる資格はありません。(33)（III 568）

第七章▼隠棲から共棲へ——喜劇断片『民衆たち』

はしがき

レンツは、その四喜劇『家庭教師』（一七七四）、『新メノーツァ』（一七七四）、『軍人たち』（一七七六）そして『哲学者』（一七七六）において、喜劇的衣裳をまといながら、十八世紀のドイツという封建的社会の泥沼のなかに生きる市民的知識人の姿を、浮き彫りにしてきた。

これに連なるべき喜劇『民衆たち』（一八八四）は、レンツのストラスブール時代の最後にあたる一七七五年からワイマール時代の一七七六年に亙って書きつづけられたが、完成した六場を別とすれば、切れ切れの二十あまりの場の草案の集まりにすぎず、断片におわっている。(34)

知られるかぎりの大筋を述べれば、宮廷の栄達争いを通じて不仲になった兄弟（けっきょく兄は宰相になり、弟は世を捨て隠者になる）が、数十年後に再会して和解する。民衆たちのヴィヴィッドな生活のエピソードは、この貴族の筋と直接的関係はないものの、貴族世界のいわば点景として描かれている。この両世界の狂言回しの役を勤めるのが、宮廷に幻滅し、民衆を憧れ田園を旅する、若い貴族のエンゲルブレヒトである。

従来のレンツ研究は、『民衆たち』について、せいぜい民衆の生気に満ちた描写を簡単に指摘するにとどまっているので、[35] 本章においては、当断片を、できるかぎりそれが生み出された十八世紀ドイツの文学的土壌のなかにもどし、それを通じて、この未完の喜劇の皮相の奥にひそむ人間批判を明らかにし、そのうえで、市民的知識人としてのレンツの夢想をも探りたいと思う。

第一節 「兄弟争い」の悲劇

ビスマルク兄弟は、専制主義の小国の君主に仕えている。兄は高位の官職に就き、功名心の強い貴族であり、栄達のためには手段を選ばない。そもそも君主自身が臣下の恋人を横取りする破廉恥漢である。つまり、宮廷は、強欲の巣窟であり、不正がまかり通っている。他方、ビスマルク兄弟の弟ハインリヒは、将校でありながら、この功利的世界のなかで、ただ一人「共感」や「同情」という市民的美徳を尊ぶ「感傷主義」の貴族である。

さて、ハインリヒが君寵を被るやいなや、兄は自分の栄達の妨げとみて、弟に対して陰謀をめぐらす。すると、ハインリヒは、兄に対する「寛容」の精神を発揮して、あえて兄に反抗もせずに、このような宮廷の腐敗への嫌忌の念から、森のなかに隠遁する。ここには、「兄弟争い」の文学的モチーフがみてとれよう。

ところで、このモチーフは、周知のとおり、古代からの伝統がある。すなわち、ギリシア悲劇においては、オイディプス王の息子達エテオクレスとポリュネイケスが、テーバイの王座をめぐり凄絶な死闘をくりひろげ相果てる。[36] また、ヘブライ神話では、農夫カインが、神の祝福を受けた弟の牧人アベルを憎み、殺す。

十八世紀中葉のドイツは、このカインとアベルをモデルにした「兄弟争い」のモチーフが一世を風靡しており、たとえば、クロップシュトックの悲劇『アダムの死』(一七五七)やゲスナーの叙事詩『アベルの死』(一七五八)が生まれた。ここに描かれるカイン像は、「疾風怒濤」の情熱的英雄を予告するものの、あくまでも、当モチーフ

は、ヘブライ神話の枠組みのなかにおさまっている。(37)

F・マルティーニによると、このモチーフが神話的文脈から抜け出て、社会的文脈を具えるには、「疾風怒濤」の三つの悲劇を待たねばならない。すなわち、ライゼヴィッツの『ユーリウス・フォン・タレント』(一七七六)(以下『ユーリウス』と呼ぶ)、クリンガーの『双生児』(一七七六)、そしてシラーの『群盗』(一七八一)である。(38)

いずれにせよ、『民衆たち』のなかでレンツは、「兄弟争い」という同時代の嗜好に乗じたモチーフを用いたことが明らかであろう。そこでつぎに、『民衆たち』の特質を明確にするために、まず前述の三悲劇に注目することからはじめたい。

『ユーリウス』においては、タレント王国の二人の王子ユーリウスとグイードは、身分は低いが美貌のブランカをめぐり反目する。ユーリウスとブランカは深く愛慕しあっているとすれば、グイードは名誉心からのみ兄の恋人を得ようとする。そこで、父のタレント公は、ブランカを修道院に閉じ込め、王妃に似つかわしい姪をユーリウスにあてがい、兄弟を和解させようとする。つまり、タレント公は、愛するという「人間の自然権」を抑えつけるのである。だがしかし、ユーリウスは、恋人を奪い返すために、修道院襲撃を決意する。そして、「レモンの木か、アジアの椰子の木か、あるいは北方の樅の木の下で(39)」、恋人と二人で暮らす牧歌的な夢に耽る。つまり、自分の長子権を、すなわち王冠を潔く棄てる覚悟である。かれはいう。

いったい人は皆、幸福であるためには、国家に監禁されなければならないのか? 国家のなかでは、誰もが他者の奴隷であり、誰一人自由ではないというのに。(中略)国家は、自由を殺すのだ!(40)

ひっきょうユーリウスは、まっこうから国家の権威も宗教的権威も否定して、封建的社会の奴隷に成り下がることを拒む。そして、たとい抽象的であるにせよ、自由な人間世界のユートピアを心に描く。だが、修道院襲撃の途上で弟に刺殺される。

一方、『双生児』は、貴族の双子フェルディナントとグェルフォの長子権をめぐる争いを描く。つまり、前者は、長男というだけで、後者よりも全ての点で優遇され、いまや美貌の婚約者まで得る。そこで、グェルフォはこの不平等を怒るのである。しかも、フェルディナントが長男であるという確証はなく、父親の恣意から決められた可能性が濃い。グェルフォは、この不正をはばからぬ社会に対する絶望的な怒りから、兄を斬殺し、みずからも父に処刑される。

最後の『群盗』では、弟フランツの奸計のために、カールは父モール伯から不当にも勘当される。その結果かれは、「わたしの精神は行動に飢え、わたしの呼吸は自由に飢える」[41]といい、盗賊団を結成して、友愛に結ばれた自由な社会を夢想しながら、神に代わって、フランツが象徴する邪悪な社会を討伐しようとする。だが、結局おのれの不遜を知り、みずからを司直の手に委ねる。

ところで、マルティーニはこの兄弟の反目は、単に一王家や一貴族の家庭内の問題におわるものではなく、それどころか「社会体制全部の終焉」を告げると説くが、この指摘は正しい。なぜならば、各悲劇で描かれる各家庭は、まさしく「国家や社会の現状を映し出すものとして描かれている」からである。この意味で、マルティーニは、これらの悲劇が社会的文脈をもつというのである[42]。

それでは、ここでふたたび『民衆たち』のビスマルク兄弟をふりかえってみよう。かれらの宮廷もまた、権謀術数の渦巻く世界である。兄は、悪辣な貴族の典型であり、わが栄達のために弟を奸策に陥れようとする。このときハインリヒはどうするのか？　はたしてユーリウスやカールのように、この卑劣な相手に敢然と立ち向かうのであろうか？　否。それどころではない。とっぴなことに、その「寛容」の精神を発揮して、ただ泰然と醜悪な宮廷世界から身を引き、隠者となるばかりである。そして現実から隔絶した森の洞窟に独居しながら、禁欲的求道的な生を送る。しかも、その数十年後、偶然にも、改悛した兄に再会して、兄を赦す。なおそのうえに、兄は罪を贖おうと、老いさらばえて死にゆく弟の後を追って自害し、この和解の場は完結する。まさに当代流行の「お涙頂戴喜劇」の陳腐な幕切れというべきであろう。

前述の三悲劇の結末では、ユーリウスは弟から刺殺され、フランツはみずから縊死し、グイードもグェルフォも父に処刑され、カールは断頭台が待つ。なかでもフェルディナントは、樫の木の下で弟に斬殺される凄惨な最期を迎える。だがしかし、『民衆たち』の結末は、これらと対蹠的に、涙たっぷりの叙情性にあふれている。まるで「兄弟争い」のモチーフがゲラート流の「兄弟愛讃美」に反転したかのようである。つまり三悲劇が、兄弟の、あるいは家庭の癒しようのない秩序の亀裂を描き、ひいては当時の社会体制そのものを疑問視する挑発性を具えているとすれば、これは、あたかも兄弟の堅い絆をもっぱら謳いあげるかのようである。だが、レンツの他の喜劇にみられるとおり、この喜劇的装いのなかにこそ、実はかれの悲劇的ヴィジョンが秘められている。そのことを、次節において、ハインリヒの隠棲の問題をつきつめることをとおして、明らかにしたいと思う。

第二節　隠棲願望

十八世紀は一般に「理性の時代」と称され、現世的であるものの、その時代の底には、中世以来の瞑想的な世俗蔑視の想念も脈々と流れている。それゆえにこそ、人工的秩序美のフランス式庭園にかわって、自然の趣を重視するイギリス式庭園がもてはやされたのであろう。イギリス式庭園は廃墟や洞窟をあわせもつが、洞窟は、中世以来、隠者の禁欲的な瞑想の場でもあった。(43)

たとえば、『若きウェルテルの悩み』（一七七四）のなかで、田舎に逃避したウェルテルは、「孤独は、この楽園のなかで、ぼくの魂の芳しい香油だ」といって、その世俗を離れた身を喜び、また、つぎのようにイギリス式庭園を讃える。「足を一歩踏み入れただけで、学者づらした造園家ではなく、（中略）豊かな感受性の持ち主が設計したことが分かる」(44)と。

ところで、モーリッツは、自伝的小説『アントーン・ライザー』（一七八五―九〇）のなかで、少年アントーンの隠者に対する熱狂ぶりを描いている。すなわち、アントーンは、『隠者列伝』（五世紀作）のドイツ語版を読み、エジプトの砂漠で禁欲的求道的生を送った聖アントニウスをはじめとする隠者を手本にしようと思う。(45)このように、隠者像は十八世紀の人々の心にも生きつづけている。

そもそも、隠者は文学的類型として、中世以来『パルチヴァール』（一二〇〇頃作）のトレフリツェントや、グリンメルスハウゼンの『阿呆物語』（一六六八―六九）のジンプリチウスなどのように、アレンジされながら、受け継がれてきたのである。(46)

この伝統を踏まえながら、『民衆たち』が書かれた七十年代の文学を中心として、隠棲願望が広くみられる。すなわち、フランス革命前夜の時代閉塞感が強まった時期に、さらにルソーの文明批判の影響をも受けつつ、この邪悪な世俗を捨て平安な孤独を求めようとする願いが増すのも、不思議ではあるまい。『哲学者』の貴族セラフィーネもシュトレフォンと一緒に羊飼になろうと夢見、『シエナのカタリーナ』（一七七五―七六作、一八八四刊）の女主人公も森に隠棲する。

このことは、前述の三悲劇の場合にも当てはまる。(47) 先にみたように、ユーリウスは、恋情を遂げるために自分の領土を捨てる。かれはいう。

ああ、わたしの領土のかわりに一片の畠を、わたしに歓呼する領民のかわりに、さらさらと流れる小川を与えよ！(48)

あるいは、『双生児』のグリマルディは、身分違いのために恋人との別れを余儀なくされ、かれの友人ヴェルフォ同様、不平等な社会を呪い、しかも隠者になろうと望む。のみならず、『群盗』のカールですら、ボヘミアの森の激しい戦闘直後、「おお、平和な日々よ！（中略）緑なす夢見る谷間よ！　おお、わが幼少の頃の楽園の光景よ！」(49)と故郷の平和な田園風景をパセティックに憧れる。これも隠棲願望のあらわれと読める。

したがって、レンツは『民衆たち』において、時代の潮流に倣ったモチーフを、「兄弟争い」の場合のみならず、「隠棲」の場合においても駆使したということができるのである。ハインリヒは、『阿呆物語』の絶海の孤島におけるジンプリチウス同様に、現世を捨ててからは、孤独のうちに森の洞窟で、魂の救いを神に祈念する。その長い白髭の姿は、一見するところ神々しい。

とはいうものの、このような隠棲志向に批判的な作品が、同時代にないわけではない。すなわち、若きゲーテのジングシュピール『エルヴィーンとエルミーレ』（一七七五）およびレンツの未完の小説『森の隠者――「ウェルテルの悩み」の片割れ』*Der Waldbruder, ein Pendant zu Werthers Leiden*（一七七六作、一七九七刊）がそれである。そこで、隠者ハインリヒを考察する前に、この両作品に注目したい。

前者は、レンツのワイマール滞在中に、アンナ・アマーリアの作曲で何度か上演され好評であり、かれはその音楽に頌詩を捧げている (Vgl. III 188 f.)。それはさておき、エルヴィーンは、エルミーレに失恋したと思い込み、世をはかなみ隠者となる。だが、魂の平安を得られるどころか、むしろ恋情が募る一方で、とても世俗を忘れられない。それゆえに、かれが長い白髭をつけて、外見はりっぱな隠者のなりで、恋人の前に立つ姿は、ほほえましいというより、むしろ道化に近い。いずれにせよ、当ジングシュピールは、「浮世がつらいのは／臆病な弱虫だけさ」[50]の台詞通り、隠者を生活無能力者ときめつけている。

後者は、『民衆たち』と同様に、レンツが、ワイマール宮廷に幻滅後、近くの田舎ベルカに引きこもって書いた書簡体小説である。だがこれは、『若きウェルテルの悩み』とは違い、主人公ヘルツのみならず、その友人達の手紙もあわせて構成され、その結果、ヘルツの感情や行動が相対化されている。[51] さてかれは、望みのない恋慕を伯爵令嬢に抱き、「新ウェルテル」(II 389) と皆から嘲笑される。そこで、町から逃げ出し森の小屋に籠もって慕情に浸る。これは、一見理想的な愛に殉ずるかのようである。しかし、その友人達の手紙を読むと、しょせんヘルツは、人形さながら、かれらのさまざまな思惑に操られ、欺かれて、その恋慕を募らせていることが判明する。そもそもかれは、会ったこともない令嬢に恋するほどの、滑稽きわまる観念論者である。かれはみずからつぎのようにいう。

> 人間は自分の幸福を探すとき、自分を欺く。ぼくだって、みずからを欺いているのかもしれぬ。(II 399)

要するに、この小説は、作者が隠棲をもって自己欺瞞にすぎないことを暴露したもの、と考えられる。

さてここで、『民衆たち』の隠者ハインリヒに焦点を定めようと思う。第二場は、エンゲルブレヒト（前述）がかれに遭遇する場である。この老いた神々しい隠者は、いかにも現世を厭うかのように、洞窟の方になかば顔を向けながらすわり、エンゲルブレヒトに話しかけられても、無言のまま冷たい態度を示す。しかし、ハインリヒは相手の優しい言葉に、思わず心を開き、涙を流していう。「あなたは、わたしに命を返してくださった」（I 475）と。先にあげたジンプリチウスは、三十年戦争当時の混沌たる俗世に投げ込まれた後、その空虚さを悟って極楽島で隠者となり、平安な澄み切った心境に到達していた。ところが、どうやらハインリヒは、外見とは違い、ジンプリチウスの心境からはほど遠い。かれは、なおもいう。「わたしが死んだら、わたしの名を石に彫ってくださらぬか。そして、わたしを愚かだとか、気が違っていると思っている人達にいってくださらぬか、わたしもかれら同様、良識を具えていたとな」（I 476）と。このように、捨てたはずの現世に執着する姿には、エルヴィーン（前述）の影が落ちている、と考えられよう。これは、奇異というより滑稽千万である。いかにも隠者の戯画というべきではないか。

そうはいうものの、もとよりハインリヒは、兄の策謀に遭いながらも、みずから兄に栄達の道を譲り、隠棲したのである。これは、文字通り、凡人には到達しがたい聖賢の境地さながらである。だからこそ、エンゲルブレヒトは「聖なる偉大な神のような方！」（I 476）と絶讃するのである。

されぱといって、この市民的徳性というべき無私の愛や寛容が、いささか四角ばった道学臭を放たないわけではない。ことによると、『哲学者』の大団円におけるブラド伯爵の怪しげな道徳に通じはしないだろうか。つまり、伯爵は、こともあろうに、婚礼の夜、新妻をその恋人シュトレフォンに泰然として譲るのである。

事実、この隠者らしからぬ隠者、そのうえ、いかがわしい道学者先生、という疑いに応ずるかのように、ハインリヒ自身が、死を直前にして、つぎのように自問自答する。すなわち、「わたしの人生を戯画だと思わぬ者がいるだろうか」といって、隠棲の正当さを疑い、そうかと思うと、「誰一人不幸にしなかったではないか」と、今度は、兄を幸福にしたという自己満足に浸る（I 493）。それにもかかわらず、ひっきょう、隠棲とは、前述のヘルツの場合のように自己欺瞞であり、このことをハインリヒは悟り、独白する。

わたしが兄をひとり、宮廷に残したのは、まちがった寛容のせいだった――兄の権謀術数に反抗しなかったことも。――わたしの方が、兄よりも世の中の役に立てたかもしれなかったのに――（I 494）

つまり、かれは、俗悪な現実を目の前にしたときに、ジンプリチウスのように孤独のうちに隠遁するのではなく、むしろ、その世俗に対して何らかの社会的な行動をとることを、自分の夢想として思い描くのである。この夢想は、前節でみた三悲劇のユーリウス達の行動に通底するであろう。かれらは、封建的な社会の下で、人間としての自然な権利が不当に抑えつけられると、三人三様、徹底的に反抗する。(52) たとい新しい具体的な社会のヴィジョンを持てないにせよ、あくまでも主体的人間として行動する。だが、隠者としてのハインリヒの人生は、かれがみずからいうとおり、戯画そのものである。というのも、ユーリウス達とは対蹠的に、社会の抑圧的状況のなかで、ひっきょう、恭順であって、人間としての自然な権利を護って戦うどころか、市民的徳性「寛容」の名の下に、みずから人間の自律的能力を放棄するからである。ついでにいえば、この自己放棄は、『家庭教師』の自己を去勢するロイファーや、『新メノーツァ』のヨーロッパ社会に順応するタンディや、『哲学者』の自虐的なシュトレフォンや、あるいは『軍人たち』の市民的英雄の戯画であるシュトルチウスにも当てはまるであろう。

いずれにせよ、このような次第であるから、前節でみた「兄弟愛讃美」のセンチメンタリズムは、いかなる内実をももたない。むしろ、この喜劇的な装いは、社会から隔絶した所で自己満足的な内面に籠もり、社会的行動を断念するハインリヒへの揶揄を際立たせるばかりである。

それでは、このハインリヒが夢想する社会的行動、「世の中の役に立」つとは、一体具体的に何を指すのであろうか？ 単に宮廷内のそれであろうか。この点を、次節において考えたいが、その前に、十八世紀の新しい精神が脈打つというべきシュナーベルの『フェルゼンブルク島』（一七三一―四三）に言及したい。この小説は、『ロビンソン・クルーソー』（一七一九）の変形譚の先駆けであり、少年アントーン（前述）のみならず、[53]少年ゲーテも愛読し、[54]当時大評判であった。これは、『阿呆物語』の系譜に連なり、嫌悪すべきヨーロッパ社会から絶海の極楽島へ隠棲するモチーフを扱ったものである。だが他方、十七世紀末から汎欧的に氾濫するユートピア小説の影響をも強く受けた結果、この作品は、禁欲的孤独におわらずに、むしろ、市民的美徳を具えた人々が、これまでのヨーロッパ社会とは異なる、友愛に基づく新しい小社会の楽園を築きあげようとする夢を描いたものである。[55]ところで、かのA・リシュタンベルジュは、つぎのようにいう。

とりわけ十八世紀の中葉以後、兄弟愛とか感受性とかいう観念の影響で、人々が集まって共同生活を営み、所有や貪欲から来る悪徳に染まらずに、相互的な友愛の絆で結ばれながら一致協力するような小社会への愛着が非常に強まったのは注目すべき現象である。[56]

『フェルゼンブルク島』の楽園は、まさしくこの「小社会」の先駆けといってよかろう。ちなみに、H・ヘットナーは、当小説から「抑えようのない自由の叫び」を聞き、「ルソー以前のルソーである」と高く評価している。(57) このようにみてくると、『民衆たち』のハインリヒが、死の直前に思い描く社会的行動の夢とは、あるいは、この種の新しい共同体の建設ではあるまいか、とも思われる。

この点を念頭に置きながら、次節に入ろう。なお、そこでは、まず民衆世界のさまざまなエピソードが問題になるが、それらは、これまでのハインリヒ達が織り成す貴族世界とは、一見、直接的関係がないかのように描写されている。

第三節　楽園の白日夢

さて、『民衆たち』の第一場は、エンゲルブレヒトのいわば前口上である。かれはいう。「わたしは、貧しく、打ちひしがれた、弱い人々のもとに立ち寄って、教わろう。わたしにも、貴公ら［貴族］にも欠けているもの――すなわち謙遜を」と。と同時に、かれは強欲な貴族を批判する。

貴公らは何者なのだ、かれら［民衆］におぶさりながら、しかも、かれらを踏みつぶすとは。(I 474)

エンゲルブレヒトは、田園を歩きながら、民衆を讃美する。たとえば、みずから掘った芋を頭上に担ぐ無欲で、つつましい若い農婦を。恋人の錠前職人に貞節を尽くす宿屋の女中アンナマリーを。あるいは、無垢で、素直な侍女ロルヒェンを。当断片のなかで一際生き生きしているのが、このロルヒェンとエンゲルブレヒトの舞踏の場面であろう。かれは、思わずメヌエットを踊るが、そのフランス宮廷風の洗練された舞踏は民衆に似あわず、むしろ、素朴なワルツこそふさわしいことを知る。かれは、優雅な貴族を評していう。「下品で無為な人々よ！（中略）あなた方の文化は、かれら［民衆］にとって毒である」（I 484）と。

　ところで、こうして民衆の様々な美徳が賞讃されると、ゲスナーの『牧歌』（一七五六―七二）を思い浮かべざるをえまい。十八世紀中葉に汎欧的な人気を博した、この叙事詩は、その序文に、「かれら［牧人］は、あらゆる隷属状態から、また、あらゆる欲望から自由である(58)（後略）」とあるとおり、過去の「黄金時代」の理想化された、無垢で平和な民衆を描く。したがって、現実の赤裸々な葛藤などは、視野に入りようがない。

　これに反して、レンツは、単に民衆の美徳を描くだけでは満足しない。というのも、かれらの「隷属状態」も、「欲望」も冷徹に見据えているからである。すなわち、女中のアンナマリーは、宿屋の主人に酷使されたあげく、手込めにされる。侍女ロルヒェンも貴族の女奴隷同然で、レースのアイロンかけに追われて、文字通り、息つく暇もない。かの女はいう。「大奥様がお昼寝をなさると、あたし、バルコニーまで駆けて行って、さわやかな空気を一、二、三と吸い込むの。これで一日大丈夫よ」（I 487）と。要するに、民衆世界は、断じて理想郷ではないのである。むろん、このように田園の暮らしを、牧歌的書割としてではなく、生活に即してあるがままにみる姿勢は、「疾風怒濤」に共通するのであるが(59)。

　ここで問題となるのは、つぎのことである。すなわち、レンツは、このような現実、エンゲルブレヒトのいう「［貴族が民衆を］踏みつぶす」現実に対して、いかなる解決の道を思い描くのであろうか。

たとえば、前章でも触れた、かれの小説『田舎牧師』（一七七七）では、村の牧師マンハイムが、農民を啓蒙し、しかも貴族と市民と農民の間を宥和的に仲介する様子が、ひとつのユートピアとして描かれている。つまり、かれの四喜劇にみられる痛烈な社会批判や解決断念の苦いアイロニーは、影を潜め、それにかわって個人の徳性の涵養が問題にされる。(60) エンゲルブレヒトは、貴族は民衆から美徳を学ぶべきであると考えているようだが、当喜劇断片において、レンツは、はたして徳性の涵養に解決の手掛かりをみるのであろうか。

さて、ここで、この和解志向とまったく対蹠的な世界を繰り広げる、同時代のバラード詩人ビュルガーの「暴君殿に捧げる百姓の歌」(一七七三作)という詩に注目したい。この最後の第六連は、半世紀余りたってから、ビューヒナーがヴァイディヒの協力の下に書いた『ヘッセンの急使』(一八三四)のなかに、二、三手を入れられた後、おさめられている。周知のとおり、これは、農民に向けられた政治的アジテーションのパンフレットであるから、原作のもつ政治性が推し量られよう。当の第六連はつぎのとおりである。

へっ! お前が神様の番人だと?
神様は恵みをたれ給う。だがお前ときたら、強奪するだけだ!
神様に縁もゆかりもあるもんか、暴君め!

そもそもこの詩は以下のようにはじまる。

殿様よ、お前は何者なのだ
はばかることなく、お前の馬車はおれを轢き
お前の馬はおれを踏みつぶすとは(61)

これは、本節の冒頭にあげたエンゲルブレヒトの前口上、「貴公らは何者なのだ、（中略）かれらを踏みつぶすとは」の貴族批判と言葉の上で重なりあいながらも、はるかに激しい調子であり、後年の革命運動に用いられたのもうなずける。つまり、この詩は、誇り高い農民が、かれらを虐げる領主を告発したものである。領主は狩猟権を乱用して、馬や猟犬とともに畑を荒らし、しかも収穫物を取り立てるからである。ルソーも、この問題をくりかえし指摘している。(62)

ところでビュルガーは、バラード「魔王」（一七七八作）においても、これと同じテーマを扱っている。ここでは、異教的民間伝承も採り入れ、農民に対して蛮行を働きながら狩りをする伯爵は、ゲルマン神話のヴォーダンにたとえられる。伯爵は牡鹿を追いまわし、馬は穀物畑を踏みにじり、猟犬は牛や牧人を襲う。農民達の哀訴にもかかわらず。だがしかし、かれは、森のなかで隠者に遭遇し、改悛を強く迫られる。「神の被造物は天に向かって呻き／神にお前の裁きを懇願している(63)」と。だが、それに耳を貸すような伯爵であるはずもなく、けっきょく天罰が下される。要するに、ここでは、強欲かつ不遜な貴族が、つつましやかな農民や牧人と対照的に描き出される。しかも、隠者がこの民衆の側に立って、貴族を直接、指弾攻撃する。(64)ここに、市民的知識人としてのビュルガーの願望、つまり民衆との共棲の願望を読みとることは、あながち的はずれではなかろう。

それではここで、前節において発した疑問をふたたび考えてみたい。すなわち隠者ハインリヒは、死の直前、兄のような腐敗した貴族に「反抗し」て、「世の中」を変えるべきであった、と社会的行動の夢想を明確に表明する。この社会的行動とは、具体的に何であろうか。前に指摘したとおり、それは、単に現実の堕落した社会から隔絶した孤島なり異国なりで、『フェルゼンブルク島』のような友愛に基づく共同社会を築きあげることであろうか。あるいは、『田舎牧師』のマンハイムに倣い、諸身分の徳性の涵養によって社会を改善しようというのか。しかるにそれに反して、ハインリヒの社会的行動の夢想の言葉からは、貴族に対する反抗的な調子が聞きとれる。これをせんじつめれば、ビュルガーの隠者のごとく、まず民衆側に立ち、まっこうから貴族と戦うことを意味するのではないか。あのユーリウス達の主体的行動に倣って。しかも、かれら同様、友愛に結ばれた自由な共同体の楽園を心に描きながら。つまり、レンツはこれまで、『家庭教師』や『軍人たち』や『哲学者』の三喜劇において、身分社会の病巣を凝視し矛盾をあらわに暴きながらも、ひっきょう、その体制のなかでもがき苦しみ、せいぜい解決断念のアイロニーをのぞかせながら、どうしようもないものをどうしようもないと笑い飛ばすばかりであった。しかるに、この最後の喜劇となるはずであった『民衆たち』は、ハインリヒの願望の形を借りて、ビュルガーの隠者と同じく、文字通り「世の中」を楽園にするために、民衆の側に立ち、貴族に「反抗」する市民的知識人の夢想を描き出したものではあるまいか。このとき、ハインリヒをはじめとする貴族の物語と民衆のそれが有機的に結びつき、また『民衆たち』という題名も内実を具えることになるはずである。だがしかし、この喜劇が断片におわっているかぎり、残念ながら、想像の域をでないのはもちろんである。

むすび

この断片から知られるかぎり、幕切れは、ビスマルク兄弟の和解と死である。だが、すでにみたとおり、レンツは、あたかも兄弟和合の讃歌の衣裳をまとって、ひたすら観客を感涙にむせばせるようでありながら、実は、このセンチメンタリズムの底から、人間の自律性をみずから投げ出すハインリヒの姿を浮かびあがらせる。つまり、レンツは、自分が描く叙情性を、瞬時に自分でひっくり返す。そして、この情緒が断ち切られる不意の転換のときにこそ、グロテスクな笑いが生まれるのである。すなわち、悲しくもおかしい、おかしくも悲しい、十八世紀後半期の市民的知識人のゆがめられた実態が、泥沼の社会を背景にして浮き彫りにされる。

このことは、『家庭教師』や『新メノーツァ』が家庭の和を、『哲学者』が友人の和を、あるいは『軍人たち』が社会の和をそれぞれ謳いあげるようでありながら、実際は、行為という行為が封じられて、逃げ道もみえがたい社会における市民的知識人を、グロテスクかつ滑稽に写し出していることに通じる。レンツは、その五つの喜劇をとおして、かれが生きたフランス革命前夜の社会を、みずからも苦悩しつつ、その懐疑的で鋭敏な、新しい精神によって、あざやかに斬り込んだのである。

しかも『民衆たち』は、少なくとも市民的知識人と民衆の共棲をめぐる問題の糸口を示している。のみならず、本篇前章の『シエナのカタリーナ』の考察を踏まえるならば、この喜劇断片の底には、王冠を捨てたユーリウスが恋人と平安に暮らし、カールが友愛の紐帯に結ばれた仲間と集う共同体のユートピア、すなわち、かの理想郷クラランのような自由な人間の作る「小社会」に寄せる憧れも潜んでいるとみるのは、けっして奇想天外な読み方ではないことが分かるであろう。

付章▼自作喜劇の一注解――小説『ツェルビーンあるいは当世風哲学』

はしがき

周知のとおり、十八世紀のドイツは、読者層が爆発的にふくらみ、それに応じて、教訓小説（Moralische Erzählung）をはじめとする、さまざまな短編の物語が流布していた。近代短編小説の揺籃期といわれるゆえんである。教訓小説の源は、十八世紀前半の合理主義的啓蒙の産物、「道徳週刊誌」の教訓的枠物語にまでさかのぼるが、今ではほとんど忘れ去られた百科全書派のフィロゾフ、マルモンテル（一七二三―九九）が著した『教訓小説集』（一七六一）の影響もおおきい。[65] ここに収められた小説は、一般的な道徳論から幕があき、社会的現実とは無縁な私的生活の舞台上で、対話体を駆使しながら、洗練された機知を操って、口あたりのよい市民的美徳を説く。しかも、登場人物は、古代ギリシアのテオプラストスの『人さまざま』（前三一九以降作）から「道徳週刊誌」にいたるまで愛好された、類型的人物である。したがって、ここから、「道徳週刊誌」のみならず、十八世紀半ばまで汎欧的な人気を博した道徳的感傷的な演劇の伝統も読みとれよう。なお、『教訓小説集』は諸国語に翻訳され[66]（独訳一七六二）、脚色されて舞台にかけられ、ヨーロッパじゅうで一世を風靡した。[67] また、マルモンテルの哲学小説『インカ帝国の滅亡』（一七七七）は、軽妙な筋運びで、インディオを虐待する狂信的なスペイン人を描きながら、当時のフランスにおける新教徒狩りを批判する。つまり、怒れる神を否定し、宗教的寛容を訴え、自然宗教を表明するのだが、この点については、後ほど言及するはずである。

さて、レンツが喜劇の創作の意欲に激しく燃えたストラスブール時代（一七七一―一七七六）に、はじめて世に問う小説（Erzählung）が、『ツェルビーンあるいは当世風哲学』（一七七六）（以下『ツェルビーン』と呼ぶ）である。かれは当小説の執筆直後に、ある文学雑誌の編者ボーイェあてに、つぎのような売り込みの手紙を書いている。これは、けっきょく実を結ぶことになるのだが。

ボーイェさん、あなたにまだ御覧に入れたいものがあります！　しかし、十ドゥカーテン以下ではお渡しできかねます。これは、マルモンテル風の小説ですが、かれの筆遣いとは違うと、うぬぼれております。（中略）どうかわたしの厚かましさをお許しくださいますように。わたしは、目下、窮乏のどん底におりますので。（III 358）

この手紙からは、売文業の切ない思いばかりか、自作に対する並々ならぬ自信が伝わってこよう。しかも、かれは、当世風のマルモンテル的世界から、はっきりと距離を置いている。それでは、『ツェルビーン』における「マルモンテル風」や「かれの筆遣いとは違う」とは、具体的に何を指すのだろうか。この疑問を念頭に置きながら、この小説の特徴を浮き彫りにして、レンツの喜劇の主題にも通底する、抽象的美徳をめぐる市民的知識人の問題を明らかにしたい、と思う。

第一節 「当世風哲学」の思弁

まず、『ツェルビーン』の梗概をいえば、つぎのとおりである。生来高潔な市民の青年ツェルビーンは、あさましい高利貸の父親を軽蔑して家を出て、合理主義的気風の都ライプツィヒで学び、道徳哲学者としての名声を博する。その間に、富豪の令嬢に弄ばれたり、市民の娘に利得づくめの結婚を迫られる。しかも、自分は百姓娘を愛するものの、最後に捨てる。だが、かの女が嬰児殺しの罪で処刑されると、悔恨のあまり自害する。

ついで、当小説の語り口をみると、『若きウェルテルの悩み』(一七七四)の書簡部を締めくくる「編者」の報告のように、語り手が、醒めた簡潔な文体をとおして、事実を淡々と伝えてゆく。だが、山場を迎えると、『教訓小説集』と同じく、対話体を駆使して、人物の心の動きを照らし出す。また語り手は、プロローグの道徳論の場で当小説の主題を示し、さらに適時批評を加える。

ところで、『ツェルビーン』の末尾に添えられた主人公の遺書には、「卑しい男どもに深情けを抱かぬように、全女性に警告する」(II 379)と記されている。そこで、これを教訓小説のひとつであるとみる向きもあろう。(68) あるいは、百姓娘をいためつける市民を批判し、「嬰児殺し」の女性を斬首する非人間的司法を弾劾する点から、「疾風怒濤」にふさわしい、社会派小説の側面を読みとることもできよう。(69) だがしかし、この小説は、教訓小説どころか、単なる社会批判的な小説の枠内にも収まりきるようなものではない。このことを解き明かすために、まずプロローグに注目することからはじめたい。

語り手レンツは、つぎのようにいう。

わたしたちは、博愛や思いやりが、日常茶飯事の時代に生きている。それなのに、これほど多くの不幸な人

> びとにめぐりあうのは、なぜだろう。かれらは、道徳の深い理解に基づく悟性が説くとおり、ほんとうに品性卑しい人びとなのだろうか。ああ！　わたしたちは、その判断のために、時間をじゅうぶん割いていないのではなかろうか。そして、わたしたちは（中略）人間の友であるはずなのに、それだけ人間の敵に成り下がっているのではないのか。つまり、自分以外の者にはわずかな美点すら見い出せず、ひっきょう人間の概念のみを愛し、個人なぞ愛さなくても構わない、と思っていやしないだろうか。[70]（II 354）

くりかえしいえば、「博愛」を声高に謳歌する啓蒙時代の導き手、「当世風哲学」の信奉者は、当代の「不幸な人びと」を「品性卑しい人びと」にすぎない、と片づける。しかし、それは、たといかれらが「人間」という抽象的な「概念」を愛そうとも、具体的な「個人」を愛せないからではないのか。その意味で、「人間の友」であるはずの「当世風哲学」も、実は「人間の敵」に成り果てているのではないのか。こういって、レンツは、通俗的な「当世風哲学」の思弁的性格を批判する。

現在のわたしたちにも向けられている、このような問いかけをプロローグにして、「当世風哲学」の餌食になるひとりの哲学者の物語がはじまるが、これこそ、このプロローグを具体的に肉づけしたものにほかならない。すなわち、人間の自律的能力という啓蒙の根本的理念を羅針盤にして、「人間の友」になろうと社会の海に乗り出すものの、けっきょく当世風の嵐に襲われて、「人間の敵」として、難破する哲学者の物語である。

ツェルビーンは、「社会的状況に屈服することは、人間に値しない」（II 355）と判断するように、あくまでも主体的人間を理想に描く、啓蒙の洗礼を受けた市民的知識人である。だから、「人間の敵」である高利貸しの父親の意のままに、その跡継ぎになることを厭い、家を飛び出る。そして、「自分の力で」（II 355）成功した暁には、

「人間の友」として慈善を施し、父親の罪を贖おうと思う。

ところがレンツは、人間の「あらまほしき姿」から仮面をはぎとり、「ありのままの姿」をあざやかに示す『軍人たち』(一七七六)の作者にふさわしく、この高潔な心の背後に、自己愛を透視する。しかも、作者自身が小説の舞台の袖に顔を出し、注釈を加えていう。「主人公は断じて美化されることはない」(II 356)と。実際、父親を捨て去るツェルビーンについて、「誠実」である、と褒めるかと思うと、「自尊心が強いといった方がいいのだろうか」といい直す(II 355)。また、慈善を施す行為にたいしても、「新聞で注目を浴びたい」という名誉心と無縁ではあるまい、などと評して手厳しい(II 356)。このような辛辣な人間観察の手法は、かの『トム・ジョウンズ』(一七四九)における、虚飾の皮をはぎ、人間的矛盾を仮借なく暴いてみせるリアリズムに通じるであろう。

さて、作者はいう。「自分が一切に対して責任をもつ、というのが、いまや、かれの計画であった。あっぱれな考えだが、願望のつめこまれた空中楼閣だ」(II 355)と。すなわち、「自分が一切に対して責任をもつ」という啓蒙の根本的理念を「あっぱれな考え」と称える一方で、それはドイツの社会的現実のなかでは「空中楼閣」にすぎないのではないか——すなわち、ツェルビーンは観念の虜ではあるまいか、と相対化するのを忘れない。そのうえで、語り手は評する。どんな美徳も、計画であるかぎり、単なる自己愛のあらわれにすぎず、具体的な現実のなかで実践され、社会化されてはじめて、真の美徳になる、と(II 356)。そして、はたしてツェルビーンの啓蒙の理念は実現され、その結果、かれは「人間の友」となるのだろうか、とくりかえし疑問を投げかけるのである。

この「博愛」にあふれた哲学者の「計画」を揺るがすのが、ふたりの功利的な女性である。まず、富裕な銀行家の美貌の妹であるレナートヒェンは、気まぐれで、見え坊で、コケットであり、ロココ的女性の典型である。

これまで「騎士道小説」の「のぼせあがった空想」に遊び、恋愛遊戯に耽っていたが、二十二歳になり、いまや「扶養されること」を第一義に考える（II 358 f.）。すなわち、美貌を武器にして、将校夫人になろうとしたり、ツェルビーンのパトロン、アルトハイム伯爵の夫人になろうとする。アルトハイムは、ロココ的な遊蕩貴族であり、放埒な「好色の使徒」（II 357）である。しかも、「自分の悟性を用いる能力に欠ける」、「他者のいいなりになる」（II 358）、と語り手レンツから評される。それはさておき、うぶなツェルビーンは、レナートヒェンの結婚のための巧妙な取り持ち役に選ばれて、さんざん弄ばれる。「男性捕獲用の、掌中の道具」（II 359）として。

ついで、ツェルビーンの下宿先の市参議会高官の娘ホルテンジアも、レナートヒェンと同様に、世俗的理性に順応し、打算的な結婚を考えて、そのための道具として、ツェルビーンを利用する。すなわち、合理的な読書家のホルテンジアはいう。「かれと一緒ならば、生活に困らないわ。それに独身なんかより、修士夫人と呼ばれる方がずっといいもの」（II 366）と。この世間のからくりが、後述のとおり、ひっきょう「かれの心にきざす美徳の最後の若芽すら蝕む」（II 366）のである。

だが、このふたりのように社会的経済的要素を第一にする因襲的結婚は、当時の社会風潮からみて、珍しいことではない。たとえば、すでにみたとおり、『イギリス人』（一七七七）は、主人公ロバートが、父親が決めた身分相応の令嬢をめとることを拒み、悩むことから幕があき、また『シエナのカタリーナ』（一七七五―七六作、一八八四刊）の女主人公も、父親から強いられた似つかわしい縁組を嫌って、一介の画家の恋人を追い失踪し森に隠棲する。あるいは、ヴァーグナーの『嬰児殺し』（一七七六）にせよ、シラーの『たくらみと恋』（一七八四）にせよ、けっきょく根強い因襲的結婚観が悲劇の引き金となっている。イギリスに目を転じれば、前述の『トム・ジョウンズ』の主人公の恋人、地主の娘は、叔母から身分違いの結婚を思い切るように説得される。「愛などということは（叔母の説によれば）上流社会では当世完全な笑い草、女にとっては結婚は男の公職と同様、ただ産を成し立身出世する方便としか考えられない[71]」と。フランスも同様、『新エロイーズ』（一七六一）のなかでも、サン＝プルーが田舎貴族の恋人ジュリに向かって、パリにおける結婚がもっぱら財産や身分めあてであり、恋愛とは別物だ、と述べている。[72]しかも、当の恋愛を尊ぶジュリすら、この不平等社会を体現する父親の一方的な命令に従って、市民サン＝プルーとの結婚を断念し、三十歳近くも年上の富裕な男爵を夫に迎えざるをえない。恋人たちはすでに、世情からみれば罪であれ、自然な愛の「神聖な関係[73]」を味わったにもかかわらず。

そこで、次節において、十八世紀の婚姻観についてやや立ち入って考えながら、ツェルビーンの立場がはらむ問題を明らかにしたいと思う。

第二節　因襲的結婚の欺瞞

つぎの詩「当世の恋愛と結婚」（一七九四）は、あるライプツィヒの婦人雑誌に掲載されたものである。

当世じゃ
めったに愛なぞ交わさない。
いいや！　交わすは指輪と指輪、
家財道具と肩書――物と物、
まことの値打ちなぞありゃしない
娘にお金、

若僧に地位と肩書、
ほら、たちまち夫婦の一丁あがり。(74)

この詩からも想像できるように、十八世紀ヨーロッパの結婚生活は、家父長制的な原則に貫かれていた。つまり、古代以来の家父長制的社会の婚姻観のもとでは、出産による財産相続人の確保をもって第一義とみなして、父親が婚姻の決定権を握った。したがって、恋愛の契機は排除されざるをえない。この文脈に立てば、ドイツ啓蒙主義の通俗哲学が、婚姻の目的として、つぎの三点をあげていることも理解できよう。すなわち、まず子供の出産と養育、ついで性欲の充足、さらに扶養と奉仕という相互扶助である。(75)

くりかえすが、現代のわたしたちからみれば奇異に思えようとも、相思相愛の男女の結びつきは求められていないのである。しかも、キリスト教教義によれば、夫婦同士の情熱的な性的享楽も断罪の的とみなされ、婚姻は「秘蹟」として制度化されていた（「教会婚」）。しかしながら、フランスの革命憲法（一七九一年）にいたり、ついに自然法的契約観に基づき「婚姻を民事契約としてのみ考える」と宣言されて、ようやく「教会婚」が否定された。こうして、父親の婚姻同意権は未成年の子の場合にかぎられ、婚姻と離婚の自由や夫婦の平等が法的に保証されることになった。ここに、文字通り、家父長制的家から小家族への移行をみてとることができよう。(76)

ところで、ほぼ同じ頃に（一七九七年）、カントは近代的一夫一婦制の理論的基礎づけのために、有名な婚姻の定義をしている。すなわち、「性的共同体とは、ある人間が他者の生殖器と性的能力を相互的に使用すること」であり、「二個の性を異にする人格が、生涯に亘り、性的特性を相互に占有するための結合である」というのである。(77)

これは、一見あっけにとられるほど露骨で非情緒的な婚姻観である。だが、川島武宜氏が指摘しているように、婚姻における「主体的人格間の契約関係」を明らかにしたものであり、本節の文脈でいえば、まさしく家父長制的思考から自然法的契約観に目覚めた、新しい時代の息吹を感じとるべきであろう。(78) それを理解するためには、同時代のプロイセン一般ラント法(一七九四年)を垣間見ればよい。ここでも、たしかに婚姻は、当事者の自由な合意に基づく契約とされている。だが、父親の婚姻同意権や身分違いの婚姻禁止の制約が加わり、しかも、「婚姻の主目的は子供の出産と教育である」と明文化されている。これは、婚姻が「富国強兵を目指す絶対主義国家の人口・教育政策の一翼を担うもの」、とみなされているからにほかならない。(79) そのかぎりでは、自然法に則った進歩性が加味されていようとも、家父長制的性格が明白である。ところが、カントの婚姻観にいたっては、国家をはじめとする社会的経済的要素が一切捨象されて、ひとえに主体的な二個人の私的な契約として把握されるわけであるから、いかなる功利主義的目的観も入る余地がない。その新しさに驚かざるをえないのである。

このようにみてくると、レナートヒェンやホルテンジアが思い描く、物質的契機にゆがめられた便宜第一の結婚は、家父長制的伝統に立った、当世風のそれであることが分かる。ところが、ツェルビーンがほんらい願ったのは、この種の因襲的結婚ではなく、ふたつの「魂の深い契り」(II 367) に基づいた結婚であった。

かれは、経済的な思惑とは無縁に、異性の心につながりたい、結びつきたいと思った——家政婦なぞいらない、ひとりの女性が欲しいのだ、人生の喜びが、幸福が、伴侶が、と。(II 366 f.)

そして皮肉にも、「家政婦」ならずとも小間使いのマリーこそが、かれにとって「ひとりの女性」となる。かの女は、前述のふたりの功利的で、読書好きな女性達と対蹠的に、「その歩く姿は踊るよう、話し方は歓呼のよう」(II 367)と描かれるとおり、心情豊かな百姓娘である。かの女は、「疾風怒濤」の理想的女性像のひとつであり、人為と訣別した、いわばルソー的な自然を体現する女性といってよい。(80)ところが逆説的だが、ツェルビーンは、この「異性の心」に結びついた瞬間に豹変する。つまり、「かれの心にきざす美徳の最後の若芽すら蝕」まれて、当世風の浅薄な合理主義的風潮に身を任せる。語り手はこの哲学者の心境について、「かれは一切を正しく理解した。すなわち、結婚とは、打算的な目的に基づくふたりの契約にほかならない、と悟ったのである」といい、つぎのように言葉をつづける。

いまや、愛は結婚の契りに必要な要素ではない、と思った。結婚は相互扶助であり、恋愛はあさはかな妄想にすぎない、という当世風哲学者のおおいなる知恵を納得したのである。かれの啓蒙された悟性からみれば、身分違いの結婚なぞ許しがたい犯罪である。(II 369)

あたかもツェルビーンに、レナートヒェンやホルテンジアの世俗的理性がとり憑いたかのようである。のみならず、かつて軽蔑の対象であった「自分の悟性を用いる能力に欠ける」、「他者のいいなりになる」アルトハイム伯爵(前述)の奴隷精神まで乗り移ったかのようである。このような姿は、ウェルテルや『イギリス人』のロバートが、あくまでも社会から人形のように操られることを拒み、社会的秩序に背を向けたあげくのはて、自殺するのとは対極的である。要するに、ツェルビーンは、レンツの喜劇の主人公達、すなわち『家庭教師』(一七七四)のロイファーや『新メノーツァ』(一七七四)のタンディや『哲学者』(一七七六)のシュトレフォンと同様に、人間の自律的能力を放棄し、社会に順応する。いわば、みずからを精神的に去勢する。なお、この豹変は一見、不自然であり、説得力に欠けるかのようであるが、とりもなおさず、それゆえにこそ、かれの「博愛」の理想が、いかに自己満足的であり、観念的にすぎなかったのか、リアリスティックにあらわすのである。このように、一瞬のうちに仮面を切り落とす手法は、『新メノーツァ』のタンディ像を踏まえている、と考えられる。

こういう次第で、ツェルビーンは文字通り「当世風哲学」の愛弟子になり、マリーを愛人にしながら、ホルテンジアと因襲的結婚をしよう、と考える。かれとマリーとの「身分違いの結婚」とは、相愛のふたりが、いかなる功利主義的要素も考慮せず、偏見にとらわれず、独立・自由な個人として、結びつくの謂であろう。それに反して、結婚を自然法のパロディーさながらに、「打算的な目的に基づくふたりの契約」と割り切り、市参議会高官の娘と結婚すれば、みずから己の独立性を世俗的理性に売り渡すことである。人間自律の「計画」を抱き、「人間の友」を志したはずの哲学者が、まさに現実の真の愛情に出会ったときに、自分自身を裏切り、相手の愛を裏切る。くりかえすが、この点に、かれの理想の観念的性格があばかれる。かれは、「当世風哲学」に汚染されたあげくの果て、まさしく「概念」としての人間を愛しようとも、具体的な「個人」を愛することができない。語り手レンツが危惧したとおり、ツェルビーンの啓蒙理念に基づく「博愛」は、「空中楼閣」にすぎなかった、というわけである。

この自己喪失した、当世風哲学者は、愛人を囲う費用を捻出するために、見限ったはずの卑しい父親にまで無心する体たらくである。しかも、マリーが嬰児殺しの罪人として広場で斬首されても、傍観するほかない。当小説のなかで一際生彩を放つのが、マリーと父親が、市井の言葉で台詞をかわす牢屋の場であり、劇作家レンツの面目が躍如としている。『軍人たち』のヴェーゼナーを彷彿させる父親は、口うるさいが、根は実直である。かれは娘に「このあばずれめ」と呼びかけると、恋人の名前を聞き出そうとする。

「知らんだと？　眠っているうちに、口説かれたわけじゃなかろうが――おれのひとり娘は断頭台だ――奴の名をいえ、教えろ、奴に何にもしやせんから！」

「そうなの、まるで眠っているまのようだったわ、父さん、酔ってたの、父さん！　婚礼からもどってきてね、靴職人だったのよ、マインツの人ですって。」（II 375 f.）

こうして、「人間の敵」に豹変した哲学者と正反対に、マリーはあくまでも恋人に忠実であり、かれの名誉を傷つけまいとの一心から、かたく口を閉ざしたまま、従容として死につく。レンツは、その姿を殉教者にたとえる。「かの女の面差しには、最後の瞬間まで、愛らしく穏やかな晴れやかさが漂っていた。（中略）まるで恥辱と責め苦を、信仰のために喜んで耐え忍んだ初期のキリスト教徒のように、立っていた」（II 377）と。このような描写は、しばしば当小説にもあらわれる、司法の非人間性を論難する道徳的な言辞よりも、はるかに読者の心を動かすであろう。

さて、この「聖女」を見捨てた利己的なツェルビーンも、恋人の処刑後、さすがに深く慚愧し、その数日後町の濠に身を投げる。つまり、啓蒙の標語である自律的能力の断念どころか、その理想の「完全な逆転」(81)である、自殺という形で生をおえる。これは、白虐の極致というべきである。

しかしながら、実は、この主体性を求めた哲学者の生は完璧な敗北である、とはいい切れないのである。そこで次節では、当小説末尾に添えられた、かれの遺書をみながら、その点を論究しよう。

第三節　近代的な自我

ツェルビーンが残した遺書二通（A、B）のうち、Bのなかで、献身的なマリーと対蹠的に、自分の愛が不毛であった理由として、「ぼくの驕れる学識とぼくの高慢」（II 378）、すなわち「当世風哲学」をあげる。そして最後に、「ぼくは自分を憎むどころか、軽蔑する！」（II 379）と断言する。あたかも、この小説が、主人公の自己軽蔑だけでおわるとでもいうかのように。だがしかし、つぎにみるとおり、ツェルビーンは死を前にして、ようやく自己をとりもどすのである。

かれは、遺書Bの冒頭でいう。

ぼくらの同棲生活は、罪ではなかった。お坊様から祝福されなかったにせよ、偽りなく燃えあがる接吻によって刻印を押され、熱烈な誓いの言葉によって確証されたのだから。ぼくらふたりが、そのそばでひざまずいた安楽椅子と、ぼくがいまでも慟哭しながら、のたうちまわる寝台が、その証人だ。（II 378）

これは、教会から権威づけられた制度としての結婚、すなわち家父長制的秩序の下の結婚に向かって「否」を発し、あくまでも相思相愛の心の絆を第一義と訴える。つまり、『新エロイーズ』において、ジュリとサン＝プルーの恋愛が――どんなにジュリは恋人の子を宿すことを願い、流産を悲しんだことか――、正式の結婚におとらず、「最も神聖な契約」あるいは「自然の最も純な掟」[82]であるとみなされることに通じるであろう。そもそもルソーは、ジュリの恋愛について、作中の一人物の口を借りて、「心と心の結びつき」こそが「自然の神聖な掟」

であり、これを妨げる父親は「暴君」であると評する。[83] のみならず、『エミール』（一七六二）のなかでも、「父親の権威によって結ばれる結婚は、人ではなく身分と財産だ」と喝破し、父親が公然と人間性を侮辱する、家父長制的秩序に基づく婚姻観を糾弾する。[84] このようにみてくると、ツェルビーンの遺書に書かれたように、財産や身分などの功利主義的目的には目もくれず、あくまでも慕いあう男女の契りこそが第一だ、という宣言からは、教会と結束した家父長制的社会に反旗をひるがえす、新しい自我のあり方が読みとれる。

この社会的宗教的なしきたりに逆らう挑戦的態度は、『イギリス人』の主人公ロバートの臨終間際の態度を彷彿させよう。かれは、神の裁きを恐れもせずに、聴罪司祭に対し神の救いを断固として拒絶して、もっぱら来世における恋人との再会を憧れ、その名前を呼びながら、恍惚のうちに果てる。

ツェルビーンも、遺書Aのなかでつぎのようにいう。

ぼくのマリー、ぼくは、お前のもとに行く。――お前のもとに行き、いっしょに神の審判を仰いで、お前から判決を受けよう。世間がぼくを呪おうと、かまいやしない。だが、お前が、――聖女よ！　いや、たとえお前が許してくれないにせよ、お前から罰せられるのなら、どんなに甘美であろう。ただお前だけに、その権利がある。（II 378）

かれは、ロバートと同じく、まさに魂が救われるか滅びるかの瀬戸際に立ちながら、すこしも裁きの神を恐れる様子をみせない。かれの目には、怒り裁く神よりも、恋人マリーの存在がはるかに大きく映っている。そもそもかの女は恋情に殉じ、それゆえに神々しい。しかも、この「聖女」は、キリストの仲裁の役回りを越えて、神そのものにまで高められているかのようにみえる。それのみならず、かれはロバートと同じく、いわば天国に結ぶ恋を願う、と読めるのである。

レンツの宗教感情は、ケーニヒスベルクの学生時代（一七六八―七二）にルソーを知って以来、決定的な変化を被り、豊かな心情を伴う自然宗教の性格を強めていくことは、すでに指摘したとおりである。ここで、ふたたび『新エロイーズ』のジュリに登場を願えば、第二篇第五章でみたように、かの女は不慮の死の床で、昔の恋人サン＝プルーと天上で再会し、結ばれるという信仰を大胆にも告白する。牧師から、来世と現世の絶縁関係を説教されたにもかかわらず。そして、教会の儀式一切を退け、最後の審判も恐れずに、ただ恋人の名前を呼び、息をひきとる。これは、真正面から啓示宗教に逆らう、ルソー流の自然宗教の宣言である。

こういうわけであるから、ツェルビーンの遺書Aからも、本節の冒頭でみた遺書Bと同じく、新時代を告知する、宗教的社会的通念に背く姿勢をはっきりと読みとることができる。しかも、そればかりか、その反抗的姿勢の背後には、ひっきょう、ルソー流の自然宗教に培われて、みずからが自然の内に神の摂理を読み解こうとする近代的な自我の願い、すなわち、自分が「自分の主人公」（II 363）になろうという願望がうかがえるのではあるまいか。

むすび

さて、『ツェルビーン』の冒頭から、主人公の「計画」である自律の思想は、ドイツの社会的現実を前にすれば「空中楼閣」ではないのか、と語り手レンツにより疑われた。そして、この疑念は、かれが無垢なマリーを弄ぶにおよび、正しいことが明らかになる。つまり、「博愛」という高潔な理想に燃えていたはずの哲学者も、けっきょく「当世風哲学」に屈服して、自己を放棄する。「人間の友」は「人間の敵」におちぶれて、恋人を奈落の底に突き落とす。要するに、美徳は実現されず、観念的遊戯におわった。これこそ、まさしくプロローグで弾劾された世界を概念化する「当世風哲学」の正体である。つまり、マリーの体現するルソー的な自然と対比されながら、「当世風哲学」の不毛性、いや、その暴力性があばかれたわけである。当小説にあらわれた、非人間的司法の糾弾や百姓娘をいためつける市民の批判、あるいは身分制社会の矛盾の暴露という、「疾風怒濤」の文学らしい社会批判的要素もさりながら、このようにして、通俗的な美徳の思弁性を批判し、かつまた、当代ドイツにおける人間の自律的能力の非現実性を浮き彫りにしている点は、注目してよい。

ところで、M・レクトールは、いかにも現代的に『ツェルビーン』を解釈する。つまり、この小説をもって、人間自律という啓蒙理念自身の欺瞞性を弾劾する、すなわち、その非現実性を指摘するばかりか、主体的人間であろうとする点に他者を支配する意志を読みとり批判するものである、という。(85) はたしてそのように断定してよいのであろうか。前節で考察したとおり、『ツェルビーン』や『イギリス人』が根ざすと考えられるルソーを踏まえて、ツェルビーンの「遺書」をみるならば、その意見に従うわけにはゆかない。というのは、かれが自己をとりもどして、家父長制的秩序を拒絶し、相愛の男女の契りこそ第一義であると宣言するときに、『イギリス人』のロバートと同じく、ルソー流の自然宗教に培われた市民的知識人として、主体的自我を実現しようという心願が読みとれるからである。しかも、かかる理想は、市民的知識人ツェルビーンとルソー的自然の体現者、百姓娘マリーの合体を介して、未来社会に託されていると考えられる。その意味で、この小説にも、第三篇全体を通して浮き彫りにされた、主体的人間同志の共同生活のユートピアが織り込まれているのである。

ここで、本章のはじめにあげたマルセンテルに関わる疑問に答えたい。たしかに当小説は、一見「マルセンテル風」に、一般的な道徳論から幕があくと、市民の愛や結婚という私的世界に照明を当てながら、対話体を駆使して、めりはりのある筋運びで進行する。だがしかし、マルモンテルの「筆遣い」とは異なり、脇役を別とすれば、主人公ツェルビーンは類型的に描かれるどころか、あくまでも市井の暮らしを背景にした市民として、すなわち、みずから世俗的理性に屈従し恋人の身を滅ぼす哲学者として、個性的に肉づけされている。のみならず、ここに、十八世紀ドイツにおける、人間を奴隷のように抑え込む、得体の知れない社会的状況を凝視しながら、途方に暮れるレンツのまなざしも感じられよう。とりもなおさず、自分が「自分の主人公」になりえず、いわば「環境のボール」(II 619) に貶められた市民的知識人に対する、痛切なまなざしが。そして、これはルソー的な文明批判にも通じるはずである。

さて、現代のわれわれはマルモンテルの教訓小説の絵空事には、もはや文学的喜びを感じまい。それに比べると、『ツェルビーン』は、市井の生活の埃っぽさに包まれた主人公の肉体をあざやかに写しとるだけに、その問題がわれわれ自身にも突きつけられている、と思われる。だが、レンツもルソー流の感傷的道徳的信仰の立場に与しながら、同時代の自然宗教の大河に身を投じている、という意味では、『ツェルビーン』もまた、本章の冒頭で触れた『インカ帝国の滅亡』にあらわれるマルモンテルの精神と結びつく、といわざるをえない。

レンツは、『ゲッツ』(一七七三) のような「自分の手で、たえず大きな機械全体を回す」(II 654) 悲劇に憧れながらも、それとは対蹠的な「大きな機械に納まりきる、小さく精巧な機械」(II 637)、いわば「縛られたプロメテウス」である人間の悲喜劇を、繰り返し描いた。それが、かれ独特の喜劇にほかならない。本章の考察が正しいとすれば、その後ろ向きの文学的世界の根底にあるのは、ゲッツ的な自律的精神は、フランスからはるかに遅れた十八世紀ドイツの社会においては、ひっきょう「空中楼閣」にすぎぬのではないか、というレンツの懐疑である。

その意味で、『ツェルビーン』は、レンツの喜劇のひとつのコメンタールとみなせるのである。

第四篇　啓蒙のインテルメッツォ

第八章▼啓蒙のインテルメッツォ——喜劇『家庭教師あるいは家庭教育の利点』

はしがき

レンツは啓蒙の洗礼を受けたものの、ひっきょう新時代の眺望はきかず旧時代の感性も捨てきれず、両者に引き裂かれて、いわば身をもって歴史的結節点を生きた。かれの喜劇には、そのような「啓蒙の世紀」の矛盾に満ちた生の軌跡が反映していておもしろい。なかでも代表作の喜劇『家庭教師』(一七七四)は、作品自体の完成度という点ではかならずしも上出来とはいえないが、それだけに、レンツの内部に鬱勃とわきあがる情熱や想念を正直に伝えて、この転形期の混乱を一際あざやかに切断している。

さて、『家庭教師』は出版されるやいなや、シューバルトから「われらのシェイクスピア、不滅のゲーテ氏」の新作と誤解されながらも絶讃された(1)。当時のだれもが、『ゲッツ』(一七七三)、ひいてはシェイクスピアの悲劇に通ずる反擬古典主義的な劇世界を読みとったのである。レンツの『演劇覚書』(一七七四)は、このような「疾風怒濤」のドラマトゥルギーを披露したうえで、付録としてシェイクスピアの喜劇『恋の骨折り損』(一五九八)の翻訳を添えている。もっとも、この喜劇はイギリス本国でも王政復古以降十九世紀半ばまで上演されず、永らく不評であった。それゆえに、ヴィーラントがシェイクスピアの翻訳選集(一七六二—六六)に収めなかったのも不思議ではない。しかも、一見奇異だが、そもそもシェイクスピアの喜劇は、「疾風怒濤」との関係は濃厚とはいいがたく、通説では、レンツの場合もその影響は打ち消されている。(2) このような次第で、『恋の骨折り損』とレンツの諸作品との具体的な結びつきは、従来等閑視されてきた。(3)

しかし実は、この喜劇ととりわけ『家庭教師』の地下茎は繋がりあっている、と考えられる。前者の翻訳と後者の構想および執筆の時期が重複している(一七六九―七三/七四)のも偶然ではない。(Vgl. I 708, I 777) そこで、本章では、まず翻訳劇『恋の骨折り損』に注目することからはじめて、ついで両者の類縁性を解き明かしながら、『家庭教師』の奇想天外な舞台にひそむ啓蒙の問題に新たな光をあてたい。

第一節　翻訳劇シェイクスピア作喜劇『恋の骨折り損』

ゲーテは『詩と真実』第三部(一八一四)のなかで、「疾風怒濤」の頃を回想していう。

シェイクスピアの天才の奔放や奇矯を呑みこみ、模倣する点にかけては、おそらくレンツの右にでる者はいなかった。前掲書［『恋の骨折り損』］の翻訳がその証拠である。かれは原作者と大胆に掛けあい、翻訳は簡潔でも忠実でもないが、先達の甲冑、いやむしろ道化の上着を巧みに着こなして、その身ぶりをおもしろおかしく再現してみせた。(4)

そしてゲーテは、その具体例として、鹿狩りの獲物を哀悼する即興詩の翻訳をあげる。

きれいな姫の射止めしは
幼い子鹿の命にて
子鹿はとわに眠らされ
やがて、焼き肉一丁あがり。
猟犬吠えなば（boll）、L［アルファベット］ひとつ鹿（Hirsch）に供せよ
小鹿（Hirschel）一頭まかりでぬ
ローマ数字のLたもれ
小鹿五十頭まかりでぬ。
鹿百頭もお手のもの
Lをふたついただけば。（I 632）

この英語の原文は、とんまな田舎学者の奇を衒った七詩脚詩句である。というのも、いたずらに頭韻の効果をねらったり、くどくどしい地口に興じている。[5] だが、レンツの関心は、そのようないかにも才走った言葉の遊戯よりも、せいぜいLをめぐる骨太な滑稽の味わいに向けられて、その結果、翻訳では民謡風ざれ歌の四詩脚詩句に転調する。[6] この例を一瞥しただけで、レンツにおけるシェイクスピアの「道化の上着」の着こなしぶりもおよそ見当がつくであろう。

そもそもレンツの手になる『恋の骨折り損』の翻訳は、逐語訳どころか、翻案に近い。その特徴として、第一に台詞に挿入されたソネットなどの詩句以外は、時好に投じて、すべて散文に直したこと、第二に原文の基調を

なす宮廷風機知の表現を弱めて、民衆的かつ滑稽な要素を強調したことがあげられる。たとえば、宮廷人の凝った言い回しはつづめられて平易になり、市民の台詞には当代ドイツの巷のはやり言葉がまじっている。どうやらレンツは、機知に富む遊戯的韻文的世界を、市井の埃っぽさに包まれた平俗調に鋳直したといえそうである。(7) 実際『演劇覚書』も、この喜劇について、「上つ方から下つ方までの」「人間社会全体のための演劇」であり、その舞台では「王様も女王様も、下々と同じく、心ゆくまで熱き血潮に胸をときめかし、憂さは笑って吹き飛ばす。かれらだって人間なのだから」という(II 670 f.)。つまりレンツの目には、『恋の骨折り損』は才人佳人の紡ぐ言語遊戯の世界というよりは、むしろ十八世紀ドイツの現実を背景にした「人間社会の絵」、すなわち、かれのいう「喜劇」(II 703)に通ずるものと映ったのである。

さて、この翻訳劇の大筋をいえば、若きナヴァール国王と青年貴族三人が、三年間異性を遠ざけて、学問に専念する禁欲生活を誓う。しかし、フランス王女と貴婦人三人が到来すると、たちまち青年たちは誓いを破り、恋をめぐる愉快な駆け引きが展開される。だが、フランス王の訃報に、その騒動も中断されて、かれらの恋は一年間おあずけとなる。

ここで注目に値するのは、この四人の青年たちの熱狂的な禁欲が、女性を目の前にするやいなや、女性崇拝に逆転する点である。かれらは「肉体は飢えても、精神の饗宴さ」(I 608)とうそぶいて、禁欲生活を熱っぽく讃えたはずである(第一幕第一場)。それが舌の根も乾かぬうちに態度を翻して、貴婦人にソネットを捧げるわ、プレゼントを贈るわ、「肉と骨にすぎぬ者を神と崇める」(I 636)(第四幕第四場)。青年のひとりビローンは恋の熱に浮かされていう。

断食、学問、女に会わぬだと！　それは幸福の王者、青春に対する謀反だ！　（中略）よいか！　女の目こそ、教科書であり、学園であり、本物のプロメテウスの火を秘めた聖壇なのだ。（I 642）

つまり、禁欲から女性崇拝へ転回するとはいうものの、人生の具体的な現実に背を向けている、という点では変わらない。この青年たちは、ひっきょう修辞的観念的世界の囚人である。

ところで、この主筋のパロディーの役目を果たすのが、遍歴騎士アーマードーや田舎教師ホロファニーズらの脇筋である。アーマードーは、大口をたたき豪傑ぶるが、いざとなると臆病風に吹かれ、また色恋をめぐりからかわれる（第一幕第三場）。かれにとっては、ばかばかしい空想こそが唯一の現実である。すなわちこの騎士は、第一篇第三章でみた軍人像と同じく、プラウトゥスの「ほら吹き兵士」やコメディア・デラルテのカピターノの末裔である。ナヴァール王から「妄想の虜（dieser Sohn der Phantasei）」（I 612）と評されるにふさわしい。他方、村一番の学者ホロファニーズの頭のなかは、ラテン語の空虚な常套句が詰まり、のべつ饒舌を弄して、古典や聖書の知識をひけらかす（第四幕第二場）。王から「衒学者」と評されるとおり、コメディア・デラルテのドットーレの後裔である。この学者先生の太鼓持ちが、田舎坊主ナサニエルであり、これまた、とんまなドットーレの役回りである（第四幕第二場）。つまるところ、アーマードーであれ、ホロファニーズであれ、ナサニエルであれ、現実から遊離した人工的小宇宙に惚ける「妄想の虜」なのである。

この「妄想の虜」という呼称はそのまま、宮廷の四人の青年たちにもあてはまるであろう。その意味で、王侯貴族とはいいながら、リア王やコリオレーナスらの悲劇的英雄とは対蹠的に、われわれと等身大の凡夫である。

しかし、恋をめぐる華々しい機知合戦の結果、ビローンは自己をとりもどしていう（第五幕第三場）。「琥珀織りの美辞麗句、絹糸まがいの言い回しなんぞ、もうまっぴらごめんさ（中略）これから女を口説くにも、素朴なイエスと率直な毛織りのノーを使うぞ」（I 656）と。こうして四組の花嫁花婿がそろって、この軽快な喜劇も大団円を迎えるはずである。ところが、深刻なフィナーレが観客の意表をつく。というのも、爆笑を誘う余興の劇中劇が、フランス王崩御の悲報により突然中断されて、恋の成就は一年間のおあずけを食らうからである。このアンチ・ハッピーエンドに臨み、ビローンは王と感想をいいあう。

ビローン　嬉しがらせたのに、喜劇らしくおわりませんね、太郎と花子めでたしめでたしとはね——ほかはいかにも喜劇らしかったのにな。
王　もう十二か月と一日辛抱すりゃ、めでたしめでたしさ。
ビローン　芝居にしちゃ長すぎますよ。（I 666）

これで、レンツの『恋の骨折り損』の幕は下りる。

だがしかし、この大詰めは、かれが翻訳の際に用いたポープの校訂版(8)と大きな異同がある。というのは、ポープ版の場合には、エピローグつきだからである。すなわち、仮装した村人たちがカッコウ役とフクロウ役ごとに左右に分かれて、春と冬についての民謡を歌う。春にカッコウが鳴きながら、寝とられ亭主をからかえば、冬はフクロウがホウホウ歌って、「おでぶのジョーンはお鍋をさます(9)」と。ブリューゲル風に村の日常的共同生活をとぼけた味わいで描く民謡からは、春のおとずれを心待ちにする農夫たちの気持ちが伝わってくる。宮廷人や村人を虜にした人工的小世界の「妄想」も、いまや、おおいなる四季の循環の秩序に包まれて、ついには豊饒な生が蘇るのだ、と思われよう。[10] そして観客は、一年経てば太郎と花子もめでたしめでたしさ、そう慰めを覚えて笑うにちがいない。アンチ・ハッピーエンドの装いは、心地よく裏切られる。

それに反してレンツの翻訳劇の場合は、「芝居にしちゃ長すぎますよ」という最後の台詞が、まるで断念のように舞台に響くのである。レンツは『恋の骨折り損』の題名を、原題の *Love's Labour's Lost* から *Amor vincit omnia*（恋に勝るものなし）と肯定的にあらためたものの、いかにもレンツに似つかわしく、逆説的な終幕を用意するのだ。ついでにいうと、この *Amor vincit omnia* は、若きウェルギリウスの『牧歌』（前四二―三九頃作）のなかの人口に膾炙した一節（第十巻、第六十九行）からとっている。

第二節 「妄想の虜」

それではここで、レンツの『家庭教師』の舞台に目を転じてみよう。まず、その大筋を述べれば、家庭教師ロイファーは、教え子の令嬢と火遊びし子供を生ませる。前者は、田舎教師にかくまわれるが、悔恨から自分を去勢し、後者も入水を図ろうとする。しかし最後に、両者ともそれぞれ結婚してハッピーエンドを迎える。しかも、のちに触れるように、これに顧問官の息子（令嬢の従兄であり恋人、のちの花婿）らの筋が複雑に絡む。

この喜劇は、上は田舎貴族から下は乞食女まで、多彩な言葉づかいや身ぶりを写しとり、十八世紀プロイセンの片田舎からザクセンの大学町まで、活気ある生活断片を万華鏡のように浮き彫りにする。登場人物は、『恋の骨折り損』の場合と同じく、英雄どころか、われわれと同じ背丈の小粒な人間である。たとえばロイファーは、「奥様の目配せにびくびく、旦那様の顔色におどおど、満腹でも暴食、空腹でも断食、小便こらえてポンチ酒をあおり、くだり腹かかえてトランプ遊び」（I 55）という卑屈な暮らしのなかで、パトロンの貴族の令嬢グストヒェンの誘惑に負ける。しかもその後、かろうじて市民的義務を守るために、とっぴにも自らを去勢する。この悲しくもおかしい行為こそ、当代ドイツ市民の社会的・経済的・精神的自立の困難な状況を嘲笑的にあぶりだすにちがいない。レンツは、かれのまわりに特色ある人物を配して、このような現実を赤裸々に暴く。そこでつぎに、なかでも骨太な筆致で描かれる顧問官と田舎教師に焦点をあててみることにしよう。

まず顧問官であるが、かれは学校教育推進派として登場して、教育改革に熱弁をふるう。そもそも十八世紀ドイツの学校は、教員採用試験制度も専用施設も不備であり、学校教師は、「知識人くずれ」の仕事とみなされて、その社会的地位は低く、貧しかった。そこで、下層市民の子弟の神学部卒業生は、僧職にありつくまで、いわば実入りのいいつなぎとして、家庭教師の職を選んだ。もとより上流階層では家庭教師による教育が一般的であり、学校教育改革が広く論議され断行されるには、意外にも、十九世紀初頭まで待たねばならないのである。(11) この点を考えに入れれば、いかに顧問官が開明的であるかがよく分かる。かれによれば、家庭教師は日夜「奴隷の鎖に縛られ」、パトロンの恣意を甘受して、精神的独立を犠牲にする。すなわち「人間の特権を放棄」する「下僕」同然である。かれはいう。

自由がなければ、人生は転げ落ちるわ、後じさりするわ。人間と自由は、魚と水。自由を投げ捨てる人間は、血管をめぐるもっとも高貴な生気を蝕み、青春のもっとも甘美な喜びに息の根をとめて、自分自身を殺すのだ。(I 55)

これは、文字通りゲッツの体現する独立・自由の精神の称揚というべきであろう。しかも、「お国に役立つ学問」に励む者なら「どうしてお国が放っておくものか」と言葉をつぐ（I 55ff.）（第二幕第一場）。つまり、七年戦争後、合理主義が国家的認知を受けて、プロイセンでも啓蒙専制主義体制が深く根づくとするならば、[12] かれは、その意味における啓蒙された貴族である。

他方、それに対して、おずおずとだが、まっこうから反論を試みるのが、ロイファーの父親の牧師である。かれ自身も家庭教師で糊口をしのいで、パトロンの愛顧にすがり僧職を得た。現実の幾多の辛酸をなめた者からみれば、顧問官はおよそ市民の苦境の実態を知らず、観念的な意見を吐くにすぎない。この貧乏くさい坊主が、「しかし顧問官様――しょせん世間とはそんなものでございます」（I 56）、あるいは「そのお考えは一般論にすぎないと存じます」（I 57）と抗弁するときに、いやに説得的に響くのも、われわれがそこに、思弁にくもらないレンツの視線を感じるからであろう。しかし、顧問官は少しもひるむ気配がなく、それどころか、ローザノフから「おしゃべり」と評されるとおり、[13] つかれたように長広舌をふるう。しかも、奇妙なことに、教育改革のために行政に働きかけようともしなければ、ロイファーに教職の斡旋すらしない。行政府の責任ある一員であるにもかかわらず。かれは、空理空論を弄ぶのであろうか。

そこで思いあたるのが、レンツの他の喜劇において、合理的理性や市民的美徳を意気揚々と披露する、いわば開明派貴族である。たとえば喜劇『軍人たち』（一七七六）の連隊長シュパンハイム伯爵は、市民の娘に対する将校の不祥事を撲滅する方策として、「女性の人身御供」の私案、すなわち「王立軍人用慰安婦養成所設立案」をとうとうと説く。あるいは喜劇『哲学者』（一七七六）のプラド伯爵は、市民の恋敵のために身を引いて、とっぴにも「娘一人に婿二人」の三人世帯の案を得々と弁じ立てる。しかし、すでに第一篇で論述したとおり、前者においては、啓蒙専制主義体制の国家的合理主義的プログラムが痛棒を食らわされ、後者においては、観念的な当世風美徳の博愛や寛容が嘲罵の的にされているのであり、いずれも滑稽かつグロテスクである。かれらは、『ツェルビーン』（一七七六）に倣っていえば、ひっきょう、具体的な「個人」にあらず、抽象的な「概念」を愛する「当世風哲学」の学徒といわざるをえない。ちなみに、喜劇『新メノーツァ』（一七七四）の主人公は、したり顔で改革案を練る合理主義者の思弁性を喝破していう。

> 書斎の中で、現実を考慮せずに体系を作る者は、しょせんその体系に背いて生きているか、さもなければ、まるで生きてはいないのだ。（I 147）

この諷刺の矢は、ふたりの伯爵も射落とすにちがいない。

ひるがえって翻訳劇『恋の骨折り損』をみれば、「思索と学芸に捧げられた小さな学園」（I 608）がナヴァール国の宮廷改革の目標である。だが、その旗手たる青年書斎人たちは、冷罵を浴びる。「鉛のように重苦しい思索」なぞ、けっきょく「脳味噌にへばりつくだけで、骨折り損のくたびれ儲けさ」（I 642）と。さらに、アーマードーの「ほら吹き兵士」ぶりも、「頭に言葉の鋳造所を持ち」、「その舌はもっぱら和音を奏でる」（I 611）と皮肉をこめて評される。かれらが「妄想の虜」と呼ばれるゆえんである。このようにみてくると、顧問官も、前述の二人の開明派貴族たちと同様、極言すれば「妄想の虜」にほかならないことが分かる。つまり、かれは、たとい人間という概念を愛して「自由」の理念を尊ぼうとも、せいぜい現実の矛盾の観察者以上の者ではない。要するに、顧問官の姿においては、合理主義的社会改革が戯画化されている、とみなすことができよう。

つぎに、田舎の小学校教師ヴェンツェスラウスであるが、前述のとおり、当代の教師は貧乏であり、農村では羊飼いや夜警や職人の兼業も珍しくなかった。かれが「養えんから、女房をもらう気もないのさ」（I 80）というとき、このような苛酷な現実を踏まえており、われわれも同情を禁じ得まい。もっとも、パイプを嗜むのも「色欲を抑える」（I 83）ための合理的手段となると、笑止千万だが。この道学者先生は坊主も兼ねて、古典古代と聖書の研究に専念し、規律正しい生活を送り、粗食に耐える。その暮らしぶりは、ナヴァール宮廷の禁欲の理想を地で行くといってよかろう。しかも、ギリシア語やラテン語の常套句で頭がいっぱいな点は、かの「衒学者」ホロファーニーズやナサニエルを思わせる。

ついでにいうと、ヴェンツェスラウスは「レンアイニコソ　スベテノ　アヤマチ　アリ」とラテン語でくりかえし唱えるが（I 92, I 104）、翻訳劇『恋の骨折り損』は、それに楯突くかのように、禁欲主義の不自然さを愚弄していう。「人間だれでも生まれつき色気があり、それはもう、神様のお恵みでもなきゃ、抑え切れやしないな」（I 611）、あるいは「血潮たぎる若者が、老いぼれの掟なぞに従えるものか。ぼくらを生かす大本の本能に逆らえるものか」（I 640）と。レンツが、厳格な福音主義的教育を受けて育ったことを考えると、この喜劇の翻訳の際に、かれの味わった解放感が察せられよう。

それはさておき、この奇矯な独身者は、パトロンの屋敷から逃走したロイファーをかくまい、追手の貴族を毅然と追い払う（第三幕二場）。かれが「わしはわしの主さ」（I 84）といい放つとき、啓蒙された市民の自立心が読みとれそうである。だがその一方で、迷信の効用を説いていう。

下々の者どもから迷信をとりあげてみろ、奴ら、お主［ロイファー］同様、無神論にかぶれて、お主だってたまげるさ。百姓から悪魔をとりあげてみろ、奴らみずからが悪魔になり、お上に反抗して、悪魔の存在を

証明するぞ。（I 112）

なるほど啓蒙思想には、理性はもっぱら知識階層のものとみる向きもあるが[14]、この「知識人くずれ」はその保守の甲冑に身を固めて、「お上」の番犬の役を演じてみせる。誇り高い独立心の仮面から、逆説的に、「お上」に対する奴隷根性が透けてみえよう。だからこそ、「お上から給金をたくさん要求する」どころか、「良心という、神様からいただく報い」（I 84）のみで満足するのだ。生徒らに、ことさら「まっすぐ書け」（I 78）と規律を強いるのも、「お上」にご奉公する手駒の育成のためであろう。実際、当代の領邦教会は諸侯の権力の道具であり、坊主は教区の利益代表というよりも、むしろ「お上」の代理であった[15]。したがって、顧問官が啓蒙専制主義体制を上から支えるとするならば、かれは、ルター派領邦教会の一翼を担って、「お上」を下から支えるのである[16]。

ところで、ヴェンツェスラウスが真骨頂を発揮するのは、ロイファーの去勢直後の場面である（第五幕第三場）。あろうことか、去勢を悔いて死の恐怖におののく青年に向かい、「神に選ばれし、尊き器よ！」、「教会の光」と褒めちぎり、感極まって「喜び歌え、われ虚無から解かれたり、いざ翼を、翼を、翼をたもれ、とな」と絶叫する（I 103）。この乱痴気騒ぎは、禁欲の化け物にふさわしかろう。ロイファーはいう、「あの喜びようこそ、「去勢に用いた」ナイフよりもぼくを傷つける」（I 104）と。かれは、この自足した貧乏教師のパイプに煙る部屋を「阿片洞窟」（I 84）と評するが、むしろ悪魔的雰囲気に満ちた獄舎というべきであろう。そこでは、主が若い客人をいわば拷問にかける。だが主自身も、古典や聖書の学識が詰まった檻に守られると同時に、その捕らわれの身でもある。獄舎には外界に通ずる窓もなく、かれの視野には、十八世紀ドイツの社会的現実なぞ入りようもない。だから、同じ知識人の片割れであろうとも、家庭教師の立場を理解するはずもないのだ。いや、それどころか、

「わしの理想にあわせて君を教育してやる。最後は自分がだれか見分けがつかなくなるぞ」(I 86)とうそぶくのである。このようなわけだから、この「去勢鶏」(I 82)のように「ぶくぶく太った」(I 84)変物もまた、『恋の骨折り損』の宮廷人や「衒学者」ホロファーニーズらと同じく、書斎という修辞的抽象的獄舎に生け捕りにされた「妄想の虜」なのである。[17]

そもそもレンツの描く人物は、おおむね「妄想の虜」である。たとえば『新メノーツァ』の人形ぶりのザクセン人たちであれ、『軍人たち』の「男爵夫人」を夢見るマリアンヌや英雄気取りのシュトルツィウスであれ、あるいは『哲学者』のウェルテル気取りのシュトレフォンであれ。[18]

第三節　啓蒙批判と啓蒙のユートピア

さて、『家庭教師』が出版された同年、ヘルダーは『人間性形成のための歴史哲学異説』のなかで、当世風の啓蒙哲学について、理念が経験や実践から遊離していると断じて、酷評する。「論文や構想は練られ印刷されても、すぐに忘れ去られる！(中略)世界は少しも変わらない」[19]と。そもそもかれの『旅日記』(一七六九作)も、このような自己満足的精神、すなわち、「かび臭い書斎の椅子」や「説教壇や教壇」という『窮屈な殻に閉じ籠められた」学識を嘲罵していう。「ああ、なぜ言葉によって、抽象的な影法師に囚われるのか」[20]と。劇作家レンツもまた、ヘルダーに歩調を合わせながら、『恋の骨折り損』を手掛かりにして、この新しい時代の底流を形づくったのである。

それにもかかわらず、『家庭教師』のフィナーレは、平然と当世風の口あたりのいい理念を掲げる。つまり、涙ながらに改悛し和解する三組の親子や三組の花嫁花婿のむつまじい団欒図を描いて、家庭の和を謳いあげる。

そこで、これを額面通りに受けとって、レンツは社会的矛盾の解決を自分の道徳論に基づく普遍的美徳に求めた、とみる向きもある。(21) だがこの喜劇は、あくまでも絵空事とあい反する描写をもくろみ、身をかむような現実を暴露してきた。したがって、作家レンツが、大団円におよび「お涙頂戴喜劇」の装いを凝らすときに、そこから生ずる痛烈な反語的効果を計算に入れなかったとは考えにくい。その意味で、K・アイプルが、このフィナーレを以て「ザクセン喜劇」の引用であり、しかもその文学的現実は、社会的現実によって論駁され虚偽とみなされる、とするのは正しい。(22) またそれでこそ、第一節でみた翻訳劇『恋の骨折り損』の断念でおわる逆説的な結末にも呼応しよう。ついでながら、その結末直前では、村人らがヘラクレスやアレクサンダー大王らの「九人の英雄」の仮装を披露して、宮廷人の失笑を買う。理想的英雄も、もったいぶって演じられれば、漫画であろう。『家庭教師』のフィナーレも、いわば仰々しい美徳の仮面劇なのである。

ところで、前述のとおり、教育改革論に明け暮れる顧問官の姿には、概念的な社会改革が揶揄されている。ここで注目したいのは、レンツ自身も、すでに第一篇第三章でみたとおり、軍制改革の構想を『軍人の結婚について』(一七七三—七六作、一九一三刊)として起草したことである。これは、傭兵常備軍を廃止して一般家庭人を軍人にする、という斬新な合理的改革案である。しかも、ヴェルサイユやワイマールの宮廷に提案しようとするも、けっきょく果たせなかった。このような事実を念頭に置けば、「妄想の虜」の顧問官は、そもそも社会的実践力に欠けるレンツ自身を写しとり、その思弁性を諷刺するものとみて大過ないであろう。

他方レンツは、この改革案構想の直前に、正統主義に根ざす『教理問答』(一七七二頃作)を執筆している。第三篇第六章でみたように、この宗教的道徳に関する問答集の基調をなすのは、冒頭からキリスト第一の教えとして「姦淫するな」をあげるとおり、肉欲の過度な罪悪視である。「もしもあなたの右手が罪を犯させるなら、それを切って捨てなさい」というマタイ伝の一節（十八章八節）に、作者は、強迫観念のように脅かされている。しかも、粗食を勧め、迷信の効用も否定しかねている。(23) このような熱狂的禁欲的な言辞は、去勢を称讃するヴェンツェスラウスにこそ似つかわしい。以上のような事情をくみとれば、「妄想の虜」のヴェンツェスラウスもまた、レンツ自身の戯画とみなしても、見当ちがいの評言ではあるまい。

これを要するに、『家庭教師』という文学は、劇作家レンツが自分自身を――合理的啓蒙の徒であれ、正統主義の禁欲的信徒であれ――ひっきょう「妄想の虜」として徹底的に懐疑して、揶揄嘲罵する場なのである。したがって、通説のように、この喜劇を一義的に社会批判的作品とみなすわけにはゆくまい。むしろ、第二篇第四章でみた『ドイツの伏魔殿』（一七七五作、一八一九刊）に通ずる、徹頭徹尾自己を諷刺する姿勢を読みとるべきである。

最後になるが、この喜劇にも実は、真の意味で啓蒙された、実践的な人物が登場しないわけではない。もっとも、作家のある種の逡巡を物語るかのように、その筆触は弱いのだが。顧問官の長男フリッツがそれである。もとより心優しい餓鬼大将は、大学生になっても、借財を背負う市民の学友の身代わりに牢に入ったり、逆に、その友人が一介の楽士の娘を弄べば、楽士を哀れみ決闘するのも辞さない。つまり、特権意識に毒されず、相手の身分を問わず「共感と同情」を覚え、いつも毅然と自立的に行動する。だから恋人グストヒェンが、火遊びのあげく未婚の母になろうとも、臆せず妻に迎える。これには、さすがに「疾風怒濤」の陣営も首をひねったほどだから、(24) 当時とすれば進歩的にすぎた。それゆえ現実性に欠けると批判する向きもあろう。だが『カンディード』（一七五九）の主人公も、弄ばれて醜く変わりはてた恋人をめとるではないか。そして、この現実的選択こそ、かの「自分たちの畑をたがやす」の謂にほかならない。

むすび

このようにみてくると、『家庭教師』は大詰めで、ハッピーエンドの枠組みを突き破り、抽象的啓蒙を批判し、ひいては「妄想の虜」のレンツ自身を諷刺する。だがそれと同時に、フリッツの筋は、レンツの自己戯画の枠組みからはみだして、友愛の絆に結ばれた共同体のユートピアの白日夢を紡ぐかのようである。そのとき、かの理想郷クラランの映像が舞台のはるかかなたの上空に一瞬またたく。「啓蒙の世紀」に生きる劇作家レンツの、絶えざる弁証法的動揺がうかがわれるのではあるまいか。

ところで『家庭教師』において、ゲッツ的な自律的能力が称揚され、しかもその啓蒙理念の思弁性が批判され、さらに他者に隷属しない人間の築く小社会の楽園が夢想されるとするならば、かかる三種の立場のせめぎあいは、アクセントの違いはあるにせよ、これまでの本書の考察から明らかなとおり、レンツの劇世界全体を貫く基本的特徴なのである。のみならず、自己戯画という注目すべき側面もまた、通奏低音のようにその劇世界全体に亙って通底している、といえよう。

終章▼フランス革命前夜におけるドイツ市民の悲喜劇

はしがき

やがて五十になろうとするゲーテは、『ファウスト』冒頭の「捧げる言葉」のなかで、若き日々の友人たちを懐かしさをこめて回想している。

わたしがこれから歌う詩句は、かれらの耳に届きはしない、
あの歌いはじめを聞かせてあげた人たちには。
楽しき仲間は散らばり、
ああ、あのとき寄せられた歓声も遠のいた。(25)

レンツも、「あの歌いはじめ」、すなわち『初稿ファウスト』(一七七二—七五頃作)に耳を傾けながら、「疾風怒濤」の運動をはなばなしく担ったひとりである。だが、まもなくして、この熾烈な夢想家かつ冷徹な懐疑家は、ワイマール宮廷に召し出されたゲーテから「ウェルテル病患者」と疎んじられ、しかも、その尻馬に乗った文学

史家から、二世紀に亙って、「ゲーテの猿まね(26)」と侮られてきた。

なるほど劇作家レンツは、古典主義的な調和ある小宇宙を作りあげたわけではない。それどころか、涙と笑い、気高さと野卑、憂愁と饒舌、憧憬と断念、反抗と自嘲などがいりまじった、混沌たる劇世界を描いたのである。しかし見方を変えれば、この不協和音が鳴り響く、めくるめく万華鏡の舞台こそ、実は、フランス革命前夜の封建的な「小邦分立」の首かせにあえぐドイツ市民の具体的な生の断片を、あざやかに切りとっているのではなかろうか。終章では、このような点を念頭におきながら、あらためて十八世紀ドイツを書割にすえ、レンツ独特の悲喜劇的な舞台全体に照明をあてて、本書のむすびにしようと思う。

第一節　近代劇形成の発酵

周知のとおり、カントは『啓蒙とは何か』（一七八四）において、「啓蒙とは、人間がみずから招いた未成年状態から脱出することである」といい、そのために「自分自身の悟性を用い」よ、と訴えている(27)。この啓蒙の理念は、すでに、レンツの道徳・神学論文の基本旋律のひとつとして聞きとれる。たとえば『精神の本性について』（一七七一―七三頃作）は、たとい人間が生来外界から束縛されて、いわば「環境のボール」であろうとも、自己の内には自律的に行動しようとする意欲を具えている、という。すなわち、人間とは鎖に縛られながらも、みずからそれを断ち切ろうとするプロメテウスである、と（第三篇第六章）。文芸論文の『ゲッツ論』（一七七三―七五作、一九〇一刊）もまた、人間の独立・自由を圧倒的な重さで拘束する社会に立ち向かう主体性を自覚せよ、と呼びかけている。自分を「大きな機械に納まりきる、小さく精巧な機械」に卑しめるのではなく、あくまでも「自分の手で、たえず大きな機械全体を回す」がよい、と（第一篇第一章）。それでは、かれの劇作品は、この啓蒙理念を文学的に形象化しようとしたものである、というのであろうか。

レンツの創作の泉は、ストラスブール時代（一七七一―七六）に湧きいでて、『家庭教師』（一七七四）をはじめ、『新メノーツァ』（一七七四）、『軍人たち』（一七七六）、『哲学者』（一七七六）と、四作の喜劇を堰を切ったように書きあげた。そのいずれもが、恋愛沙汰のたぐいの卑近な事件を素材に選び、われわれと同じ巾井の凡人を登場させている。しかも、時代の好尚を追ったモチーフを駆使し民衆娯楽劇の体裁をとるのもいとわず、その舞台は、シェイクスピア流に野放図である。もっとも、レンツの生前に上演された作品は、シュレーダーによる『家庭教師』の改作劇を別とすれば、ひとつもないのであるが。

また、レンツの演劇論によれば、かれの志向する国民全体を観客とする劇は、国民が「文化と野蛮の混合物」であるうちは、悲劇的かつ喜劇的でなければならず、かれの喜劇とは、まさにその不調和な社会を映し出す「人間社会の絵画」である。他方、かれの理想とする「性格悲劇」は、社会的成熟を遂げた後世の所産である、という（第一篇第一章）。

さて、本篇前章で詳論したとおり、デビュー作『家庭教師』は、家庭教師として貴族に隷属せざるをえないプロイセンの市民、ロイファーの姿を嘲笑的に描く。かれは教え子の令嬢と火遊びをし子供を生ませ、ついには白分を去勢する。かのアベラールになぞらえるかのように。この奇矯な行動は、行為らしい行為を封じられ、抜け道のどこにもない当代ドイツ社会では、市民は自己を確立しえず、外界の圧力に対して恭順であるほかない、という絶望的状況のメタファーであろう。ところで、この喜劇において、教育問題をめぐり、人間の自律的能力という啓蒙理念が直接、論争の的になる。啓蒙の立場を声高に主張するのが、啓蒙専制主義体制の一翼を担う、学校教育推進派の顧問官である。しかし、いかに独立・自由について長口舌をふるおうとも、説得力に乏しい。いみじくも小説『ツェルビーン』(一七七六)は、「当世風哲学」の説く美徳を観念的遊戯にすぎず、自律の理念を「空中楼閣」にほかならない、と喝破している(第三篇付章)。

ここで、残り三作の喜劇にも目を転じてみれば、『家庭教師』における啓蒙理念とその現実的断念という基本的な対立の構図が、作品ごとに形を変えながら、通俗的娯楽劇の衣裳から透けてみえるのが分かる。まず『新メノーツァ』の主人公タンディは、『ペルシャ人の手紙』(一七二一)の主人公にならうかのように、ヨーロッパを訪問して、「文明人」を「悪徳と卑劣さのつまった華麗なる仮面」と断じ、社会のあやつり人形になりさがっている、と批判する。だが最後は、かれみずからが「自然人」の特性を捨て、人間批判・社会批判の剣を折り、文明社会に順応する。自分の独立・自由を放棄する(第一篇第一章)。

つぎの『哲学者』のシュトレフォンは、劇冒頭から友人たちの奴婢的存在として登場し、まるでタンディの後日談を描くようである。かれは自己を愚弄していう。自分は「観察するだけの無為」に甘んじる「哲学者」であり、「人間としてのあらゆる権利を放棄した」、「半人前」にすぎないのだ、と。だから、かれのできる行為とは、せいぜいウェルテル気取りでピストル自殺の茶番を演じるぐらいである。このフィロゾフの自嘲は、概念的な啓蒙自体を揶揄するものとみなすことができる(第一篇第二章)。

最後の『軍人たち』では、駐屯地の商人、市民的誇りを持つヴェーゼナーは、娘マリアンヌが将校夫人となり玉の輿に乗るという幻想に、いつのまにか娘ともども囚われたあげく、将校に騙されて破産し、娘も街娼に身をおとす。色欲の虜の遊蕩将校のみならず、思弁に走る啓蒙された貴族や聖職者にも痛棒が食らわされる一方で、貴族に対する市民の奴隷根性が酷評されるのである。レンツはみずから当作品を評して、「さまざまな社会階層を、高みから思い描くのではなく、ありのままに表現しよう」と努めたという。かれの喜劇はそもそも、戯画となるのも恐れずに、容赦なく当世風人間像の「あらまほしき姿」から仮面をはぎとり、あとには、赤裸々な「ありのままの姿」しか残らないのである（第一篇第三章）。

これを要するに、レンツの四作の喜劇の主人公たちは皆、啓蒙理念に背いて、ひっきょう自分をいわば精神的に去勢せざるをえない、ということである。したがって、その喜劇は、かれの道徳・神学論文や文芸論文とは対蹠的に、人間自律という原理の不毛さを宣告している、といってもよかろう。(28)もっとも、『新メノーツァ』は、それだけにおわらず、挑発的精神に支えられ、観客に主体性の覚醒を促そうともするのだが。いずれにせよ、観客は、民衆娯楽劇の額縁からおおきくはみだすばかりか、いわば側面から人間を仮借なく突く舞台を目の前にして、なにか不気味な戦慄を覚えるのではないだろうか。

ところで、おもしろいことに、かれの喜劇は、このように身をかむような悲痛な現実を暴露するにもかかわらず、「ザクセン喜劇」の調和世界にもキがうごとく、家庭や友人や社会の和を謳いあげて、めでたく大団円とあいなる。まず『家庭教師』では、偽のノベラールはおぼこ娘と結婚する。のみならず、そのハッピーエンドは、涙ながらに改悛し和解する三組の親子や二組の花嫁花婿によって、なお華やかに彩られる。幾つものむつまじき家族の団欒図ができあがるのである。ついで『新メノーツァ』もまた、タンディが家族と再会し和解し、しかも結婚する結末を迎え、『哲学者』にいたっては、シュトレフォンの八方塞がりの身分違いの恋が、恋敵である伯爵の無私の愛により、かなえられる。そのうえ、このふたりは涙にかきくれて異様な恍惚感にひたり、幕がおりる。最後に『軍人たち』の大団円だが、ここでは合理主義者の駐屯地連隊長が、市民の娘に対する将校たちの不祥事を撲滅するために、「王立軍人用慰安婦養成所設立案」なる私案を得々と演説し、その実現のあかつきには、万人が「平安と幸福」を得るといって、自己陶酔しながら結ぶ（第一篇）。

このような大団円をみるかぎり、レンツの喜劇は、十八世紀中葉に一世を風靡した「お涙頂戴喜劇」にほかならないと思われよう。なるほど、この種の喜劇は本来、「ジャンル峻別の法則」に反発する市民的自覚から誕生して、その意味では「市民悲劇」と一対をなす。しかし、あくまでも家庭などの私的領分内で市民的道徳を懇々と説いて、感涙にむせばせようとするから、現代のわれわれからみれば、いかにも退屈で安っぽい。レンツの言葉を借りれば、一夜の酩酊に誘っても、観客を覚醒させる「プロメテウスの火」を点ずることはできず、真に「劇的なもの」とは無縁であろう。文壇諷刺劇『ドイツの伏魔殿』(一七七五作、一八一九刊)が、「お涙頂戴喜劇」の大立者ゲラートや、同類のジングシュピールの作者ヴァイセやヴィーラントを罵倒するのもうなずける(第二篇第四章)。

こういう次第であるから、「お涙頂戴喜劇」が、家族におけるみせかけの不調和からはじまり、調和的な大団円におわるとするならば、レンツの喜劇は、それを逆転して、社会に組みこまれた人間関係の深刻な不調和からはじまり、そのみせかけの調和におわる。つまり、かれは、一見平然と楽観主義的ポーズをとりながら、実はそれに背馳する人間の描写をもくろむ。これは、まぎれもない詐術である。そもそも意地悪いほど手厳しい批評性を視線の底にひそめた持ち主が、時好に投じた喜劇の装いをこらすときに、辛辣な反語的効果を考えに入れぬはずがない。

こうしてかれは、喜劇の衣裳に身を包みながら、調和の幻想を裏切り、抽象的な市民的道徳の欺瞞性をあばく。また、混乱した生活絵巻を繰り広げながら、市井の埃っぽさに包まれた肉体を切りとってみせる。レンツは、あえて表面的な形式論理を踏みはずして、ロイファーもタンディもシュトレフォンもヴェーゼナー父娘も、逃げるに逃げられない時代の裂け目から、転落させるのである。そこで観客は、「なかば死んだように地面をころげまわる」(I 245) 主人公たちの姿に驚愕しながら、ひっきょう、気づくにちがいない。この自己喪失した人形のような輩は、だれあろう、われわれ自身にほかならないのだ、と。それでは、独立・自由という啓蒙の理念は虚妄であり、絵にかいた餅にすぎないのか。いや、そうとは断じ切れないからこそ、レンツは観客の自己覚醒を promotion うとする。だがしかし、舞台の上では、いかなる解決も示されることはないのである。

ここには、「お涙頂戴喜劇」どころか、「市民悲劇」の枠組みでも律することのできない新しさがある。[29] そして、その新しさこそ、劇作家としてのレンツの精神の新しさである。かれの喜劇を貫き脈動する、鋭敏な感受性、不断の懐疑、諷刺的諧謔、反抗の精神のリズム。だが、それが徹底した挫折感と自嘲に変質し、かれの内部に精神の闇がひろがるまでには、いくらも間があるわけではなかった。

第二節　叛旗・白日夢・自嘲

さて、レンツは五作目の喜劇に着手したものの、未完におわった。喜劇断片『民衆たち』(一七七五―七六作、一八八四刊)がそれである。第三篇第七章でみたとおり、民衆が貴族により踏みつぶされる現実の呪詛から幕があき、宮廷の栄達争いを通じて不仲になった兄弟が描かれる。主人公の弟は当世風「寛容」の精神から森に隠棲するが、数十年後の両者の和解の場で中断している。だが、他の四喜劇と同様、兄弟和合の讃歌の仮面の裏側から、自然権を投げ捨てる主人公の姿が不気味にあぶり出される。つまり最後に、かれは隠棲の自己欺瞞に気づいて「兄の権謀術数に反抗」すべきだった、と独白する。むろん、これが断片であるかぎり、この老隠者の台詞のなかから、ビュルガーのバラード「魔王」(一七七八作)の隠者さながら、民衆側に立って傲岸な貴族に反抗し、友愛の絆に結ばれる小社会を築く夢想を読みとろうとするのは無理であろう。しかし、断片『シエナのカタリーナ』(一七七五

—七六作、一八八四刊）と『イギリス人』（一七七七）をみると、レンツが少なくとも独立・自由な人間の共同体を夢想したと考えるのは、かならずしも奇想天外な読み方ではないことが分かる。

『シエナのカタリーナ』の主人公カタリーナは、「自分を世界にあわせ」ず、「世界を自分にあわせ」ようとする、自立的な女性である。それゆえ、父親から強いられた御曹司との結婚をはねつけ、一介の画家の恋人をむなしく追ったあげく、森の隠者になる。だが、かの女は画家への恋情を捨て切れず、余儀なくもろ肌を脱ぎ、自分の体に熱っぽく鞭を打ち、失神する。この苦行を、世俗的愛と格闘する禁欲的なキリスト教信心の発露、さもなくば単なる子供じみた盲目的な自己処罰と断じてよいのであろうか。そもそも人間は、自己破壊を冒しても自己を訴えようとする。ともあれ、かの女は歴史の大きな裂け目に身を横たえながら、新時代の方向を見定めかねて、合理的な社会的行為をとれない（第三篇第六章）。

『イギリス人』の主人公ロバートは、いわばカタリーナの男性版であり、父親によるお仕着せの縁組を嫌ってイタリアに身をくらまし、当地の王女に対するかなわぬ恋に身を焦がす。だが、父親がイギリスに連れもどしに来るにおよび、とっぴにも、鋏で自分の喉をかっさばく。この不敬な態度は、十八世紀の観客の耳目を驚かしたにちがいない。というのも、かれは地獄の劫火を恐れぬばかりか、聴罪司祭の説く神まで黙殺して、もっぱら恋人と結ばれる「自分自身の天国」を念じて恍惚と果てるからである。まるで『新エロイーズ』（一七六一）の死の床にあるジュリの態度にならうように。かの女は、牧師の説教に耳を貸さず、懺悔もせずに、昔の恋人と来世で結ばれるという信仰を告白する。これは、豊かな心情を伴う自然宗教の宣言である。しかもロバートの場合は、さらに一歩踏み込んで、神の救済を峻拒し、「あなたがたの天国は、あなたがたのためにとっておくがいい」と父親や司祭に挑戦的に吐き捨てる（第二篇第五章）。

ところで、ルソーは『人間不平等起原論』(一七五五)のなかで、調教された馬は恭順であるのに、野生の駿馬は轡を近づけただけではげしく暴れる、という。そのうえで、「自由な身に生れて、囚われることをひどく嫌う動物が、牢屋の格子に頭を打ちつけて割る」という例をあげ、主体性の自覚を促す。このルソーの言葉を借りるならば、ロバートの反キリスト教的な自己破壊であれ、カタリーナの擬似キリスト教的なそれであれ、ひっきょう、当時の家父長制的社会に調教されるのを拒み、「牢屋の格子に頭を打ちつけて割る」行為にほかならないといえるのである(第三篇第六章)。

両者の自己処罰にひそむ不思議な情熱の正体は、ルソー的意味の「自然」を希求する屈折した主体的自我そのものであり、その意味で、熱狂的な自己破壊は、自己証明の謂なのである。つまり、たとい同じ自己処罰の形をとろうとも、前節でみた「精神的に去勢」した主人公たちの行為、なかんずく『家庭教師』のロイファーの奴隷根性きわまる自己去勢とは、対極に位置する。しかも、『シエナのカタリーナ』や『イギリス人』の自虐的舞台の背後には、『新エロイーズ』の自由な人間達が築く楽園、レマン湖畔のクラランが、まるで白日夢のように、オーバーラップされるのである。レンツは自由を求めてやまぬ心を、せめて観念の世界に、まるで海に投ずる瓶の通信文のように、封じこめようとしたのであろうか。

ところで、『イギリス人』の凄惨な断末魔の幕切れから、一際大きく市民的自我の反逆の声が聞きとれるとするならば、文壇諷刺劇『ドイツの伏魔殿』は、まさにその主体的自覚に立って、擬古典主義的文学を痛罵する。それればかりか、劇作家レンツ自身すら揶揄嘲罵するのである(第二篇第四章)。しかも、このような自己嘲笑の姿勢は、基本的にかれの劇作全体に通底し、特に『家庭教師』において際立っている点は、本篇前章でみたとおりである。

第三節　未完成

レンツの舞台に脈打つみずみずしい活力は、逆説的だが、あたかも何かに追われて、あがきがとれないかのように、ひとつの世界から別の世界に飛び越えてゆくところから生まれる。あい反する世界が、融合せずに、せっぱつまりながら、せめぎあうところから生まれる。

いうまでもなく、当代の後進国ドイツは、大小三百あまりもの領邦国家に分裂していた。フリードリヒ大王に代表される啓蒙専制君主がフランス啓蒙の受容に努め諸々の国内改革に乗り出して、カントにより「啓蒙されつつある時代[30]」と高く評価された一方で、一般には群小領主まで絶対君主を気取り、権力をほしいままにしていたのである。かかる閉鎖社会のなかで、市民が啓蒙理念にのっとり自由に行動することなぞできるはずもなかろう。レンツは、この苦く身をかむような、矛盾をはらむ現実を這いずり回りながら、アンシャン・レジームに巣くう驕慢な貴族を糾弾し、また、いわば人形に堕落した自己喪失の市民を諷刺し、かれらの主体性を挑発する。しかも、社会的秩序すら乗り越えようとする。しかし、彼岸であれ、此岸であれ、決定的な救いの可能性は、閉ざされたままである。かれは、いかなるきれいな解決も示さない。ただあえぎながら、新時代に似つかわしい自我の自由を称える、そうかと思うと、にわかにその破産宣告をする、あるいは友愛に結ばれる共同体の白日夢に酔う。そして、理不尽な社会を目の前に絶望的な壁を実感して、自分でもどう解決したらよいか分からず、どうしようもないものをどうしようもないとして、せいぜい笑い飛ばす。

しかしながら、この矛盾を矛盾のまま、せっぱつまったように、ぽいと投げ出すような思いきった現実の切断の仕方にこそ、現代のわれわれも、二百数十年前の劇作家のひそかな心のふるえを感じとるばかりか、鮮烈な実在感を覚えるのではないだろうか。あたかもレンツは断片を断片として描く、未完成を目指していたかのようである。しかも、そのような在り方は、自覚的市民の苦悩にみちた内面とそれを圧倒的重量で押さえこむ社会との軋轢の状況を、リアルに焼きつけてはいないだろうか。そして、それがかれ独自のリアリズムではないのか。――もっともレンツは、『ドイツの伏魔殿』のなかで、ゲーテをプロメテウスと呼び、かれの創造性を讃美する一方で、芸術的に非才の自分を「偽のプロメテウス」と徹底的に冷笑するのであるが。

ついでにいうと、この文壇諷刺劇の冒頭では、劇中のレンツと兄貴分のゲーテが、パルナッソス山から文壇の俗物を愚弄する段で、つぎのような台詞をとりかわす。

レンツ　ぼくは、下界の連中のところまで降りてゆき、こんこんと諭してやりたくなるな。
ゲーテ　放っておくさ。世の中に阿呆もいなきゃ、つまんないぜ。（I 251）

この台詞は、レンツとゲーテの資質の差を巧まずしてあらわしている。つまり、ゲーテが、ニーチェの説くように、「晴れやかな、楽天的な宿命論を信じて万物のただなかに立つ」(31)とするならば、レンツには、諦念を以て人間存在のすべてを許容する姿勢、あるいはそれに裏づけられたユーモアが欠落している、というのである。レンツは人間の虚飾をはぎとる、非情ともいえる諷刺家である。だが、かれは劇作家として、ニーチェのいう「飛びかかろうとする虎」(32)のようにこわばり身構えて、十八世紀ドイツの社会と人間に峻烈に斬りかかり、しかも、その鋭い刃は自分自身の魂をも突き刺し、けっきょく、にっちもさっちもゆかなくなる。もしもかれの劇作品の画面が、不器用に鋭角的な直線とどぎつい色彩に埋まり、生硬な肌ざわりを醸し出すとするならば、それはひとつには、この向日性の不足によるものであろう。

ところで、「疾風怒濤」の劇作家として、レンツの鋭敏な社会的意識の形成に決定的役割を果したのは、郷里リヴォニアの体験である。ドイツ文化と異文化の衝突するロシア領の辺境で、先住民農奴の被抑圧的生活を身近に見聞きしたり、民族的覚醒を促した「ヘルンフート兄弟団」の急進的活動を知って、どれほど社会的政治的感覚が培われたか分からない。処女作『怪我した花婿』(一七六六作、一八四五刊)からも、その一端がうかがわれる。しかし、後年、途方もない重さで自我を拘束する社会的圧力を実感し、かれの社会的意識も反語的笑いに屈折してゆかざるをえないのである(序説)。

また、郷里で育まれた敬虔主義的色調の濃い正統主義は、ルソーを知って以来、心情豊かな自然宗教的性格を強めてゆく。それは、『イギリス人』や『シエナのカタリーナ』などの作品にくっきりと刻印されているが、注目すべきことに、かれは生涯に亙り、けっきょく正統主義の枠組みから脱却できなかったのである(第三篇第六章)。

レンツの短い人生は、精神の病と極貧にあえぐ暮らしのはて、行路病者として異郷モスクワの町の片隅で尽きた。四十一歳であった。ときにフランス革命勃発後三年目の初夏のことである。かれは、近代的精神の洗礼を受け、身をもって歴史的結節点を生きながら、けっきょく新旧両時代に引き裂かれて悲劇的な最後を遂げた。

むすび

『リア王』(一六〇八)のグロスター伯はいう。「ああ、あの虻や蜻蛉を悪戯少年が扱ふやうに、吾々人間をば神さまが扱はっしゃる。神はお慰み半分に人間をお殺しなさる」[33]と。この台詞が、もっとも悲劇的なものはもっとも喜劇的である、という逆説、すなわち、われわれの生の実相にひそむ悲喜劇性をいいあてているとするならば、レンツの劇世界は、その意味での悲喜劇である。

しかもレンツは、諷刺的諧謔と挑発の精神に支えられながら、民衆娯楽劇を装い、当代ドイツ人の自己喪失を痛烈に批判する。のみならず、啓蒙の根本理念である自律的能力を称揚して、封建的社会秩序を乗り越えようとさえする。だがそれと同時に、かかる啓蒙理念を現実的に断念して、もっぱら絶望的な高笑いを放つ。そうかと思うと、理想郷クラランのような、友愛の絆で結ばれる共同体の白日夢に酔う。かれの演劇は、断じて単なる社会批判の枠組みに収まるようなものではないのである。

それは、たえず不器用に断片的舞台を振幅する構図を示して、いみじくもフランス革命前夜のドイツの社会的・精神的分裂状況をありありとあらわす。ひるがえって考えれば、人間の存在の仕方という点で、現代は混迷の度を深める一方である。二百年以上も前に世を去った劇作家の作品に、東方島国のわれわれも、奇妙になまなましいリアリティーを覚えるゆえんであろう。

ところで、レンツは、人を笑い、自分を笑いのめす。なんであれ、精神が一方向に凝結しだすやいなや、阿呆の仮面をかぶって、それを壊す。かれはストラスブールの仲間を前にして、道徳・神学に関する講演が佳境に入ろうというときに、にわかに中断して、つぎのようにいう。

おや、また熱弁だ。こいつは、たまんないな。理性がものをいうときに、熱弁とはね。まあ皆さん、勘弁してよ。なにしろ、ぼくは若いときている。薪だって燃えだす前は、もくもく煙を吐くもんさ。とりわけ湿ったり濡れたりしているとね。(II 594)

このような言辞は、舞台の上で自分自身を——合理的啓蒙の徒としてであれ、正統主義の禁欲的信徒としてであれ——「妄想の虜」であるといって徹底的に揶揄嘲罵する劇作家の姿勢にふさわしかろう。レンツの演劇とは、ひっきょう、啓蒙期ドイツにおける市民的知識人の自己戯画にほかならない。

かれは、フランス革命前夜のドイツの世相をその体内に巣食う深い矛盾とともに、いわば内部から突きくずすようにしながら、少しくデフォルメして描きつづけた。おかしくも悲しく、悲しくもおかしい猥雑な多層的舞台からは、不条理な社会的現実に触発された新しい精神の律動が鳴り響く。こうしてレンツは、十八世紀のドイツ社会における人間の生の核心を射抜き、すぐれて文学的に活写した点で、同時代作家のなかでも際立っている。ビューヒナーやヴェーデキントやブレヒトらドイツ歴代の鬼才の劇作家に、影響を与えたというのもうなずけよう。近代の原点に生きた、この強烈な個性の劇作家レンツは、現代でもすこしも色褪せてはいないのである。

注

注においては、つぎの略語を用いる。

Goethe, HA＝Goethe, Johann Wolfgang von : Werke. Hamburger Ausgabe in 14 Bänden. Hrsg. von Erich Trunz. München (Beck) 1974–77.

Hanser＝Hansers Sozialgeschichte der deutschen Literatur vom 16. Jahrhundert bis zur Gegenwart. Hrsg. von Rolf Grimminger. Bd. 3 : Deutsche Aufklärung bis zur Französischen Revolution ; 1680–1789. 2 Aufl. München/Wien (dtv) 1984.

Rosanow＝Rosanow, Matvei Nikanorovich : Jakob M. R. Lenz. Der Dichter der Sturm- und Drangperiode. Sein Leben und seine Werke. (Übers von Carl von Gutschow). Leipzig (Schulze) 1909.

序説　J・M・R・レンツの基礎的考察

（1）　Grimminger, Rolf : Aufklärung, Absolutismus und bürgerliche Individuen. Über den notwendigen Zusammenhang von Literatur, Gesellschaft und Staat in der Geschichte des 18. Jahrhunderts. In : Hanser, Teilband 1. S. 16 f.

（2）　Ebd. S. 33–72.

（3）　Lukács, Georg : Werke. Bd. 7 : Deutsche Literatur in zwei Jahrhunderten. Neuwied/Berlin (Luchterhand) 1964, S. 53–55. なお、「疾風怒濤」の研究に関してはつぎを参照。Pascal, Roy : Der Sturm und Drang. (Übers. von Dieter Zeitz und Kurt Mayer) 2. Aufl. Stuttgart (Kröner) 1977 ; Müller, Peter : Grundlinien der Entwicklung, Weltanschauung und Ästhetik des Sturm und Drang. In : Sturm und Drang. Weltanschauliche und ästhetische Schriften. Hrsg von P. Müller. Bd. 1. Berlin/Weimar (Aufbau) 1978, S. XI-CXXIV ; Hinck, Walter (Hrsg.)

Sturm und Drang. Ein literaturwissenschaftliches Studienbuch. Kronberg/Ts. (Athenäum) 1978 ; Huyssen, Andreas : Einleitung. In : Drama des Sturm und Drang. Kommentar zu einer Epoche. Hrsg. von A. Huyssen. München (Winkler) 1980, S. 13–84 ; Wacker, Manfred (Hrsg.): Sturm und Drang. Darmstadt (Wissenschaftliche Buchgesellschaft) 1985.

（4） Rasch, Wolfdietrich : Der junge Goethe und die Aufklärung. In : Literatur und Geistesgeschichte. Festgabe für Heinz Otto Burger. Hrsg. von Reinhold Grimm und Conrad Wiedemann. Berlin (Schmidt) 1968, S. 128 f.; Kaiser, Gerhard : Aufklärung, Empfindsamkeit, Sturm und Drang. 3. Aufl. München (Francke) 1979, S. 13, 177 f.

（5） Lukács, Georg : Skizze einer Geschichte der neueren deutschen Literatur. Bd. 3. Neuwied/Berlin (Luchterhand) 1964, S. 34.

（6） Goethe, HA, Bd. 10. 6. Aufl. 1976, S. 7–9.

（7） レンツの研究史に関してはつぎを参照。Winter, Hans-Gerd : J. M. R. Lenz. Stuttgart (Metzler) 1987, S. 4–14.

（8） Vgl. Gundolf, Friedrich : Shakespeare und der deutsche Geist. 6. Aufl. Berlin (Bondi) 1922, S. 252–256.

（9） Vgl. Kindermann, Heinz : J. M. R. Lenz und die deutsche Romantik. Ein Kapitel aus der Entwicklungsgeschichte romantischen Wesens und Schaffens. Wien/Leipzig (Braumüller) 1925.

（10） Vgl. Brecht, Bertolt : Der Hofmeister. In : B. Brecht : Stücke. Hrsg. von Elisabeth Hauptmann. Bd. XI. 3.Aufl. Berlin/Weimar (Aufbau) 1969, S. 119–214. なお、この改作は一九五〇年に出版された。

（11） Vgl. Wurst, Karin : Einleitung. J. M. R. Lenz als Alternative ? Positionanalysen [!] zum 200. Todestag. In : J. R. M. [!] Lenz als Alternative ? Positionsanalysen zum 200. Todestag. Hrsg. von K. Wurst. Köln/Weimar/Wien (Böhlau) 1992, S. 1–22.

（12） Höllerer, Walter : Lenz. »Die Soldaten«. In : Das deutsche Drama vom Barock bis zur Gegenwart. Hrsg. von Benno von Wiese. Bd. 1. Düsseldorf (Bagel) 1962, S. 127–146 ; Mayer, Hans: Lenz oder die Alternative. In : Jakob Michael Reinhold Lenz. Werke und Schriften. Hrsg. von Britta Titel und Hellmut Haug. Bd. II. Stuttgart (Coverts) 1967, S. 795–827 ; Martini, Fritz : Die Einheit der Konzeption in J. M. R. Lenz' »Anmerkungen übers Theater«. In : Jahrbuch der deutschen Schillergesellschaft 14 (1970), S. 159–182.

（13） Scherpe, Klaus : Dichterische Erkenntnis und »Projektmacherei«. Widersprüche im Werk von J. M. R. Lenz. In : Goethe-Jahrbuch 94 (1977), S. 206–235.

（14） Rector, Martin : Zur moralischen Kritik des Autonomie-Ideals. Jakob Lenz' Erzählung »Zerbin oder die neuere Philosophie«. In : »Unaufhörlich Lenz gelesen...« : Studien zu Leben und Werk von J. M. R. Lenz. Hrsg. von Inge Stephan und Hans-Gerd Winter. Stuttgart/

Weimar (Metzler) 1994, S. 294–308. なお、レクトールによる他のレンツ論に関しては、巻末の主要参考文献を参照されたい。

(15) 岩淵達治『反現実の演劇の論理――ドイツ演劇の異端と正統』(河出書房新社、一九七二年)、二五一―五五頁。なお、同書所収のレンツ論の初出は一九五三年である。

(16) レクトールも、レンツを一義的にブレヒトの先駆者とする見方に対して批判的である。Rector, Martin: Grabbe von Lenz her zu verstehen. In: Grabbe und die Dramatiker seiner Zeit. Beiträge zum 11. Internationalen Grabbe-Symposium 1989. Hrsg. von Detlev Kopp und Michael Vogt. Tübingen (Niemeyer) 1990, S. 27 f.

(17) Vgl. Rosanow, S. VII.

(18) Vgl. Ruppert, Wolfgang: Bürgertum im 18. Jahrhundert. In: »Die Bildung des Bürgers«: Die Formierung der bürgerlichen Gesellschaft und die Gebildeten im 18. Jahrhundert. Hrsg. von Ulrich Herrmann. 2. Aufl. Weinheim/Basel (Beltz) 1989, S. 59–80.

(19) Guthke, Karl S.: Geschichte und Poetik der deutschen Tragikomödie. Göttingen (Vandenhoeck & Ruprecht) 1961, S. 44–77. これに反論して、たとえばヒュッセンは、そもそも喜劇には悲劇的なものが孕まれると指摘する。そのうえで、レンツは悲喜劇という新ジャンルを作ったのではなく、あくまでもプラウトゥスの喜劇やコメディア・デラルテやバロックの民衆演劇の伝統に立って、喜劇に悲劇的なものを同化したという。Huyssen, Drama des Sturm und Drang (Anm. 3), S. 161–163.

(20) Lenz, Jakob Michael Reinhold: Werke und Briefe in drei Bänden. Hrsg. von Sigrid Damm. Bd. 3. Leipzig/München/Wien (Insel) 1987, S. 259. 以下、本書において、同書から引用する場合は、本文中に巻数(ローマ数字)と頁数(アラビア数字)のみを記す

(21) Müller, Peter (Hg.): Jakob Michael Reinhold Lenz im Urteil dreier Jahrhunderte. Texte der Rezeption von Werk und Persönlichkeit; 18.–20. Jahrhundert. Teil I. Bern/Berlin/Frankfurt a. M. /New York/Paris/Wien (Lang) 1995, S. 349.

(22) Lenz, J. M. R.: Gesammelte Schriften. Hrsg. von Franz Blei. Bd. I. München/Leipzig (G. Müller), 1909, S. 139; vgl. Kaufmann, Ulrich: »...ausgestoßen aus dem Himmel als ein Landläufer, Rebell, Pasquillant«. Jakob Michael Reinhold Lenz und der Weimarer Musenhof. In: Beiträge zur Geschichte der Literatur in Thüringen. Hrsg. von Detlef Ignasiak. Rudolstadt (Hain) 1995, S. 175

(23) Keller, Mechthild: Verfehlte Wahlheimat: Lenz in Rußland. In: Russen und Rußland aus deutscher Sicht: 18. Jahrhundert — Aufklärung Hrsg. von M. Keller. München (Finck), 1987, S. 517.

(24) 十八世紀リヴォニア史に関してはつぎを参照。Eckardt, Julius: Livland im achtzehnten Jahrhundert. Leipzig (Brockhaus) 1876 Wittram, Reinhard: Geschichte der Ostseelande Livland, Estland, Kurland 1180–1918 München/Berlin (Oldenbourg) 1945, S. 114–136.

(25) Vgl. Eckardt, ebd. S. 433–440.

(26) Vgl. ebd. S. 518–521.

(27) Vgl. Jürjo, Indrek : Die Weltanschauung des Lenz-Vaters. In : ›Unaufhörlich Lenz gelesen...‹ (Anm. 14), S. 139 und 145.

(28) Vgl. Eckardt, Livland (Anm. 24), S. 221 f. und 245.

(29) Nicolai, Friedrich : Geschichte eines dicken Mannes. Bd. 1. Berlin/Stettin (Nicolai) 1794, S. 31 f.; vgl. Philipp, Guntram : Die Wirksamkeit der Herrnhuter Brüdergemeine unter den Esten und Letten zur Zeit der Bauernbefreiung. Köln/Wien (Böhlau) 1974, S. 327.

(30) Vgl. Webermann, Otto A.: Pietismus und Brüdergemeinde. In : Baltische Kirchengeschichte. Hrsg. von Reinhard Wittram. Göttingen (Vandenhoeck & Ruprecht) 1956, S. 157 f.

(31) Vgl. Eckardt, Livland (Anm. 24), S. 216–218.

(32) Vgl. ebd. S. 243 ; Wittram, Geschichte (Anm. 24), S. 135 ; Philipp, Wirksamkeit (Anm. 29), S. 325–334.

(33) Vgl. Eckardt, Livland (Anm. 24), S. 215–243.

(34) Vgl. Damm, Sigrid : Vögel, die verkünden Land. Das Leben des Jakob Michael Reinhold Lenz. Berlin/Weimar (Aufbau) 1985, S. 20–23.

(35) Vgl. Jürjo, Weltanschauung (Anm. 27), S. 140–144.

(36) Eckardt, Livland (Anm. 24), S. 521.

(37) Vgl. Böcker, Herwig : Die Zerstörung der Persönlichkeit des Dichters J. M. R. Lenz durch die beginnende Schizophrenie. Diss. med. Bonn 1969, S. 20–25 ; Rosanow, S. 34 f.

(38) Jürjo, Weltanschauung (Anm. 27), S. 138–152.

(39) 成瀬治『伝統と啓蒙——近世ドイツの思想と宗教』（法政大学出版局、一九八八年）、五三—五五頁参照。

(40) Vgl. Freye, Karl : Jakob Michael Reinhold Lenzens Knabenjahre. In : Zeitschrift für Geschichte der Erziehung und des Unterrichts 7 (1917), S. 176 ; Jürjo, Weltanschauung (Anm. 27), S. 145 f.; Webermann, Pietismus und Brüdergemeinde (Anm. 30), S. 155.

(41) Vgl. Rosanow, S. 38–42 und 56–59. また、ローザノフは、同書で少年レンツに対するクロップシュトックの影響を詳しく述べている。 Vgl. ebd. S. 40–47.

(42) Benjamin, Walter : Gesammelte Schriften. Hrsg. von Rolf Tiedemann und Hermann Schweppenhäuser. Bd. II, Teilband 2. Frankfurt a. M. (Suhrkamp) 1977, S. 576.

(43) Merkel, Garlieb: Die Letten, vorzüglich in Liefland, am Ende des philosophischen Jahrhunderts. Leipzig (Gräff) 1797, S. 3.

(44) Ebd. S. 4.

(45) Herder, Johann Gottfried von: Sämtliche Werke. Hrsg. von Bernhard Suphan. Bd. 25 Poetische Werke. Hrsg. von Carl Redlich. Berlin (Weidmann) 1885, S. 401 f.; vgl. Rudolf, Ottomar: Jakob Michael Reinhold Lenz. Moralist und Aufklärer. Bad Homburg/Berlin/Zürich (Gehlen) 1969, S. 18.

(46) Merkel, Die Letten (Anm. 43), S. 326–368.

(47) Vgl. Freye, Knabenjahre (Anm. 40), S 177; Damm, Vögel (Anm. 34), S. 14 f. なお、近世ロシアの農奴の日常生活に関してはつぎを参照。土肥恒之『「死せる魂」の社会史——近世ロシア農民の世界』日本エディタースクール出版部、一九八九年。

(48) Rosanow, S. 44; vgl. Freye, Knabenjahre (Anm. 40), S. 139.

(49) Freye, Knabenjahre (Anm. 40), S. 188.

(50) Vgl. Eckardt, Livland (Anm. 24), S. 307–313.

(51) Kant, Immanuel: Gesammelte Schriften. Hrsg. von der Königlich Preußischen Akademie der Wissenschaften. Bd. VIII: Abhandlungen nach 1781. Berlin/Leipzig (Walter de Gruyter & Co.) 1923, S. 35. なお、少年レンツを西欧的啓蒙に導いたとされるひとりが、のちのドルパト市長ガーデブッシュ（一七一九―一七八八）である。かれは、リガのヘルダーらとも親交があり、西欧文学に広く通じた蔵書家であった。レンツがかれを「恩人」と呼ぶのも（III 243）、かれのもとでスターンやレッシングやヘルダーらの新刊図書に接して、同時代の精神的潮流を知ることができたからにほかならない。Vgl. Rosanow, S. 37 f. und 48.

第一篇　諷刺と挑発

(1) その酷評を要約すれば、おおむね「脈絡を欠き、不自然である」ということにつきる。Vgl. Rosanow, S. 224–228.

(2) Vgl. Sørensen, Bengt Algot: Herrschaft und Zärtlichkeit. Der Patriarchalismus und das Drama im 18. Jahrhundert. München (Beck) 1984, S. 160 f.

(3) プロイセンの「軍人王」フリードリヒ・ヴィルヘルム一世は、軍隊に弁髪を導入した。Vgl. Boehn, Max von: Die Mode. Eine

Kulturgeschichte vom Barock bis zum Jugendstil. Bearbeitet von Ingrid Loschek. Bd. II. München (Bruckmann) 1976, S. 69. また、当時のイエズス会は、軍隊的組織の陰謀家集団とみなされて、一七七三年、教皇クレメンス十四世によって廃止された。ポール・アザール（小笠原弘親他訳）『十八世紀ヨーロッパ思想——モンテスキューからレッシングへ』（行人社、一九八七年）、一〇三—一一〇頁参照。

（4） Vgl. Steinmetz, Horst: Die Komödie der Aufklärung. 3. Aufl. Stuttgart (Metzler) 1978, S. 1-3.

（5） Vgl. Kindermann, Heinz: Theatergeschichte Europas. Bd. III: Das Theater der Barockzeit. Salzburg (O. Müller) 1959, S. 391-407; Rosanow, S. 195.

（6） Hinck, Walter: Das deutsche Lustspiel des 17. und 18. Jahrhunderts und die italienische Komödie. Stuttgart (Metzler) 1965, S. 328-348.

（7） Bauer, Roger: Die Komödientheorie von Jakob Michael Reinhold Lenz, die älteren Plautus-Kommentare und das Problem der ›dritten‹ Gattung. In: Aspekte der Goethe-Zeit. Hrsg. von Stanley A. Corngold u. a. Göttingen (Vandenhoeck & Ruprecht) 1977, S. 11-37.

（8） Vgl. Steinmetz, Die Komödie (Anm. 4), S. 22 und 49.

（9） Vgl. Hinck, Das deutsche Lustspiel (Anm. 6), S. 333.

（10） つぎを参照。アンドレ・リシュタンベルジェ（野沢協訳）『十八世紀社会主義』（法政大学出版局、一九八一年）、三七—五九頁。ポール・アザール（野沢協訳）『ヨーロッパ精神の危機』（法政大学出版局、一九八一年）、一〇—四〇頁。

（11） Vgl. Rosanow, S. 53.

（12） ルソー（本田喜代治・平岡昇訳）『人間不平等起原論』（岩波文庫、一九八九年）、五二—五三頁。

（13） 野田又夫「ルソーの哲学」（桑原武夫編『ルソー研究』、岩波書店、一九六八年）、五一頁参照。

（14） ルソー（今野一雄訳）『エミール』（岩波文庫、一九八七年）中巻、四五頁。つぎを参照。同上上巻二七頁、前掲『人間不平等起原論』、一二九—一三〇頁、および杉之原寿一「ルソーの社会思想——個人主義と集団主義」（同上『ルソー研究』）、一〇六頁、一一一頁。

（15） Rector, Martin: Grabbe von Lenz her zu verstehen. In: Grabbe und die Dramatiker seiner Zeit. Beiträge zum 11. Internationalen Grabbe-Symposium 1989. Hrsg. von Detlev Kopp und Michael Vogt. Tübingen (Niemeyer) 1990, S. 32.

（16） マルコ伝八章三十三節参照。なお、聖句をはじめとする紋切型の言葉が多出する。

（17） Vgl. Benjamin, Walter: Gesammelte Schriften. Hrsg. von Rolf Tiedemann und Hermann Schweppenhäuser. Bd. II, Teilband 2. Frankfurt

a. M. (Suhrkamp) 1977, S. 707 f.

(18) レクトールによれば、レンツにみられる機械のメタファーは、フランスの唯物論哲学者から、すなわち「大きな機械」はドルバック（『自然の体系』［一七七〇］）、「小さな機械」はラ・メトリ（『人間機械論』［一七四七］）から援用している。Rector, Martin: La Mettrie und die Folgen. Zur Ambivalenz der Maschinen-Metapher bei Jakob Michael Reinhold Lenz. In: Willkommen und Abschied der Maschinen. Literatur und Technik. Hrsg. von Erhard Schütz. Essen (Klartext) 1988, S. 26–29.

(19) Arntzen, Helmut: Die ernste Komödie. Das deutsche Lustspiel von Lessing bis Kleist. München (Nymphenburg) 1968, S. 93.

(20) Kant, Immanuel: Gesammelte Schriften. Hrsg. von der Königlich Preußischen Akademie der Wissenschaften. Bd. VIII: Abhandlungen nach 1781. Berlin/Leipzig (Walter de Gruyter & Co.) 1923, S. 41 f.; vgl. Grimminger, Rolf: Aufklärung, Absolutismus und bürgerliche Individuen. Über den notwendigen Zusammenhang von Literatur, Gesellschaft und Staat in der Geschichte des 18. Jahrhunderts. In: Hanser, Teilband 1. S. 60–62.

(21) Vgl. Steinmetz, Die Komödie (Anm. 4), S. 22 f.

(22) Vgl. Rosanow, S. 223; Hinck, Das deutsche Lustspiel (Anm. 6), S. 345; Lewerscheidt, Dieter: J. M. R. Lenz. ›Der neue Menoza‹, eine apokalyptische Farce. In: Wirkendes Wort 33 (1983), S. 146–150. ヒンクは、タンディの情熱的な身ぶり表現にこそルソー的自然が発現しており、それが啓蒙主義批判の機能を果すとする。他方、リーヴェルシャイトは、啓蒙された貴族社会を批判する劇とみなす。

(23) Vgl. Kayser, Wolfgang: Das Groteske. Seine Gestaltung in Malerei und Dichtung. 2. Aufl. Oldenburg (Stalling) 1961, S. 46.

(24) 注16を参照。

(25) Martini, Fritz: Die Einheit der Konzeption in J. M. R. Lenz' ›Anmerkungen übers Theater‹. In: Jahrbuch der deutschen Schillergesellschaft 14 (1970), S. 171–174.

(26) Goethe, HA, Bd. 10. 6. Aufl. 1976, S 12.

(27) Vgl. Schmidt, Erich: Lenz und Klinger. Zwei Dichter der Geniezeit. Berlin (Weidmann) 1878, S. 29–31; Hettner, Hermann: Geschichte der deutschen Literatur im achtzehnten Jahrhundert. Bd. 2. Berlin/Weimar (Aufbau) 1979, S. 188–190; Rosanow, S. 325–335; Schneider, Ferdinand Josef: Die deutsche Dichtung der Geniezeit. Stuttgart (Metzler) 1952, S. 212 f. 他方、I・カイザーは、この喜劇を普遍的人間愛の讃歌であるとして評価する。Vgl. Kaiser, Ilse: ›Die Freunde machen den Philosophen‹, ›Der Engländer‹, ›Der Waldbruder‹ von

J. M. R. Lenz. Diss. phil. Erlangen 1917, S. 11-41. なお、初演は一九八八年、パリ郊外の「国立演劇センター（Centre Dramatique National）」である。Vgl. Michaelis, Rolf: Späte Uraufführung einer Komödie von Jakob Michael Reinhold Lenz in Paris. In: Die Zeit. Nr. 18 vom 29. 4. 1988, S. 58.

(28) Rosanow, S. 335.

(29) Vgl. Bruford, Walter H.: Die gesellschaftlichen Grundlagen der Goethezeit. (Übers. von Fritz Wölcken). Frankfurt a. M. /Berlin/Wien (Ullstein) 1979, S. 234 f.

(30) Vgl. Grimminger, Aufklärung (Anm. 20), S. 27 f.

(31) ルソー（安士正夫訳）『新エロイーズ』（岩波文庫、一九八六年）第二巻、九九頁、一八六頁参照。

(32) ポウプ（上田勤訳）『人間論』（岩波文庫、一九九〇年）、三七頁。

(33) Schmidt, Lenz und Klinger (Anm. 27), S. 30.

(34) Hauser, Arnold: Sozialgeschichte der Kunst und Literatur. München (Beck) 1983, S. 528 f.

(35) Kaiser, Gerhard: Aufklärung, Empfindsamkeit, Sturm und Drang. München (Francke) 1979, S. 98 f.

(36) マッテンクロットは、『家庭教師』における『ロミオとジュリエット』や『新エロイーズ』のアイロニカルな「引用」に注目している。Mattenklott, Gert: Melancholie in der Dramatik des Sturm und Drang. Königstein/Ts. (Athenäum) 1985, S. 147-152.

(37) 『新メノーツァ』のタンディや『イギリス人』のロバートも、ハムレット像に倣っていると考えられる。

(38) Vgl. Holl, Karl: Geschichte des deutschen Lustspiels. Leipzig (Weber) 1923, S. 216. なお、『新メノーツァ』や『軍人たち』や『ドイツの伏魔殿』は、一種のエピローグによって、劇全体を「劇中劇」に変えてしまうと考えられる。

(39) Hettner, Geschichte (Anm. 27), S. 190.

(40) 前掲『十八世紀ヨーロッパ思想』、二五三―二五六頁参照。なお、哲学者のヴォルテール、ダランベール、ディドロ達も愛妾をかかえ、またドイツの作者のなかでも、ビュルガーやF・ヤコービが重婚者である。Vgl. Kluckhohn, Paul: Die Auffassung der Liebe in der Literatur des 18. Jahrhunderts und in der deutschen Romantik. Halle (Niemeyer) 1922, S. 211 f. und 237-239.

(41) モンテスキュー（根岸国孝訳）『ペルシャ人の手紙』（『世界文学大系』第一六巻、筑摩書房、一九六〇年）、五四頁。

(42) 前掲『新エロイーズ』第二巻、一四四―一四五頁、二五五頁参照。

(43) レンツは、『哲学者』の脱稿以前に、『シュテラ』を読んでいたものと思われる。Vgl. Kindermann, Heinz: J. M. R. Lenz und die

deutsche Romantik. Ein Kapitel aus der Entwicklungsgeschichte romantischen Wesens und Schaffens. Wien/Leipzig (Braumüller) 1925, S. 315.

(44) ヒンクによれば、『ミス・サラ・サンプソン』(一七五五)の三角関係は、市民的倫理の貫徹のために悲劇的に解消するが、『シュテラ』の場合は、「疾風怒濤」の文学にふさわしく、愛の自律を主張する。Finck, Walter: Theater der Hoffnung. Von der Aufklärung bis zur Gegenwart. Frankfurt a. M. (Suhrkamp) 1988, S. 161.

(45) 「お涙頂戴喜劇」に関してはつぎを参照。Steinmetz, Die Komödie (Anm. 4), S. 48-55.

(46) Gellert, Christian Fürchtegott: Sämtliche Schriften. Teil 3. Hrsg. von J. A. Schlegel und G. L. Heyer. Leipzig (M. G. Weidmanns Erben und Reich, und Caspar Fritsch) 1769 [Repr. Hildesheim (Olms) 1968], S. 219 f.

(47) Vgl. ebd. Teil 4, S. 243-250.

(48) Vgl. Goethe, HA, Bd. 9. 7. Aufl. 1974, S. 294 f.

(49) Vgl. Hauser, Sozialgeschichte (Anm. 34), S 635; Huyssen, Andreas: Drama des Sturm und Drang. Kommentar zu einer Epoche. München (Winkler) 1980, S. 37-44.

(50) たとえば、第一幕第五場には、「顔中まっかになって」、「すっかりうろたえて」、「すこしまごついて」、「憤激して」、「半ば失神して」等々のト書がある。このような例は、当喜劇の随所にみられる。

(51) Vgl. Fuchs, Eduard: Illustrierte Sittengeschichte vom Mittelalter bis zur Gegenwart. Bd. 2: Die galante Zeit. München (Langen) (1910), S. 265 (安田徳太郎訳『風俗の歴史』[角川文庫、一九八九年] 第五巻、一七四—一八三頁。なお、同書三四〇—三四二頁も参照。); Boehn, Die Mode (Anm. 3), S. 46 ff.; Schiller, Friedrich: Werke. Nationalausgabe. Bd. 4: Die Verschwörung des Fiesko zu Genua. Hrsg. von Edith Nahler und Horst Nahler (Böhlaus Nachfolger) 1983, S. 80.

(52) 「疾風怒濤」そのものが、ゲラートに対して批判的である。Vgl. Frankfurter Gelehrte Anzeigen Nr. 15 vom 21. 2. 1772. In: Sturm und Drang. Weltanschauliche und ästhetische Schriften. Hrsg. von Peter Müller. Bd. 2. Berlin/Weimar (Aufbau) 1978, S. 62 f.

(53) 当喜劇の成立事情に関してはつぎを参照。Rosanow, S. 296-300.

(54) Höllerer, Walter: Lenz. »Die Soldaten«. In: Das deutsche Drama vom Barock bis zur Gegenwart. Hrsg. von Benno von Wiese. Bd. 1. Düsseldorf (Bagel) 1962, S. 127-146.

(55) Stockmayer, Karl Hayo von: Das deutsche Soldatenstück des 18. Jahrhunderts seit Lessings »Minna von Barnhelm«. Weimar (Felber) 1898, S. 4 f.

（56）軍人劇に関してはつぎを参照。Ebd. S. 1-8 und 29-43.

（57）Zweig, Stefan: Drei Dichter ihres Lebens. Casanova, Stendhal, Tolstoi. 2. Aufl. Frankfurt a. M. (Fischer) 1982, S. 37 f.

（58）Vgl. Höllerer, Lenz (Anm. 54), S. 135.

（59）ただし、当喜劇の社会的背景には、ドイツの実情が反映していると考えてよい。

（60）Vgl. Hinck, Das deutsche Lustspiel (Anm. 6), S. 330; Stockmeyer, Clara: Soziale Probleme im Drama des Sturmes und Dranges. Frankfurt a. M. (Diesterweg) 1922, S. 18.

（61）リュッツェラーが指摘するように、七年戦争後、市民層は富を蓄積してゆきながら、次第に伝統的な市民的徳性から離反する。Lützeler, Paul Michael: Jakob Michael Reinhold Lenz: »Die Soldaten«. In: Interpretationen. Dramen des Sturm und Drang. Stuttgart (Reclam) 1987, S. 133-136.

（62）Goethe, HA, Bd. 3. 10. Aufl. 1976, S. 112.

（63）Grimminger, Aufklärung (Anm. 20), S. 48-58.

（64）Ebd. S. 57.

（65）Ebd. S. 56 f.

（66）ラ・ロッシュ夫人の言葉は「格調高い、感傷主義的情念の表現」である、とヘレラーは指摘する。Höllerer, Lenz (Anm. 54), S. 135.

（67）Gellert, Sämtliche Schriften (Anm. 46), Teil 2. S. 172; vgl. Friedenthal, Richard: Goethe. Sein Leben und seine Zeit. 16. Aufl. München (Piper) 1989, S. 38 f.

（68）Schiller, Werke (Anm. 51), Bd. 5: Kabale und Liebe. Kleine Dramen. Hrsg. von Heinz Otto Burger und Walter Höllerer. 1957, S. 35.

（69）ヘレラーによれば、アイゼンハルトは、シュパンハイム連隊長と同じく、啓蒙主義初期の「合理主義的言語」の持ち主である。Höllerer, Lenz (Anm. 54), S. 135 f.

（70）『軍人たち』は、本書が依拠するダムの編集による全集では、初稿（一七七五）に基づく。しかしレンツは、ヘルダーの忠告に従って（Vgl. III 353 f.）、最終場に変更を加えて、印刷にまわした（Vgl. I 730 f.）。そこで本書では、最終場は初版本に拠って考察する。なお、初稿では、ラ・ロッシュ夫人が連隊長と一緒に、従軍慰安婦案を提案する。I 246.

（71）プロイセンのフリードリヒ二世は、軍隊の出撃態勢最優先の立場から、将校の独身制を要求した。Vgl. Lützeler, Lenz (Anm.

61), S. 143 f.

(72) Rosanow, S. 307.

(73) Ebd. S. 309.

(74) ただひとりリュッツェラーは、レンツの改革案が、モンテスキューやルソー達の軍制改革案の系譜に連なり、絶対王制批判であると指摘したうえで、シュパンハイム連隊長の私案は、あくまでもその既成体制の枠内における反動的な合理主義化にすぎないとする。そして、それゆえに、連隊長私案は滑稽であると結論づける。Lützeler, Lenz (Anm. 61), S. 140–146.

(75) 当時の軍制に関してはつぎを参照。Biedermann, Karl: Deutschland im 18. Jahrhundert. Hrsg. von Wolfgang Emmerich. Frankfurt a. M./Berlin/Wien (Ullstein) 1979, S. 167–182.

(76) Goethe, HA, Bd. 10. S. 9.

(77) Kreutzer, Leo: Literatur als Einmischung: Jakob Michael Reinhold Lenz. In: Sturm und Drang. Hrsg. von Walter Hinck. Kronberg/Ts. (Athenäum) 1978, S. 218.

(78) たとえば、軍人の息子も一人残らず軍人となるように教育するという点等。II 799, II 817.

(79) Schmidt, Lenz und Klinger (Anm. 27), S. 43 f.

(80) せいぜい、これらの場面は、マリアンヌの悲劇的な主筋に対する観客の感情移入を妨げる、とする現代的解釈にとどまっているのが一般である。たとえば、つぎを参照。McInnes, Edward: Jakob Michael Reinhold Lenz. »Die Soldaten«. Text, Materialien Kommentar. München (Hanser) 1977, S. 117 f.

(81) この語の語源は、テレンティウスの喜劇『宦官』の威張りくさった傭兵隊長トラーソ（後述）に基づく。

(82) シュトックマイヤーも、ラムラーについて、「うぬぼれているが、皆から嘲られ騙される点で、昔ながらの『ほらふき兵士』の復活である」と評する。Stockmeyer Soziale Probleme (Anm. 60), S. 123.

(83) プラウトゥス（岩倉具忠訳）『ほらふき兵士』（『古代ローマ喜劇全集』第三巻、東京大学出版会、一九七七年）一一頁、九七頁、一〇三頁。

(84) 同上、一一頁。

(85) 同上、四—七頁、および新関良三『プラウトゥス・テレンティウス・セネカ』（『ギリシャ・ローマ演劇史』第六巻、東京堂、一九五七年）、二〇四—二〇六頁参照。

(86) Goethe, Johann Wolfgang von : Briefe. Hamburger Ausgabe in 4 Bänden. Hrsg. von Karl Robert Mandelkow. Bd. 1. 3. Aufl. München (Beck) 1986, S. 142.

(87) ピルツェルにおいては，「合理主義の言語がパロディー化されている」とヘレラーは指摘する。Höllerer, Lenz (Anm. 54), S. 136.

(88) Schiller, Werke (Anm. 68), S. 14.

第二篇　反逆と自虐

(1) Vgl. Freund, Winfried : Prosa-Satire. Satirische Romane im späten 18. Jahrhundert. In : Hanser, Teilband 2. S. 716.

(2) Vgl. Stern, Martin : Die Schwänke der Sturm-und-Drang-Periode : Satiren, Farcen und Selbstparodien in dramatischer Form. In : Goethes Dramen. Neue Interpretationen. Hrsg. von Walter Hinderer. Stuttgart (Reclam) 1980, S. 23–41 ; Rieck, Werner : Literatursatire im Sturm und Drang. In : Sturm und Drang. Hrsg. von Manfred Wacker. Darmstadt (Wissenschaftliche Buchgesellschaft) 1985, S. 144–164.

(3) Vgl. Hinderer, Walter : Christoph Martin Wieland und das deutsche Drama des 18. Jahrhunderts. In : Jahrbuch der deutschen Schillergesellschaft 28 (1984) S. 132–135.

(4) Goethe, HA, Bd. 10. 6. Aufl. 1976, S. 58.

(5) Vgl. Sengle, Friedrich : Wieland und Goethe. In : Begriffsbestimmung der Klassik und des Klassischen. Hrsg. von Heinz Otto Burger. Darmstadt (Wissenschaftliche Buchgesellschaft) 1972, S. 258 f.

(6) Wieland, Christoph Martin : Werke. Hrsg. von Fritz Martini und Hans Werner Seiffert. Bd. 3. München (Hanser) 1967, S. 89.

(7) Vgl. Parker, L. John : Christoph Martin Wielands dramatische Tätigkeit. Bern/München (Francke) 1961, S. 98–100.

(8) Vgl. Goethe, HA, Bd. 4. 8. Aufl. 1974, S. 536.

(9) Ebd. S. 208.

(10) Ebd. S. 204.

(11) Ebd. S. 212.

(12) Ebd. S. 212.

(13) Ebd. S. 214.
(14) Ebd. S. 212.
(15) Ebd. S. 212.
(16) Ebd. S. 214. なお、シュテルンは、このような善悪の彼岸にあるヘラクレス的生命力は若いゲーテの文壇諷刺劇や笑劇に通底する、と指摘している。Stern, Schwänke (Anm. 2), S. 33 f.
(17) Ebd. S. 213.
(18) Ebd. S. 213.
(19) Schiller, Friedrich : Werke. Nationalausgabe. Bd. 3 : Die Räuber. Hrsg. von Herbert Stubenrauch. Weimar (Böhlaus Nachfolger) 1953, S. 20.
(20) Ebd. S. 21.
(21) Goethe, HA, Bd. 4. S. 210.
(22) Vgl. Rehm, Walter: Griechentum und Goethezeit. Geschichte eines Glaubens. München (Lehnen) 1952, S. 58 f.
(23) Rehm, Walter : Götterstille und Göttertrauer. Aufsätze zur deutsch-antiken Begegnung. Bern (Francke) 1951, S. 117 f.
(24) Vgl. Hinderer, Wieland (Anm. 3), S. 128–132.
(25) Goethe, HA, Bd. 12. 7. Aufl. 1973, S. 226 ; vgl. Müller, Peter : Grundlinien der Entwicklung, Weltanschauung und Ästhetik des Sturm und Drang. In : Sturm und Drang. Weltanschauliche und ästhetische Schriften. Hrsg. von P. Müller. Bd. 1. Berlin/Weimar (Aufbau) 1978, S. LXXXIV.
(26) Vgl. Goethe, HA, Bd. 4. S. 486.
(27) Goethe, HA, Bd. 9. 7. Aufl. 1974, S. 255.
(28) Herder, Johann Gottfried von : Sämtliche Werke. Hrsg. von Bernhard Suphan. Bd. 5. Berlin (Weidmann) 1891, S. 208 ; vgl. Rosanow, S. 283.
(29) Herder, ebd. S. 231.
(30) 桑原武夫氏によれば、近代文学は、ルソーをとおして、美の絶対主義から相対主義へ、それに応じて伝統の模倣から創造へと転換を果たして、文学が「ここでの今」の問題に対峙しはじめる。桑原武夫「ルソーの文学」（桑原武夫編『ルソー研究』、岩波書店、一九六八年)、三一九―三二二頁。

(31) Goethe, HA, Bd. 12. S. 224. Vgl. Rosanow, S. 283.

(32) Goethe, HA, Bd. 12. S. 227.

(33) 第二幕第二場の最後から第四場にかけて、いわゆる「ウェルテル熱」における宗教的社会的騒動が揶揄される。たとえば、正統主義の立場に立つ堂守は、宗教裁判を懐古しながら、ウェルテルの死骸を灰にして、ひき臼ごと海に投げ込みたい、という(第四場)。ここでは、シェルペも指摘するとおり、一見平安に思われる市民的生活に潜む、野蛮性が暴かれる。Scherpe, Klaus R.: Werther und Wertherwirkung. Zum Syndrom bürgerlicher Gesellschaftsordnung im 18. Jahrhundert. 3. Aufl. Wiesbaden (Athenaion) 1980, S. 86.

(34) Schiller, Werke (Anm. 19), S. 20.

(35) Goethe, HA, Bd. 12. S. 227.

(36) Vgl. Goethe, HA, Bd. 10. S. 58 f.

(37) Ebd. S. 10 ; vgl. Rosanow, S. 282.

(38) Hettner, Hermann : Geschichte der deutschen Literatur im achtzehnten Jahrhundert. Bd. 2. Berlin/Weimar (Aufbau) 1979, S. 185 f.

(39) Rosanow, S. 282–286 und 294 f.

(40) Vgl. Sauder, Gerhard : Geniekult im Sturm und Drang. In : Hanser, Teilband 1. S. 329.

(41) Vgl. Rosanow, S. 294.

(42) Vgl. ebd. S. 295 f.

(43) Rieck, Literatursatire (Anm. 2), S. 152 ; Ders.: Poetologie als poetisches Szenarium. Zum »Pandämonium Germanicum« von Jakob Michael Reinhold Lenz. In : Lenz-Jahrbuch 2 (1992), S. 89, 103 und 105 f. なおシュミットは、拙論と正反対に、第二幕第五場をもってレンツの自己讃美であると断じるが、シュナイダーは、芸術的完成能力に恵まれたゲーテとそれに欠けるレンツが対比されているという。Schmidt, Erich : Lenz und Klinger. Zwei Dichter der Geniezeit. Berlin (Weidmann) 1878, S. 55 f.; Schneider, Ferdinand Josef : Die deutsche Dichtung der Geniezeit. Stuttgart (Metzler) 1952, S. 286.

(44) 当諷刺劇の成立事情に関してはつぎを参照。Rosanow, S. 281 f.

(45) Vgl. ebd. S. 444–447.

(46)　Ebd. S. 336 f. なお、カイザーは、当劇作品は愛の讃歌であるという、ナイーヴな見方をしている。Kaiser, Ilse: »Die Freunde machen den Philosophen«, »Der Engländer«, »Der Waldbruder von J. M. R. Lenz«. Diss. phil. Erlangen (Universitäts-Buchdruckerei) 1917, S. 41-54.

(47)　Glarner, Hannes: »Diese willkürlichen Ausschweifungen der Phantasey«. Das Schauspiel »Der Engländer« von Jakob Michael Reinhold Lenz. Bern (Lang) 1991.

(48)　モンテスキュー（根岸国孝訳）『法の精神』（『世界の人思想』第一六巻、河出書房新社、一九六六年）、二一二頁

(49)　Goethe, HA, Bd. 10. S. 13.

(50)　ルソー（今野一雄訳）『エミール』（岩波文庫、一九八七年）上巻、三一頁。

(51)　同上、二三頁。

(52)　同上、三一頁。

(53)　同上、三三頁。

(54)　ルソー（安士正夫訳）『新エロイーズ』（岩波文庫、一九八六年）第二巻、一四四頁。

(55)　Elias, Norbert: Über den Prozeß der Zivilisation. Soziogenetische und psychogenetische Untersuchungen 7. Aufl. Frankfurt a. M. (Suhrkamp) 1980, S. 21.

(56)　Goethe, HA, Bd. 6. 9. Aufl. 1977, S. 61-65. なお、機械のメタファーに関しては、つぎを参照。Zenke, Jürgen: Maschinen-Stürmer? Zur Metaphorik von Determination und Freiheit im Sturm und Drang. In: Literarische Utopie-Entwürfe. Hrsg. von Hiltrud Gnüg. Frankfurt a. M. (Suhrkamp) 1982, S. 146-157; Rector, Martin: La Mettrie und die Folgen. Zur Ambivalenz der Maschinenmetapher bei Jakob Michael Reinhold Lenz. In: Willkommen und Abschied der Maschinen. Literatur und Technik. Hrsg. von Erhard Schütz. Essen (Klartext) 1988, S. 23-41.

(57)　柴田翔『内面世界に映る歴史』（筑摩書房、一九八六年）、六一頁。

(58)　Rosanow, S. 335.

(59)　ジャン・ルーセ（伊東廣太他訳）『フランスバロック期の文学』（筑摩書房、一九七〇年）、四頁。Vgl. Alewyn, Richard: Das große Welttheater — Die Epoche der höfischen Feste. 2. Aufl. München (Beck) 1985, S. 60-90.

(60)　Hauser, Arnold: Sozialgeschichte der Kunst und Literatur. München (Beck) 1983, S. 434 f.

(61) Goethe, HA, Bd. 6. S. 121.

(62) モンテスキュー（根岸国孝訳）『ペルシャ人の手紙』（『世界文学大系』第一六巻、筑摩書房、一九六〇年）、七四頁。

(63) スタンダール（生島遼一・鈴木昭一郎訳）『恋愛論』（人文書院、一九六七年）、一八八頁。

(64) Lenz, J. M. R.: Philosophische Vorlesungen für empfindsame Seelen. Faksimiledruck der Ausgabe Frankfurt/Leipzig 1780. Hrsg. von Christoph Weiß. St. Ingbert (Röhrig) 1994, S. 37 f.

(65) Ebd. S. 17.

(66) 特につぎを参照。前掲『エミール』中巻、一五六―一六二頁、一六九―一七三頁、一八四―一九三頁および一九九―二〇七頁。

(67) Moritz, Karl Philipp: Werke. Hrsg. von Horst Günther. Bd. 1: Autobiographische und poetische Schriften. Frankfurt a. M. (Insel) 1981, S. 94 f.

(68) ルソー（桑原武夫訳）『告白』（岩波文庫、一九八九年）上巻、三四四―三四六頁。

(69) 同上、一〇―一一頁。

(70) スタンダール（桑原武夫・生島遼一訳）『アンリ・ブリュラールの生涯』（岩波文庫、一九九四年）下巻、一五二頁。

(71) 前掲『新エロイーズ』第四巻、一三八頁。

(72) 同上、二七五頁。

(73) 同上、二五九頁。

(74) Goethe, HA, Bd. 6. S. 117 und 123.

(75) 前掲『新エロイーズ』第四巻、二二五頁。

(76) 同上、二二九頁。

(77) 前掲『告白』中巻、二〇一頁。

(78) ダニエル・モルネ（坂田太郎・山田九朗監訳）『フランス革命の知的起源』（勁草書房、一九七一年）下巻、六八八頁。

(79) ベルンハルト・グレトゥイゼン（野沢協訳）『ブルジョワ精神の起源』（法政大学出版局、一九八六年）、三三〇頁。

第三篇　楽園の白日夢

（1）　Rosanow, S. 444.
（2）　本来「宗教劇」の副題は、第四稿につけられたが、後に「芸術家劇」と改められた。また、この四種類の草稿断片の成立順序については、種々議論があるが、ダムの版に従う。Vgl. Lenz, Jakob Michael Reinhold : Werke und Schriften. Hrsg. von Britta Titel und Hellmut Haug. Bd. II. Stuttgart (Goverts) 1967, S. 762–770.
（3）　ルソー（今野一雄訳）『エミール』、岩波文庫、一九八七年）下巻、九七頁。
（4）　Vgl. Nietzsche, Friedrich : Werke. Hrsg. von Giorgio Colli und Mazzino Montinari. Abt. VI, Bd. 1. Berlin (Walter de Gruyter & Co.) 1968, S. 9, 65 und 269.
（5）　Rosanow, S. 388.
（6）　Goethe, HA, Bd. 3. 10. Aufl. 1976, S. 108
（7）　[Lenz, J. M. R.: Catechismus] In : Lenz-Jahrbuch 4 (1994), S. 62. なお、従来当書は、その抜粋のみが »Meine Lebensregeln«、あるいは誤って »Vom Baum der Erkenntnis Guten und Bösen« の題目の下で公刊されていた。当書の出版事情に関してはつぎを参照。Christoph Weiß : J. M. R. Lenz' »Catechismus«. In : ebd. S. 31–38.
（8）　Ebd. S. 39.
（9）　Ebd. S. 58.
（10）　Ebd. S. 58 und 66.
（11）　Vgl. Sauder, Gerhard : Konkupiszenz und empfindsame Liebe. J. M. R. Lenz' »Philosophische Vorlesungen für empfindsame Seelen«. In : Lenz-Jahrbuch 4 (1994), S. 11–15.
（12）　Lenz, Catechismus (Anm. 7), S. 47.
（13）　Ebd. S. 62.
（14）　Lenz, J. M. R.: Philosophische Vorlesungen für empfindsame Seelen. Faksimiledruck der Ausgabe Frankfurt und Leipzig 1780. Hrsg. von Christoph Weiß. St. Ingbert (Röhrig) 1994, S. 14–16.
（15）　Ebd. S. 61–72.

(16) Ebd. S. 37 f.

(17) G・カイザーによれば、啓蒙と敬虔主義は、究極するところ「人間中心的な世界像(ein anthropozentrisches Weltbild)」に基づく点において、通底する。Kaiser, Gerhard: Pietismus und Patriotismus im literarischen Deutschland. Ein Beitrag zum Problem der Säkularisation. 2. Aufl. Frankfurt a. M. (Athenäum), 1973, S. 13 f.

(18) Lenz, Vorlesungen (Anm. 14), S. 20.

(19) Rosanow, S. 53 und 119 f.

(20) ポウプ(上田勤訳)『人間論』(岩波文庫、一九九〇年)、三〇頁。つぎを参照。L・スティーヴン(中野好之訳)『十八世紀イギリス思想史』(筑摩書房、一九七〇年)下巻、二二六—二四一頁。また、当代の「存在の連鎖」の思想的展開に関しては、アーサー・O・ラヴジョイ(内藤健二訳)『存在の大いなる連鎖』(晶文社、一九九一年)、一九一—三〇四頁、およびバジル・ウィリー(三田博雄他訳)『十八世紀の自然思想』(みすず書房、一九七五年)、四七—六二頁参照。

(21) ルソー(安士正夫訳)『新エロイーズ』(岩波文庫、一九八六年)第二巻、三三二頁。同上第四巻、一七五—一七六頁、および前掲『エミール』中巻、一八〇頁参照。

(22) 前掲『エミール』中巻、二一八頁。

(23) Vgl. Sauder, Konkupiszenz (Anm. 11), S. 18–21.

(24) 『哲学講義』と『教理問答』の関係に関しては、つぎを参照。Ebd. S. 7 und 11 f. なお、ベッカーは医学者の立場から、レンツが、「疾風怒濤」的な自我拡大の世界観と敬虔主義的世界観の相克によって、精神分裂症に冒されてゆくとみる。Böcker, Herwig: Die Zerstörung der Persönlichkeit des Dichters J. M. R. Lenz durch die beginnende Schizophrenie. Diss. med. Bonn 1969.

(25) ルソー(桑原武夫・前川貞次郎訳)『社会契約論』(岩波文庫、一九八九年)、一五頁。

(26) Lenz, Catechismus (Anm. 7), S. 45 f.

(27) Rector, Martin: Zur moralischen Kritik des Autonomie-Ideals. Jakob Lenz' Erzählung »Zerbin oder die neuere Philosophie«. In: »Unaufhörlich Lenz gelesen...«: Studien zu Leben und Werk von J. M. R. Lenz. Hrsg. von Inge Stephan und Hans-Gerd Winter. Stuttgart (Metzler) 1994, S. 302–304.

(28) ルソー(本田喜代治・平岡昇訳)『人間不平等起原論』(岩波文庫、一九八九年)、七三—七五頁、九五—九六頁。

(29) 杉之原寿一「ルソーの社会思想——個人主義と集団主義」(桑原武夫編『ルソー研究』、岩波書店、一九六八年)、一〇三頁参照。

(30) 前掲『人間不平等起原論』、一二六頁。
(31) 同上、一一二頁。
(32) 前掲『新エロイーズ』第二巻、二五〇頁。
(33) ローザノフによれば、レンツはけっきょく、文学を革新しようとする「疾風怒濤」の課題の重圧におしつぶされて、狂気に陥る。Rosanow, S. 446 f. なお、注24を参照。
(34) 当断片の成立事情に関してはつぎを参照。Lenz, Werke (Anm. 2), S. 772-775.
(35) Vgl. Rosanow, S. 337 f.
(36) アイスキュロス(今道友信訳)『テーバイに向かう七将』(『ギリシャ悲劇全集』第一巻、人文書院、一九七七年)、およびエウリピデス(大竹敏雄訳)『フェニキアの女たち』(同上、第四巻、一九七八年)参照。
(37) Vgl. Mann, Michael : Die feindlichen Brüder. In : Germanisch-Romanische Monatsschrift. N. F. 18 (1968), S. 237.
(38) Martini, Fritz : Die feindlichen Brüder. Zum Problem des gesellschaftskritischen Dramas von J. A. Leisewitz, F. M. Klinger und F. Schiller. In : Geschichte im Drama — Drama in der Geschichte : Spätbarock, Sturm und Drang, Klassik, Frührealismus. Stuttgart (Klett-Cotta) 1979, S. 131.
(39) Leisewitz, Johann Anton : Julius von Tarent. In : Sturm und Drang. Dramatische Schriften. Hrsg. von Erich Loewenthal und Lambert Schneider. Bd. 1. Heidelberg (Schneider) 1972, S. 574.
(40) Ebd. 580.
(41) Schiller, Friedrich : Werke. Nationalausgabe. Bd. 3 : Die Räuber. Hrsg. von Herbert Stubenrauch. Weimar (Böhlaus Nachfolger) 1953, S. 32.
(42) Martini, Brüder (Anm. 38), S. 183-185.
(43) 川崎寿彦『楽園のイングランド』(河出書房新社、一九九一年)、五八―八八頁参照。
(44) Goethe, HA, Bd. 6. 9. Aufl. 1977, S. 3.
(45) Moritz, Karl Philipp : Werke. Hrsg. von Horst Günther. Bd. 1 : Autobiographische und poetische Schriften. Frankfurt a. M. (Insel) 1981 S. 45.

(46)　『隠者列伝』から十八世紀に至るまでの、隠者像のモチーフの変遷に関しては、つぎを参照。Golz, Bruno : Wandlungen literarischer Motive. Leipzig (Engelmann) 1920, S. 18-59.

(47)　そのほかの隠棲願望の例をあげれば、レッシングの『エミーリア・ガロッティ』(一七七二)をはじめ、クリンガーの『悩める女』(一七七五)や『疾風怒濤』(一七七六)、あるいはシラーの『フィエスコの叛乱』(一七八三)や『たくらみと恋』(一七八四)など枚挙にいとまがない。なお、当代の隠棲願望に関してはつぎを参照。Pascal, Roy : Der Sturm und Drang. (Übers. von Dieter Zeitz und Kurt Mayer) 2. Aufl. Stuttgart (Kröner) 1977, S. 65 f. und 94 f.

(48)　Leisewitz, Tarent (Anm. 39), S. 579.

(49)　Schiller, Werke (Anm. 41), S. 80.

(50)　Goethe, Johann Wolfgang von : Sämtliche Werke. Hrsg. von Ernst Beutler. Bd. 4. Zürich (Artemis) 1949, S. 822.

(51)　Vgl. Wurst, Karin : Überlegungen zur ästhetischen Struktur von J. M. R. Lenz' »Der Waldbruder ein Pendant zu Werthers Leiden.« In : Neophilologus 74 (1990) S. 87-101.

(52)　Vgl. Martini, Brüder (Anm. 38), S. 161.

(53)　Moritz, Werke (Anm. 45), S. 55 f.

(54)　Goethe, HA, Bd. 9. 7. Aufl. 1974, S. 35.

(55)　Vgl. Mayer, Hans : Die alte und die neue epische Form : Johann Gottfried Schnabels Romane. In : Von Lessing bis Thomas Mann. Wandlungen der bürgerlichen Literatur in Deutschland. Pfullingen (Neske) 1959, S. 35-78.

(56)　アンドレ・リシュタンベルジェ(野沢協訳)『十八世紀社会主義』(法政大学出版局、一九八一年)、二八四頁。

(57)　Hettner, Hermann : Geschichte der deutschen Literatur im achtzehnten Jahrhundert. Bd. 1. 2. Aufl. Berlin/Weimar (Aufbau) 1979, S. 247.

(58)　Geßner, Salomon : Werke. Hrsg. von Adolf Frey. In : Deutsche National-Litteratur. Bd. 41, 1. Berlin/Stuttgart (Spemann) (1888), S. 63.

(59)　Vgl. Pascal, Sturm und Drang (Anm. 47), S. 94-112.

(60)　Vgl. Kreuzer, Leo : Literatur als Einmischung : Jakob Michael Reinhold Lenz. In : Sturm und Drang. Hrsg. von Walter Hinck. Kronberg/Ts. (Athenäum), 1978, S. 215-217.

(61)　Bürger, Gottfried August : Sämtliche Werke. Hrsg. von Günter und Hiltrud Häntzschel. München/Wien (Hanser) 1987, S. 73.

(62)　前掲『エミール』中巻、三〇四―三〇六頁、およびルソー(桑原武夫訳)『告白』(岩波文庫、一九八九年)下巻、一三五―

一三六頁。

(63) Bürger, Werke (Anm. 61), S. 253.

(64) Vgl. Druvins, Ute: Volksüberlieferung und Gesellschaftskritik in der Ballade. In: Sturm und Drang (Anm. 60), S. 127 f. なお、貴族に対する市民と農民の共闘の問題に関してはつぎを参照。Werner, Franz: Soziale Unfreiheit und ›bürgerliche Intelligenz‹ im 18. Jahrhundert. Der organisierende Gesichtspunkt in J. M. R. Lenzens Drama »Der Hofmeister oder Vorurteile der Privaterziehung«. Frankfurt a. M. (R. G. Fischer) 1981, S. 201–203; Huyssen, Andreas: Drama des Sturm und Drang. München (Winkler) 1980, S. 30–37.

(65) Vgl. Jacobs, Jürgen: Die deutsche Erzählung im Zeitalter der Aufklärung. In: Karl Konrad Polheim (Hrsg.): Handbuch der deutschen Erzählung. Düsseldorf (Bagel) 1981, S. 56–71; Herbst, Hildburg: Frühe Formen der deutschen Novelle im 18. Jahrhundert. Berlin (Schmidt) 1985, S. 49–62.

(66) Vgl. Marmontel, Jean François: Moralische Geschichten. (Übers. von Franz Schulz). Dresden (Kaemmerer) 1921.

(67) Vgl. Schmid, Gotthold Otto: Marmontel. Seine moralischen Erzählungen und die deutsche Literatur. Diss. phil. Freiburg 1935, S. 58–75 und 89–112.

(68) Vgl. Kaiser, Gerhard: Aufklärung, Empfindsamkeit, Sturm und Drang. München (Francke) 1979, S. 226 f.

(69) Vgl. Schneider, Ferdinand Josef: Die deutsche Dichtung der Geniezeit. Stuttgart (Metzler) 1952, S. 335 f.

(70) なお、モーリッツの小説『アンドレアス・ハルトクノプフ』(一七八六)は、汎愛派教育思想家のバセドー(一七二四―九〇)について、かれの愛の対象は、具体的な個人ではなく、概念としての人間にすぎない、と批判する。Moritz, Werke (Anm. 45), S. 415.

(71) フィールディング(朱牟田夏雄訳)『トム・ジョウンズ』(岩波文庫、一九九二年)第二巻、六七―六八頁。同上、第四巻、一一二頁参照。

(72) 前掲『新エロイーズ』第二巻、一四四―一四五頁。なお、『モル・フランダーズ』(一七二二)は、ロンドンにおける結婚も同じ事情であることを記す。デフォー『モル・フランダーズ』(岩波文庫、一九九五年)上巻、一〇六頁。

(73) 前掲『新エロイーズ』、第一巻、一六五頁。

(74) Kluckhohn, Paul: Die Auffassung der Liebe in der Literatur des 18. Jahrhunderts und in der deutschen Romantik. Halle (Niemeyer) 1922 S. 153.

(75) Ebd. S. 148 f.; vgl. Johann Heinrich Zedler (Hg.): Großes vollständiges Universallexikon aller Wissenschaften und Künste. Bd. 8. Halle/Leipzig 1735 [Repr. Graz 1961-64 und (1993/4)], Sp. 360-401.

(76) 稲本洋之助「市民革命の家族観——フランス革命下の家族法改革を素材として」(『講座家族』第八巻、弘文堂、一九七四年)、二四八—二六五頁参照。

(77) Kant, Immanuel: Gesammelte Schriften. Hrsg. von der Königlich Preußischen Akademie der Wissenschaften. Bd. VI: Die Religion innerhalb der Grenzen der bloßen Vernunft. Die Metaphysik der Sitten. Berlin/Leipzig (Walter de Gruyter & Co.) 1914, S. 277.

(78) 川島武宜『イデオロギーとしての家族制度』(岩波書店、一九五七年)、二三四—二五三頁。

(79) 石部雅亮「プロイセン国家の家族観」(前掲『講座家族』第八巻)、二八一—二九七頁。

(80) Vgl. Kluckhohn, Die Auffassung der Liebe (Anm. 74), S. 212-214.

(81) Dedert, Hartmut: Die Erzählung im Sturm und Drang. Studien zur Prosa des achtzehnten Jahrhunderts. Stuttgart (Metzler) 1990, S. 55.

(82) 前掲『新エロイーズ』第一巻、一六五頁。

(83) 同上、第二巻、一六—一八頁。

(84) 前掲『エミール』下巻、九七頁。

(85) Rector, Zur moralischen Kritik (Anm. 27), S. 294-308.

第四篇　啓蒙のインテルメッツォ

(1) Schubart, Christian Friedrich Daniel: Werke. Hrsg. von Ursula Wertheim und Hans Böhm. 4. Aufl. Berlin/Weimar (Aufbau) 1988, S. 38.

(2) Vgl. Hinck, Walter: Das deutsche Lustspiel des 17. und 18. Jahrhunderts und die italienische Komödie. Stuttgart (Metzler) 1965, S. 358.

(3) 管見によれば、両者の具体的関係を論じた研究はつぎの一つにすぎない。これは、両者を意志の伝達を疎外する言語に関する劇であるとみなす。Blunden, Allan: Lenz, Language, and »Love's Labour's Lost«. In: Colloquia Germanica (1974), S. 252-274.

(4) Goethe, HA, Bd. 9. 7. Aufl. 1974, S. 495.

(5) Shakespear, William: The Works in six volumes. Vol. 2. Ed. Alexander Pope. London (J. Tonson) 1723 [Repr. New York (Ams) 1969],

S. 128.

（6）Vgl. Clarke, Karl H.: Lenz' Übersetzungen aus dem Englischen. In: Zeitschrift für vergleichende Litteraturgeschichte 10 (1896), S. 132 f.; Inbar, Eva Maria: Shakespeare in Deutschland. Der Fall Lenz. Tübingen (Niemeyer) 1982, S. 106 f.

（7）Vgl. Clarke, ebd. S. 117–150; Inbar, ebd. S. 94–154.

（8）Vgl. Clarke, ebd. S. 124–126.

（9）Shakespear, The Works (Anm. 5), S. 178 f.

（10）シーザー・L・バーバー（玉泉八洲男・野崎睦美訳）『シェイクスピアの祝祭喜劇――演劇形式と社会的風習との関係』（白水社、一九七九年）、一八四―一九四頁参照。

（11）十八世紀ドイツの教職や僧職や家庭教師の社会的経済的実態に関してはつぎを参照。Werner, Franz: Soziale Unfreiheit und ›bürgerliche Intelligenz‹ im 18. Jahrhundert. Der organisierende Gesichtspunkt in J. M. R. Lenzens Drama »Der Hofmeister oder Vorteile der Privaterziehung«. Frankfurt a. M. (R. G. Fischer) 1981, S. 93–204; Bruford, Walter H.: Die gesellschaftlichen Grundlagen der Goethezeit (Übers. von Fritz Wölcken). Frankfurt a. M./Berlin/Wien (Ullstein), 1979, S. 233–242.

（12）Vgl. Grimminger, Rolf: Aufklärung, Absolutismus und bürgerliche Individuen. Über den notwendigen Zusammenhang von Literatur Gesellschaft und Staat in der Geschichte des 18. Jahrhunderts. In: Hanser, Teilband 1. S. 58.

（13）Rosanow, S. 197.

（14）ピーター・ゲイ（中川久定他訳）『自由の科学――ヨーロッパ啓蒙思想の社会史』（ミネルヴァ書房、一九八六年）第二巻、四二二―四三二頁参照。

（15）Vgl. Kaiser, Gerhard: Pietismus und Patriotismus im literarischen Deutschland. Ein Beitrag zum Problem der Säkularisation. 2 Aufl. Frankfurt a. M. (Athenäum), 1973, S. 5.

（16）Vgl. Giese, Peter Christian: Das »Gesellschaftlich-Komische«. Zu Komik und Komödie am Beispiel der Stücke und Bearbeitungen Brechts. Stuttgart (Metzler) 1974, S. 185; Huyssen, Andreas: Drama des Sturm und Drang. Kommentar zu einer Epoche München (Winkler) 1980, S. 170 f.

（17）Vgl. Giese, ebd. S. 184–187; Blunden, Lenz (Anm. 3), S. 258–260.

（18）Vgl. Matt, Peter von: Der tragische Klamauk. Über die vielen Väter bei Jakob Michael Reinhold Lenz. In: P. v. Matt: Das Schicksal der

Phantasie. München/Wien (dtv) 1996, S. 108.

(19) Herder, Johann Gottfried: Sämtliche Werke. Hrsg. von Bernhard Suphan. Bd. 5. Berlin (Weidmann) 1891, S. 543.

(20) Ebd. Bd. 4. 1878, S. 347–349.

(21) Vgl. Werner, Soziale Unfreiheit (Anm. 11), S. 241–252.

(22) Eibl, Karl: ›Realismus‹ als Widerlegung von Literatur. Dargestellt am Beispiel von Lenz' »Hofmeister«. In: Poetica 6 (1974), S. 463 f.

(23) [Lenz, Jakob Michael Reinhold: Catechismus.] In: Lenz-Jahrbuch 4 (1994), S. 39–67.

(24) Vgl. Schubart, Werke (Anm. 1), S. 39.

(25) Goethe, HA, Bd. 3. 10. Aufl. 1976, S. 9.

(26) Hettner, Hermann: Geschichte der Deutschen Literatur im achtzehnten Jahrhundert. Bd.2. 2. Aufl. Berlin/Weimar (Aufbau), 1979, S. 184.

(27) Kant, Immanuel: Gesammelte Schriften. Hrsg. von der Königlich Preußischen Akademie der Wissenschaften. Bd. VIII: Abhandlungen nach 1781. Berlin/Leipzig (Walter de Gruyter & Co.) 1923, S. 35.

(28) レクトールも、レンツの文芸論文や道徳・神学論文において要請される、人間自律という啓蒙の原理は、劇作のなかでは経験的現実感覚により論駁される、と指摘する。なお、この点については序説で触れた。Vgl. Rector, Martin: Zur moralischen Kritik des Autonomie-Ideals. Jakob Lenz' Erzählung »Zerbin oder die neuere Philosophie«. In: »Unaufhörlich Lenz gelesen...«: Studien zu Leben und Werk von J. M. R. Lenz. Hrsg. von Inge Stephan und Hans-Gerd Winter. Stuttgart (Metzler) 1994, S. 294–308.

(29) ギーゼによれば、『家庭教師』は「市民悲劇」の問題を扱いながら、市民批判の喜劇を作る。Giese, Das »Gesellschaftlich-Komische« (Anm. 16), S. 190; ヒュッセンによれば、『家庭教師』や『軍人たち』は、「市民悲劇」に内在する市民的自立の要求を喪失して、グロテスクな喜劇に反転する。Huyssen, Drama des Sturm und Drang (Anm. 16), S. 164–167; 喜劇と悲劇のジャンルの境界を廃止する点に『家庭教師』の革新性をみようとする論考もある。Vgl. Becker-Cantarino, Barbara: Jakob Michael Reinhold Lenz: »Der Hofmeister«. In: Interpretationen: Dramen des Sturm und Drang. Stuttgart (Reclam) 1987, S. 41 f.

(30) Kant, Schriften (Anm. 27), S. 40.

(31) Nietzsche, Friedrich: Werke. Hrsg. von Giorgio Colli und Mazzino Montinari. Abt. VI, Bd. 3. Berlin (Walter de Gruyter & Co.) 1969, S. 146.

(32) Ebd. Abt. VI, Bd. 1. 1968, S. 146.

（33）　シェイクスピア（坪内逍遥訳）『リア王』（中央公論社、一九三四年）、一九二頁。

初出一覧

序説が書き下ろしである。それ以外も、下記の論文を本書のテーマに基づいて書き直し、有機的全体として再構成した。

第一篇

第一章　J・M・R・レンツの喜劇『新メノーツァ』について——民衆娯楽劇と挑発的精神
「ドイツ文学」（日本独文学会編）第八二号（一九八九年）、九二—一〇一頁。

第二章　J・M・R・レンツの喜劇『哲学者は友等によって作られる』——人間批判と茶番劇
「ゲーテ年鑑」（日本ゲーテ協会編）第三二巻（一九九〇年）、一九五—二一二頁。

第三章　J・M・R・レンツの喜劇『軍人たち』——諷刺的諧謔の精神
「十八世紀ドイツ文学研究」（十八世紀ドイツ文学研究会編）創刊号（一九九二年）、八九—一一〇頁。
なお、つぎは当論文を補訂して独語に改めたものである。
Sozialkritik und Theaterspaß. J. M. R. Lenz' Komödie »Die Soldaten«.
「ゲーテ年鑑」（日本ゲーテ協会編）第三五巻（一九九三年）、二一一—三六頁。

第二篇

第四章　十八世紀ドイツ市民の反抗と自虐——J・M・R・レンツの文壇諷刺劇『ドイツの伏魔殿』をめぐって
「言語と文化」（東北大学言語文化部紀要）第二号（一九九四年）、一九五—二一七頁。

第五章　十八世紀市民のドイツ的悲喜劇——J・M・R・レンツの『イギリス人』をめぐって
「言語と文化」（東北大学言語文化部紀要）創刊号（一九九三年）、七五—九二頁。

第三篇

第六章　啓蒙と信仰——J・M・R・レンツの文学にあらわれた宗教感情
「ヘルダー研究」（日本ヘルダー学会編）第三号（一九九七年）、七七—九九頁。

第七章　J・M・R・レンツの喜劇『民衆たち』——楽園の夢想
「十八世紀ドイツ文学研究」（十八世紀ドイツ文学研究会編）第二号（一九九二年）、五七—七一頁。
なお、つぎは当論文を補訂して独語に改めたものである。
J. M. R. Lenz' Fragment »Die Kleinen«.
In: »Unaufhörlich Lenz gelesen...«: Studien zu Leben und Werk von J. M. R. Lenz. Hrsg. von Inge Stephan und Hans-Gerd Winter.
Stuttgart (Metzler) 1994, S. 243-256.

付　章　啓蒙主義的理性と市民的知識人——J・M・R・レンツの小説『ツェルビーンあるいは当世風哲学』をめぐって
「十八世紀ドイツ文学研究」（十八世紀ドイツ文学研究会編）第五号（一九九五年）、一四三—一六〇頁。

第四篇

第八章　啓蒙のインテルメッツォ——シェイクスピアの『恋の骨折り損』からみたJ・M・R・レンツ作喜劇『家庭教師』
「ドイツ文学」（日本独文学会編）第一〇二号（一九九九年）、九五—一〇五頁。

終　章　フランス革命前夜におけるドイツ市民の悲喜劇——J・M・R・レンツの劇世界をめぐって
『ドイツ演劇・文学の万華鏡』（岩淵達治先生古希記念論集刊行会編）同学社、一九九七年、二五七—二七二頁。

あとがき

レンツとはいったいだれであろう。そう思ったのは、DAAD（ドイツ学術交流会）給費生としてボンで迎えた最初の冬休みだから、かれこれ二十年も前になる。わたしは、北海の島へ渡るつもりでハンブルクに着いた夜、たまたまドイチェス・シャウシュピールハウスで喜劇『家庭教師』をみたのだ。そのおかしくも悲しい猥雑な舞台が、なぜかあざやかに心の底に灼きついた。ボンにもどり、さっそくその話を水上藤悦君にしたら、若きゲーテの友人レンツの作品じゃないかという。実は白状すると、それまでこの劇作家について何も知らなかったのである。

それから六年後、今度は旧東ベルリンに留学する機会が訪れたとき、わたしは迷わず、ゲーテ研究の泰斗P・ミュラー先生のもとでレンツの勉強をはじめた。先生が、そんなに「ゲーテの猿まね」の小男っておもしろいかね、と苦笑しながら手渡してくださったのは、ローザノフの著した浩瀚な研究書であった。旧東独では自由な複写なぞ許されるはずもなく、この百年近くも前の本の要所要所をノートに書き写しては、読みすすめていったのを思い出す。

ところが翌春、政治づくめのお国柄のせいであろうか、わたしは神経衰弱にかかり十キロもやせた。「なんでも見てやろう」と意気込みだけはよかったはずなのだが。北彰さんが遊びにきたのは、そんなときである。かれはいつもながら、わたしの妄想じみた話に耳を傾けてから、或る詩人を紹介してくれた。S・ダム女史のお宅に招かれたのはその縁からである。わたしは、ちょうどかの女のレンツ伝をむさぼるようにして読みおえたところであった。この文学的香りの高い評伝は、ワイマール宮廷の古典派と奇矯なレンツの葛藤を浮き彫りにしていたが、わたしの目には、旧東独における芸術家の状況、すなわち守旧派と批判派の対立が二重映しにみえた。そんな感想をもらすと、かの女はうなずいて微笑むのだった。「ベルリンの壁」が落ちたのは、それからわずか二年後の晩秋のことである。

レンツは、『百科全書』が刊行開始される一七五一年に生まれ、一七九二年の初夏、マルセイユ義勇兵がパリに入る直前に亡くなった。かれは啓蒙の洗礼を受けようとも、新時代の眺望はきかず旧時代の感性も捨て切れず、両者に引き裂かれて、いわば身をもって歴史的結節点を生きた。この転形期ドイツの一断面から、独特の悲喜劇的世界が生まれたのである。そのポエジーは、現代の行き詰まった社会も映し、われわれの胸底から切実な感動を呼びおこす。

かれは若い頃、ゲーテと「双生児の詩人」と並び称された。のみならず、その劇世界は、ティークからビューヒナーやヴェーデキントを経てブレヒトに至るドイツ歴代の鬼才の劇作家にとって、創作上の魅力ある源泉であった。しかし、いわゆる古典主義的ゲーテ中心の文学史においては、永らく不当に貶められてきたのである。ようやく二十世紀後半、社会批判的リアリストの先駆者として再発見されたものの、この見方の背後には、ブレヒトを基点にしてドイツ演劇史を逆照射しようとする立場が潜む。これでは、レンツの豊饒な世界を見誤ることになろう。本書は、右のような方法論上の反省に基づき、レンツの諸作品を十八世紀の文学的土壌に送り返して、考察したものである。啓蒙期ドイツの世相を、その体内に巣食う深い矛盾とともに、これほど文学的に活写した劇作家はかれひとりである、といい切ってよい。近代の原点に生きたその姿は、現代でも示唆に富むはずである。

一九九二年、I・シュテファン女史らによって催されたレンツの没後二百年祭国際学会では、再評価のおおきなうねりを実感して、戸惑うほどであった。だが、それはそれとして、わたしは近代の光と影が織りなす日本で暮らしながら、レンツによって心に残された条痕の意味を問い、くりかえし作品を読んだ。しかも、できるかぎり十八世紀ドイツの歴史的文脈にもどして、作品に潜む想像力や感受性を読み解いてみよう、そのうえで、現代の東洋に生きるわたしたちにも訴えかける声が聞きとれるならば、と思った。つまり、レンツを安易に現代に引きつけず、さればといって、化石のように冷たく突き放しもせず、近代ドイツ黎明期の一幕を生き抜いた劇作家の鼓動にじっくりと耳を澄ませてみよう、と。そして、「わたしのレンツ」の芽がふくらむたびに、「十八世紀ドイツ文学研究会」の気心の知れた仲間たちと論じあった。むろん本書は、わたしの目に映った、ひとつのレンツ像にすぎないけれども、一本の若木に育ったのは、かれらの啓発による。記して謝意を表する。

ところで、磔刑図を連想させる本書の表紙は、インゴ・キルヒナー（一九三〇―八三）による水彩画である。かれは、旧東独の厳しい文化政策の下で、もっぱら自分の絵を追求し、描くという目的のためにのみ絵を描き、だれにも認められずに亡くなった。およそ芸術家にとって、才能が認められぬことほど耐え難いことはあるまい。若きレンツも、十字架のキリストについて、「なによりも苦痛なのは、軽んじられることだ」と評しながら、皮肉にも作家としての自分の運命を予見している。どんな状況にあっても、おのれの内部を売り渡さず、仕事を貫く芸術家は尊い。

なお、本書は、学位論文『劇作家J・M・R・レンツの研究――啓蒙期ドイツにおける市民的知識人』（二〇〇〇年十一月東北大学）を補訂し、二〇〇一年度日本学術振興会科学研究費補助金（研究成果公開促進費）を得て公刊した。このような形でレンツ研究の成るにあたって、わたしの学問上の良心の支えである國原吉之助先生をはじめ、文学研究の醍醐味をご教示くださった故星野慎一先生、学位論文のご指導を賜った森淑仁先生に対し深甚なる感謝の意を表する。また、日頃からわたしを励まし援助してくれた北彰、フリーデル・ゾンダーマン、藤田みどり、水上藤悦、宮本絢子、渡辺一男諸兄姉の友情に心からお礼を述べたいと思う。最後になるが、出版にあたりお世話になった未來社の浜田優氏に厚くお礼申し上げる。

レンツ生誕二百五十年祭二〇〇一年初夏

仙台にて　著者しるす

J・M・R・レンツ略年譜

年号	年齢	事項	文芸・思想	社会・科学
一七五一		一月二三日、ロシア領リヴォニアのゼスヴェーゲン（現ラトヴィアのツェスヴァイネ）に八人兄弟姉妹の第四子（次男）として生まれる。父はポンメルン出身の牧師クリスティアン・ダービット・レンツ（一七二〇―九八）、母は牧師の娘ドローテア（一七二二―七八）、旧姓ネオクナップ。	ヴォルテール『ルイ十四世の世紀』 ディドロ、ダランベール編『百科全書』刊行開始（―七二）	
一七五二	一歳			
一七五三	二歳			大英博物館創設
一七五四	三歳		コンディヤック『感覚論』	
一七五五	四歳		レッシング『ミス・サラ・サンプソン』 ルソー『人間不平等起源論』	カント、星雲説 リスボン大地震 モスクワ大学創立

一七五六	五歳		ゲスナー『牧歌』(―七二)	七年戦争(―六三)、フレンチ・インディアン戦争勃発(―六三)
一七五七	六歳		ゲラート『宗教的頌歌』 クロップシュトック『アダムの死』	
一七五八	七歳		ゲスナー『アベルの死』	
一七五九	八歳	一家はリヴォニア第二の町ドルパト(現エストニアのタルトゥ)に移り、父は聖ヨハネ教会の主任牧師に就任。ラテン語学校に通う。	ケネー『経済表』 ハーマン『ソクラテスの回想』 ヴォルテール『カンディード』	
一七六〇	九歳		スターン『トリストラム・シャンディの生活と意見』(―六七)	
一七六一	一〇歳		ルソー『新エロイーズ』 マルモンテル『教訓小説集』	フランス、カラス事件(―六二)
一七六二	一一歳		ヴィーラント、シェイクスピア劇散文訳(―六六) ルソー『社会契約論』、『エミール』	ロシア、エカテリーナ二世即位(―九六)
一七六三	一二歳			パリ条約
一七六四	一三歳		ヴィンケルマン『古代美術史』 ヴォルテール『哲学辞典』 ベッカリーア『犯罪と刑罰』	イギリス、砂糖法 エカテリーナ二世、リヴォニア地方におけるヘルンフート派禁止令

一七六五　一四歳

一七六六　一五歳　詩『イエス・キリストの贖罪の死』をリガの文芸誌に発表。お涙頂戴喜劇『怪我した花婿』を書く。

一七六七　一六歳

一七六八　一七歳　秋、ケーニヒスベルク大学神学部入学。カントの門に入る。

一七六九　一八歳　長篇叙事詩『国の災難』刊行。

ヴィーラント『滑稽物語』　を解除
ヴォルテール『歴史哲学』　オーストリア、ヨーゼフ二世即位（—九〇）
ジョンソン編シェイクスピア全集　イギリス、印紙法

レッシング『ラオコーン』　ワット、蒸気機関発明
ヴィーラント『アーガトン物語』（—六七）　ブーガンヴィル、世界周航（—六九）

ルソー『告白』執筆（—七〇）
ゴールドスミス『ウェイクフィールドの牧師』
レッシング『ミンナ・フォン・バルンヘルム』、『ハンブルク演劇論』（—六九）　エカテリーナ二世、「訓令」と立法委員会召集（—六九）
ヘルダー『ドイツ文学断想』（—六八）

スターン『センチメンタル・ジャーニー』　クック、第一次太平洋探検（—七一）

ヘルダー『旅日記』執筆、『批評論叢』　アークライト、水力紡績機械発明
ディドロ『ダランベールの夢』執筆
ノヴィコフ諷刺週刊誌『雄蜂』発

			刊
一七七〇	一九歳	カントの教授就任に際し詩を献呈。ポープの『批評論』（一七一一）を訳す（現存せず）。	ヘルダー『言語起源論』 ドルバック『自然の体系』
一七七一	二〇歳	復活祭後、学業を中断し、フランス軍将校志望の男爵兄弟の無給家庭教師として、ベルリンとライプツィヒを経て、フランス領ストラスブールにおもむく。J・D・ザルツマン（一七二二―一八一二）の文芸仲間と交わり、ゲーテ（八月十四日、ストラスブールを去る）やヴァーグナーやユング・シュテリングを知る。劇断片『カトー』、『道徳の第一原理試論』、『精神の本性について』に着手。	ゲーテ『シェイクスピアの日に』執筆
一七七二	二一歳	ストラスブール近郊の駐屯地フォール・ルイに滞在（初夏―八月末）。フリーデリーケ・ブリオンを知る。ザルツマンと文通開始。連隊移転に伴いランダウに移る（―年末）。プラウトゥスの喜劇を訳す。この頃、『感傷的魂のための哲学講義』、ついで『教理問答』を書く。	レッシング『エミーリア・ガロッティ』　クック、第二次太平洋探検（―七五） ディドロ『ブーガンヴィル航海記補遺』執筆　第一次ポーランド分割

一七七三　二二歳　年頭、ストラスブールにもどる。ゲーテと文通を開始し、『われらの結婚について』（現存せず）を送る。『ゲッツ・フォン・ベルリヒンゲン論』、軍制改革案『軍人の結婚について』に着手。

ゲーテ『ゲッツ・フォン・ベルリヒンゲン』
ヘルダー『シェイクスピア』
ヴィーラント『アルケスティス』、『ドイツのメルクリウス』発刊（―九五）
ニコライ『ゼバルドゥス・ノートアンカーの生活と意見』（―七六）
教皇クレメンス十四世、イエズス会廃止の布告
ボストン茶会事件
ディドロ、エカテリーナ二世訪問（―七四）
ブガチョフの乱（―七五）

一七七四　二三歳　春、ゲーテの仲介で喜劇『家庭教師』刊行。六月半ば、ラーファータ―が訪問。初夏、将校の男爵兄弟のもとを去るも、個人教授によって生計を立てざるをえない。夏以降、喜劇『新メノーツァ』、『ドイツ劇場向けのプラウトゥス翻案喜劇』、『演劇覚書』（付録としてシェイクスピア作喜劇『恋の骨折り損』の翻訳）刊行。シェイクスピアの悲劇『コリオレーナス』の訳を試みる。小説『日記』を草す。
ゲーテ『プルンデルスヴァイレルンの年の市』、『神々、英雄およびヴィーラント』、『クラヴィーゴ』、『若きウェルテルの悩み』
ヘルダー『人間性形成のための歴史哲学異説』
ヴィーラント『アプデーラの人々』（―八〇）

フランス、ルイ十六世即位（―九二）

一七七五　二四歳　ヘルダーやゾフィー・フォン・ラ・ロッシュと文通開始。『新メノーツァ反批判』、『聖職者に献ずる、平信徒の愚見』刊行。文壇諷刺劇『ドイ

ゲーテ『ハンスヴルストの結婚』執筆、『エルヴィーンとエルミーレ』
クリンガー『悩める女』

アメリカ独立戦争勃発（―八三）
ボヘミアにて農奴反乱

ツの伏魔殿』を書く。喜劇断片『民衆たち』や劇断片『シエナのカタリーナ』に着手。ゲーテとバーデンのエメンディンゲンに、シュロッサー夫妻コルネーリアとゲオルクを訪問（五月二七日―六月五日）。小説『或る詩人の道徳的回心』を書く。七月半ば、ストラスブールにゲーテを迎える。ヴィーラントと文学論争をし、諷刺劇『雲』（現存せず）を草す。農奴制改革案『某所の若き貴族のLーからLーに住む母親宛の書簡』に着手。「ドイツ協会」を設立。この頃、経済的困窮に陥る。

ヴァーグナー『プロメテウス、デウカリオンおよび評論家』
ラーファーター『観相学断章』（―七八）
ニコライ『若きウェルテルの喜び』

一七七六　二五歳

喜劇『軍人たち』、喜劇『哲学者は友等によって作られる』、小説『ツェルビーン』刊行。ワイマールに到着（四月三日）。ヴィーラントと和解。クリンガーがワイマールに滞在（―九月末）。ゲーテが枢密顧問官に任ぜられる（六月二五日）。ワイマール宮廷に幻滅して、近郊のベルカに籠もり、小説『森の隠者』を草す

ゲーテ『シュテラ』
クリンガー『双生児』、『疾風怒濤』
ライゼヴィッツ『ユーリウス・フォン・タレント』
ヴァーグナー『嬰児殺し』
スミス『国富論』
ギボン『ローマ帝国衰亡史』（―八八）

クック、第三次太平洋探検（―七九）
アメリカ独立宣言

（六月二七日—九月十日）。コッホベルクのシュタイン夫人に招かれて、英語を教授（九月一二日—十一月一日）。その間、ワイマールに到着（十月一日）のヘルダーをコッホベルクに迎える。ふたたびベルカに滞在後、ワイマールに帰るが（十一月二五日）、ゲーテと衝突しアウグスト公から追放命令を受ける。ワイマールを発つ（十二月一日）。アルザスを経てエメンディンゲンに至り、シュロッサー家に滞在。

一七七七　二六歳

小説『田舎牧師』、劇『イギリス人』刊行。春、バーゼルやチューリヒの友人を訪問後、スイス山中を徘徊。コルネーリア死去（六月八日）（二六歳）の報に接し、エメンディンゲンにもどる（六月二四日）。イタリア旅行を企てるも頓座する。チューリヒにラーファーターを訪ねる（八月半ば—十一月）。十一月、ヴィンタートゥールのカウフマンのもとで最初の精神分裂病発作。

シェリダン『悪口学校』
マルモンテル『インカ帝国の滅亡』

ラヴォアジェ、新燃焼理論確立

一七七八　二七歳

アルザスのヴァルトバハに牧師オー

ヘルダー『民謡集』（—七九）

バイエルン継承戦争（—七九）

バリンを訪問中（一月二〇日―二月八日）、発作に襲われて、自殺未遂。二月半ば、シュロッサーに引き取られる。母ドローテア死去（五七歳）。発作悪化。シュロッサーの計らいにより、靴職人（四月―七月末）および森番（八月―年末）のもとで療養。
ミュラー『ファウストの生涯』
ヴァーグナー『栄誉の夕べのヴォルテール』

一七七九　二八歳　一月以降、バーゼル近郊ヘルトリングで療養。夏、弟カールに伴われて、徒歩でリューベックまで、さらに船でリヴォニアに帰郷する。州都リガに到着（七月二三日）。大聖堂付属学校校長職に就こうとするも不首尾。父はリヴォニア管区総監督に任命される。
レッシング『賢者ナータン』
ノヴィコフ『モスクワ報知』発刊

一七八〇　二九歳　『感傷的魂のための哲学講義』刊行。ペテルブルクに滞在し海軍幼年学校および宮廷の職を求めるも叶わず（一月初め―晩夏）。秋、一時的にリヴォニアにもどり家庭教師。
レッシング『人類の教育』

一七八一　三〇歳　ペテルブルクでロシア人将軍の秘書（三月半ば―六月）。夏頃、モスクワに向かい、歴史家G・F・ミュラーのもとに身を寄せる。家庭教師や非
シラー『群盗』
カント『純粋理性批判』
ヨーゼフ二世、宗教寛容令、農奴制廃止令発布

一七八二	三一歳	常勤学校教師として糊口をしのぐ。劇『シチリアの晩禱』刊行。	ラクロ『危険な関係』 ルソー『孤独な散歩者の夢想』	
一七八三	三二歳	G・F・ミュラー死去（十月）。	シラー『フィエスコの叛乱』	パリ条約、アメリカ独立承認
一七八四	三三歳	ノヴィコフ（一七四四―一八一八）ら啓蒙思想家やフリーメイソンと交流。学校制度に関する改革案作成。	シラー『たくらみと恋』 ヘルダー『人間歴史哲学考』（―九一） カント『啓蒙とは何か』 ボーマルシェ『フィガロの結婚』（初演）	
一七八五	三四歳	カラムジン（一七六六―一八二六）を知る。	モーリッツ『アントーン・ライザー』（―九〇）	ドイツ諸侯同盟結成 カートライト、力織機発明 ラ・ペルーズ、太平洋探検（―八八）
一七八六	三五歳			フリードリヒ二世没（即位四〇―）、フリードリヒ・ヴィルヘルム二世即位（―九七）
一七八七	三六歳	プレシチェーエフの『ロシア帝国概説』の翻訳刊行。	ゲーテ『イフィゲーニエ』 シラー『ドン・カルロス』	
一七八八	三七歳		ゲーテ『エグモント』 クニッゲ『人間交際術』 カント『実践理性批判』	
一七八九	三八歳	分裂病悪化。種々の改革案を草する。	コッツェブー『人間嫌いと後悔』	フランス革命勃発

一七九〇　三九歳　エカテリーナによる啓蒙思想家の迫害開始。
カラムジン、ヨーロッパ諸国の旅から帰る。
ゲーテ『タッソー』
カント『判断力批判』
ラジーシチェフ『ペテルブルクからモスクワへの旅』
ヨーゼフ二世没（即位六五―）、レオポルト二世即位（―九二）
ラジーシチェフ流刑

一七九一　四〇歳　分裂病悪化。
クリンガー『ファウスト、その生涯と所業と地獄巡り』
カラムジン『ロシア人旅行者の手紙』（―九二）
サント・ドミンゴにて黒人奴隷反乱

一七九二　四一歳　モスクワの啓蒙思想家に対する手入れ。その直後、六月三日から四日にかけて、行路病者として没す。埋葬地は不明。
カラムジン『哀れなリーザ』
プロイセン・オーストリア連合反革命軍、フランスと開戦
エカテリーナ二世、フリーメイソン禁止
ノヴィコフ禁固刑

ンランド
ペテルブルク
(1780-81)
インゲルマン
エストニア
ドルパト
(1759-68)
モスクワ
(1781-92)
リヴォニア
ゼスヴェーゲン(1751-59)
リガ (1779-80)
ランド
リトゥアニア
ロシア帝国
ヴィルナ
ニヒスベルク
(1768-71)
ポーランド王国
ワルシャワ
ンガリア王国
トルコ帝国
黒 海

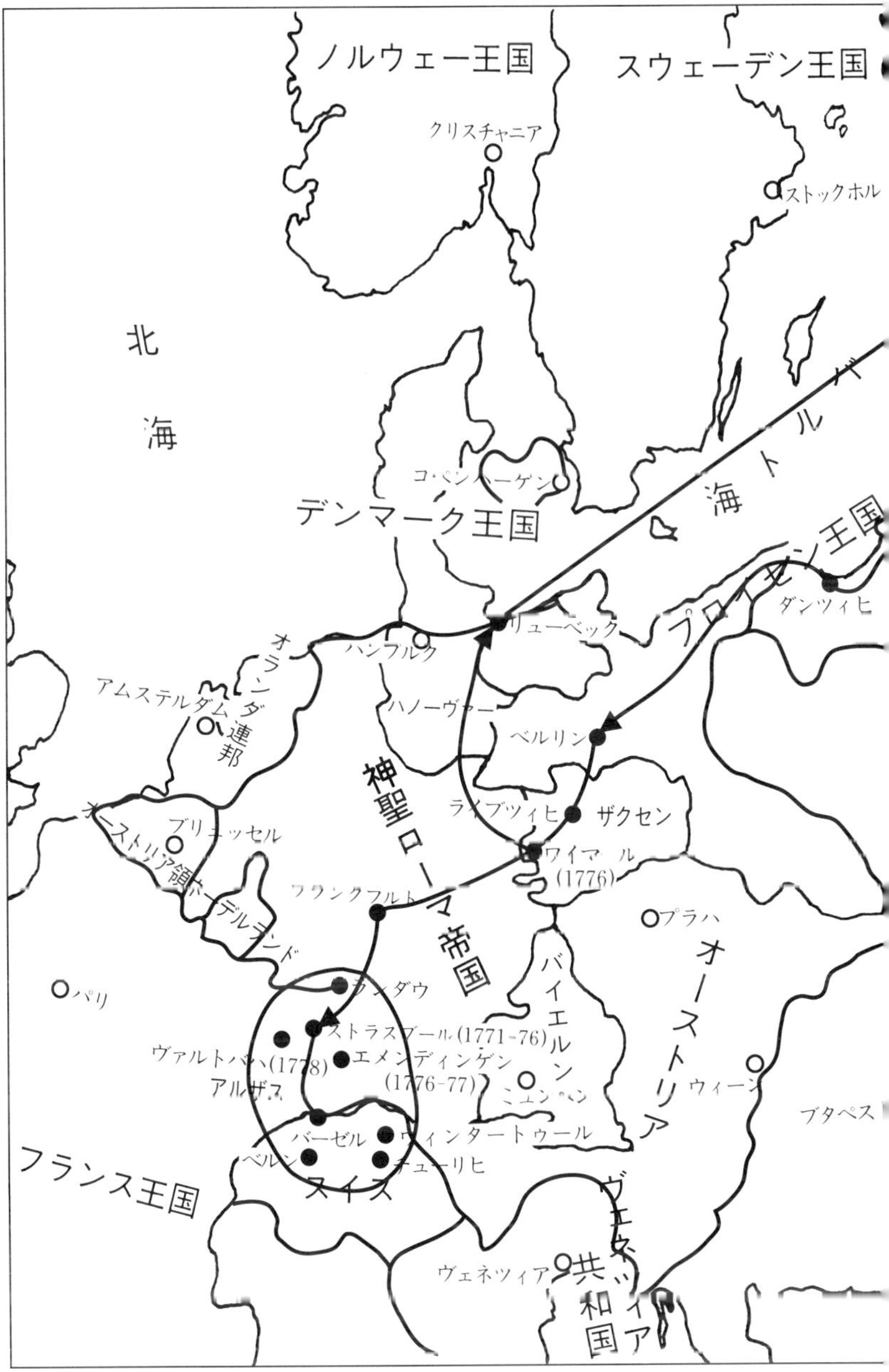
ノルウェー王国
スウェーデン王国
クリスチャニア
北海
コペンハーゲン
デンマーク王国
ダンツィヒ
リューベック
ハンブルク
オランダ連邦
アムステルダム
ハノーヴァー
ベルリン
神聖ローマ帝国
ライプツィヒ
ザクセン
ワイマール
(1776)
ブリュッセル
オーストリア領ネーデルランド
フランクフルト
プラハ
オーストリア
パリ
ランダウ
ストラスブール(1771-76)
ヴァルトバハ(1778)
エメンディンゲン
(1776-77)
アルザス
バイエルン
ウィーン
ブタペスト
バーゼル
ヴィンタートゥール
ベルン
チューリヒ
スイス
フランス王国
ヴェネツィア
ヴェネツィア共和国

Studien zum Dramatiker J. M. R. Lenz

Ken-ichi SATO

In Deutschland kam während des 18. Jahrhunderts trotz der Kleinstaaterei in engerer Zusammenarbeit mit Frankreich und England, also im gesamteuropäischen Rahmen, die Aufklärung zur Entfaltung. Die damalige deutsche Literatur trägt aber in sich etwas Unfaßbares, das über unsere Vorstellungen und Empfindungen weit hinausführt; denn die soziale Realität unserer modernen Gesellschaft bestand zu jener Zeit noch nicht. Das Unbegreifliche in den literaturgeschichtlichen Kontext einzufügen und es damit so zutreffend wie möglich auszulegen, ist daher ein bedeutsamer Versuch. Außerdem ist es gerade heutzutage sinnvoll, wo man beispielsweise angesichts der enormen Leistungen und Entgleisungen der Technologie auf die Problematik der Moderne hinweist, zu deren Ausgangspunkt zurückzukehren und darüber zu reflektieren. Die Literatur des 18. Jahrhunderts hat gerade hierin einen aktuellen Sinn.

Dem außergewöhnlichen Dramatiker J. M. R. Lenz wurde im Jahrhundert der Aufklärung letzten Endes nicht nur der Ausblick in die Zukunft versperrt, sondern ihm fiel auch der Verzicht auf den traditionellen Glauben schwer. Er war an einem geschichtlichen Wendepunkt hin- und hergerissen, so wie es seine Komödien widerspiegeln. Wenn ihm auch solche Widersprüche lange in der Germanistik Geringschätzung eingebracht haben, so sollte durch einen neuen Blick auf diesen diskre-

panten Dramatiker das Deutschland der Aufklärung auch in veränderter Sicht erkennbar werden.

Einleitung: Grundlegende Betrachtungen über J. M. R. Lenz

1. Standpunkt der Arbeit

Lenz wurde lange — bis zum Mitte des 20. Jahrhunderts — von Literaturhistorikern als Goethes Epigone unkritisch degradiert. Doch nachdem Brecht 1950, also nach Entstehung der DDR, Lenzens *Hofmeister* als Kritik an der angepaßten Intelligenz bearbeitete, setzte endlich ein Umbruch in der Lenz-Forschung ein. Heutzutage wird Lenz als ein Vorläufer des sozialkritischen Realismus mit antiaristotelischer Dramaturgie anerkannt. Bedenkt man aber, daß sich hinter einem solchen Standpunkt offenbar die Einstellung verbirgt, Brecht als festen, ideologischen Ausgangspunkt darzustellen und von da aus auf einen bestimmbaren Entwicklungsprozeß der Dramengeschichte zurückzublicken, so liegt der Verdacht nahe, daß diese Position vielleicht verhindert, etwas Unfaßbares an diesem Dramatiker gerade im Kontext des 18. Jahrhunderts zu erkennen, d.h. den einzigartigen Reichtum und das überraschend Originelle an ihm richtig einzuschätzen.

Bald beschäftigte sich Lenz mit sozialen Reformen, bald stand er ihnen selber skeptisch gegenüber; teils war er im evangelisch-asketischen Glauben befangen, teils predigte er eine aufgeklärte Sexualmoral. So verwickelte er sich als Dramatiker überhaupt in Widersprüche, die einen Teil der die tiefgreifenden Veränderungen des Zeitalters durchlebenden bürgerlichen Intelligenz prägte. Gerade das legt den Grund dazu, Lenz als eine Schlüsselfigur der damaligen deutschen Literatur anzusehen. Aber die Lenz-Forschung neigt im allgemeinen dazu, die sozialkritischen Stücke hervorzuheben und in seinen Dramen die biographischen Elemente überzubewerten. Dadurch gewinnt man über die geschichtliche Stellung von Lenz noch keinen zutreffenden Aufschluß.

Aufgrund der Kritik an den oben genannten methodischen Problemen versucht die vorliegende Arbeit einen neuen Blick auf Lenzens gesamte eigentümliche Dramenwelt zu werfen, indem seine Stücke — einschließlich der wichtigen, bislang aber vernachlässigten — in den geschichtlichen Kontext des 18. Jahrhunderts gestellt werden und die Aufmerksamkeit insbesondere auf die damalige Lage der bürgerlichen Intelligenz gelenkt wird. Damit soll nicht nur Lenzens einzigartiger Standort im 18. Jahrhundert bestimmt, sondern auch ein kritischer Querschnitt durch die deutsche Aufklärung geleistet werden.

2. Lenzens Kindheit in Livland als Grundlage seines „Sturm und Drang"-Schaffens

Dem Thema von Lenzens Kindheit in Livland (1751-68) ist bisher kaum Beachtung zuteil geworden, mit der Begründung, daß Lenz nicht in Livland, sondern im Elsaß seinen eigenen Stil gefunden habe. Es ist jedoch unvorstellbar, daß das Jugenderlebnis im russischen Baltikum, mit seiner feudalen Gesellschaft von Deutschen als Adeligen und Geistlichen einerseits und den Esten und Letten als Leibeigenen andererseits, keine Wurzeln schlug, die deutsche und die fremde Kultur nicht miteinander zusammenstießen und dieser Antagonismus auf den zukünftigen

„Sturm und Drang“ -Dichter nicht einwirkte.

Von dieser Prämisse ausgehend soll gezeigt werden, von wie ausschlaggebender Bedeutung das dortige Leben für Lenzens dramatischen Stil ist. Dabei stehen mittels Garlieb Merkels Werk über die Letten und J. G. Herders Volksliedersammlung zuerst die sozialen und religiösen Verhältnisse im Baltikum im Zentrum der Aufmerksamkeit, als die Herrnhuter Brüdergemeinde auf die einheimischen Bauern einen starken Einfluß ausübte. Dadurch wird im Blick auf Lenzens Erstlingsdrama *Der verwundete Bräutigam* (entst. 1766) sichtbar, daß es sich zwar um eine Art comédie larmoyante handelt, die aber nicht als eine kindische Skizze bagatellisiert werden darf. Denn schon hier wird vorahnend der Rahmen des empfindsamen Lustspiels zerstört : ein Moment für die Entlarvung des sozialen Antagonismus. Mit anderen Worten, schon im Erstlingsdrama ist überraschenderweise der Ansatz zu einem freien, selbständigen Menschenbild erkennbar. Der 15 jährige Lenz baut hier kritisch, aber empfindsam eine Position des „Sturm und Drang“ auf, die später, als ihm die Erkenntnis kam, wie der Mensch letztlich den sozialen Zwängen erliegen müsse, resigniert immer mehr verkümmert.

I. Satire und Provokation

I. 1. Maske des Volkstheaters : *Der neue Menoza oder Geschichte des cumbanischen Prinzen Tandi*

Lenzens Dramen bieten zwar einen chaotischen Anblick. Aber ist das unstrukturierte Aussehen seinem Mangel an Kreativität zuzuschreiben? Um die Frage zu beantworten, beschäftigt sich dieses Kapitel mit *Dem neuen Menoza* (1774), der besonders in Unordnung zu sein scheint.

Dabei kommt man zuerst zum Ergebnis, daß die Komödie als ein wirres, belustigendes Volkstheater verkleidet ist, das nicht nur an der Tradition des Barocktheaters, sondern auch an der Sächsischen Komödie mit dem harmonisierenden Familienbild festhält. Dann zeigt sich jedoch aufgrund von J.-J. Rousseaus Schriften, wie sich hinter der kunterbunten Maske die Menschenkritik verbirgt. Das heißt, die Komödie legt meisterhaft die vom gesellschaftlichen Milieu verstümmelten Menschen bloß, während sie in der Form vom Volkstheater die Erwartungen des Volks erfüllt und amüsiert. Lenz hofft dabei, daß das Publikum sich selbst erkennt, um selbständig zu handeln. In diesem Sinn bildet die Provokation eine Basis für das Drama.

Seine Dramen sind jedoch nicht immer unverkennbar von solch einem aufgeklärten Subjekt durchdrungen. Im Gegenteil : paradoxerweise muß Lenz oft ohnmächtig lachen, gerade weil er durchschaut, wie sich der Mensch dem gesellschaftspolitisch bedrückenden Milieu unterordnen muß, was vor allem in den beiden folgenden Analysen genauer zu beschreiben ist.

I. 2. Kritik der bürgerlichen Intelligenz : *Die Freunde machen den Philosophen*

Die Komödie *Die Freunde machen den Philosophen* (1776) wurde bisher nur als ein albernes, subjektiv-autobiographisches Werk geringgeschätzt. Es soll aber letztlich erkennbar werden, daß sich in der Komödie — weit über den biographischen

Rahmen hinaus — die geistig blockierte Lage der damaligen deutschen bürgerlichen Intelligenz ausdrücklich widerspiegelt.

Das Stück verfügt über traumhafte literarische Zitat-Bilder in modischem Stil: von einer Schäferszene über ein „Spiel im Spiel" im Hamletischen Geschmack, über Werther-Anklänge bis zum Happy-End der Dreierbeziehung in der Manier Gellerts. Es scheint, als ob es dadurch ästhetisch-harmonisierend der dargestellten erniedrigenden Realität ausweichen würde. Dies ist jedoch letzten Endes als ein geschicktes Täuschungsmanöver auszulegen: Das Stück kennzeichnet mit beißendem Spott sowohl die unselbständige bürgerliche Intelligenz als auch die abstrakte Aufklärung.

Dabei ist noch zu beachten, daß uns das Stück kein rettendes Rezept gegen diese Realität zeigt. Hierin ist ein geistiges Bild der bürgerlichen Welt — aus der Perspektive von Lenz — zu sehen.

I. 3. Sozialkritik und Theaterspaß: *Die Soldaten*

Die Soldaten (1776) soll hier im Vordergrund der Betrachtung stehen und in dreifacher Hinsicht aufs neue beleuchtet werden: 1. als damals beliebtes Soldatenstück, 2. als bürgerliches Drama und 3. als Topos seit der römischen Komödie.

Damit wird erstens sichtbar, daß Lenz nicht nur die Tyrannei des Offiziers, sondern auch die Servilität der Bürger gegenüber der Adelswelt und noch dazu die Empfindsamkeit und den Rationalismus des aufgeklärten Adeligen und Geistlichen dem Spott preisgibt, worin ihm kein anderes zeitgenössisches Stück gleich kommt; zweitens, daß Lenz aufgrund des Topos vom „miles gloriosus" den überheblichen Geist der Militärs bloßstellt. Dabei wagt er, das Publikum selbst zum vulgären Lachen zu bringen und trägt somit in der volkstümlich-spottenden Manier von Plautus dazu bei, daß das deutsche Theater wieder etwas Sinnliches und Amüsantes gewinnt. Hier ist auch die Kritik am Klassizismus seit Gottsched zu erkennen.

Lenz legt wohl alle Widersprüche einer von rigiden Herrschaftsverhältnissen geprägten Gesellschaft dar, versagt sich und dem Publikum jedoch jegliche Aussicht auf deren Bewältigung. Ihm bleibt nur, darüber zu lachen, daß das nicht zu ändern ist. Hinter dem Lachen ist freilich der Aufschrei der im Sozialsystem des 18. Jahrhunderts hilflosen Intelligenz unüberhörbar.

II. Rebellion und Selbstbezichtigung

II. 4. Goethe und Lenz als Anführer des „Sturm und Drang": *Pandämonium Germanicum*

Hier steht die Literatursatire *Pandämonium Germanicum* (entst. 1775) im Zentrum der Untersuchung, um zu zeigen, wie Lenzens satirische Einstellung, die oben im Abschnitt I sichtbar wurde, insbesondere bei der Kritik der klassizistischen Literatur zum Ausdruck kommt. Daher rückt nun zuerst Goethes Literatursatire *Götter, Helden und Wieland* (1774) ins Blickfeld, und es wird herausgearbeitet, daß das Herkules-Prinzip wegen der selbständig-schöpferischen Vitalität den Grund zum „Sturm und Drang" legte. Dann weist die Analyse von Lenzens Literatursatire darauf hin, wie er Goethes Literatursatire im wesentlichen rezipiert und von diesem erhöhten Standpunkt aus Singspiele und comédie larmoyante à la mode wegen ihres

verzärtelten Zeitgeschmacks ohne sozialen Gehalt verspottet.

Darüber hinaus wird deutlich, daß Lenz sich selbst merkwürdigerweise als einen Pseudo-Herkules im Gegensatz zu Goethe darstellt, woduch die Literatursatire nicht als Selbstvergötterung vom „Sturm und Drang", sondern vielmehr in erster Linie als eine umfassende selbstkritische Satire des Dramatikers Lenz gegen sich selbst aufzufassen ist.

II. 5. Selbstbezichtigung als Rebellion : *Der Engländer*

Im letzten Straßburger Drama *Der Engländer* (1777) enthüllt sich die ausweglose Wirklichkeit unmittelbar, was in Lenzens anderen spielerisch-harmonisierenden Komödienwelten so nicht zu sehen ist. Hier soll aber nachgewiesen werden, daß sich nicht nur Lenzens zunehmende Entmutigung, sondern auch paradoxerweise seine Empörung gegen das hergebrachte soziale System manifestiert.

Dabei ist von der selbstzerstörerischen Schwärmerei des bürgerlichen Helden auszugehen, der nicht nur gegen die patriarchalische Gesellschaft, sondern auch gegen sich selbst Einspruch erhebt. Auch sein Bezug zur Rousseau'schen natürlichen Religion ist herauszuarbeiten. Es liegt nahe, daß das rebellische Streben der deutschen Intelligenz nach Selbstverwirklichung vernehmbar wird, wenn den Protagonisten auf dem Sterbebett keine Furcht vor der Höllenqual, sondern vielmehr die Sehnsucht nach Verbindung mit der Geliebten im Jenseits ergreift, so wie es der Fall bei der Heldin in *La nouvelle Hêloïse* war.

Sogar im Hinblick auf die abwechslungsreiche bunte Bühne in der Manier des Barocktheaters, wodurch die bestehende Ordnung der Welt in Zweifel gezogen werden sollte, wird Lenzens Herzenswunsch nach einer neuen bürgerlichen Welt ersichtlich.

III. Wunschbild des Paradieses

III. 6. Glaube und Aufklärung : *Catharina von Siena*

Im Mittelpunkt der Untersuchung stehen die Fragmente zu *Catharina von Siena* (entst. 1775-76), die bislang nur als Ausdruck eines enthusiastischen Pietismus verkannt wurden, um letztlich aufzuweisen, ein wie zwiespältiges Verhältnis Lenz zum Christentum hatte. Dabei müssen sowohl einige seiner moralisch-theologischen Aufsätze — wie der *Catechismus* (entst. 1772) und die *Philosophischen Vorlesungen für empfindsame Seelen* (1780) — als auch Rousseaus *La nouvelle Hêloïse, Émile* und der *Discours sur l'inégalité* in Betracht gezogen werden.

Dann kommt man zum Ergebnis, daß sich Lenz seit seiner Königsberger Zeit (1768-71) auf Rousseaus Gedankenwelt bezog und versuchte, sich aus der Orthodoxie im Elternhaus zur natürlichen, von tiefer Empfindung begleiteten Religiosität heranzubilden, was in diesen Fragmenten zu beobachten ist. Darüber hinaus wird offenbar, wie Lenz letzten Endes zwischen traditionellem Glauben und Aufklärung hin- und hergerissen war.

Beachtung soll auch verdienen, daß sich dennoch in den Fragmenten ein Auftakt zum Wunschtraum von einer Gemeinschaft selbständiger Bürger zeigt.

III. 7. Weltflucht und Freundschaftsbund : *Die Kleinen*

Es wird versucht, in Lenzens letzter Komödie, den bisher unbeachteten Fragmenten *Die Kleinen* (entst. 1775-76), ein Moment für die Überwindung der gesellschaftlichen Widersprüche aufzuzeigen. Dabei kommen die damals beliebten literarischen Motive des Bruderzwists und der Weltflucht in Betracht, und verschiedene zeitgenössische Dramen, vor allem *Julius von Tarent, Die Zwillinge* und *Die Räuber* werden zum Vergleich herangezogen. Auf diese Weise äußert sich, daß das Stück unter der Maske des Bruderschaftskultes in der Art der Sächsischen Komödie doch in grotesker Weise den tragisch-lächerlichen Zustand der deutschen Intelligenz darstellt.

Außerdem wird im Blick auf die Darstellung des Volks ersichtlich, daß das Stück Ansätze zum gemeinschaftlichen Leben von bürgerlicher Intelligenz und dem Volk zeigt. Und im Anschluß an die Betrachungen im Kapitel III. 6 ist hier auch die Sehnsucht nach dem Paradies erkennbar, wo die Menschen selbständig werden können.

III. Exkurs : Ein Kommentar zu Lenzens Komödien anhand von : *Zerbin oder die neuere Philosophie*

Lenzens Erzählung *Zerbin* (1776) sprengt völlig den Rahmen der Vorlage von Marmontels *Contes moraux* und zeigt damit ein Charakteristikum der modernen Novelle auf. Es soll aufgrund dieser Erkenntnis herausgearbeitet werden, wie die Erzählung die Abstraktheit der rationalistischen Aufklärung zum Gespött macht und der Selbständigkeit des Menschen selbst skeptisch gegenübersteht. Die Vorstellungen von der Ehe im 18. Jahrhundert überblickend, die trotz der patriarchalischen Tradition zum Argument der neuzeitlichen Monogamie bei I. Kant tendierten, wird deutlich, daß das Ehekonzept in *Zerbin*, das am Ende zum Ausdruck kommt, fortschrittlich ist.

Andererseits wird die Erzählung, die die Autonomiefähigkeit des Menschen in der Gegenwart als fraglich betrachten muß, als eine Apologie von Lenzens Damaturgie erfaßbar ; in seiner bösen Komödie ist das Prinzip der Aufklärung letztlich als weitgehend verdrängt zu beschreiben.

IV. Zwischenspiel der Aufklärung

IV. 8. Zwischenspiel der Aufklärung : *Der Hofmeister oder Vorteile der Privaterziehung*

Paradoxerweise bringt die Komödie *Der Hofmeister* (1774) wegen einer gewissen künstlerischen Unzulänglichkeit die Unruhe und Verwirrung des Dramatikers, damit auch die seines Jahrhunderts, unmittelbar zum Ausdruck. Von diesem Standpunkt aus wird versucht, das dialektische Hin und Her der Aufklärung bei Lenz herauszuarbeiten. Um einen neuen Zugang zum *Hofmeister* zu ermöglichen, wird zuerst Lenzens Übersetzung *Amor vincit omnia* (1774) von Shakespears Komödie Beachtung zuteil. Die beiden Stücke sind überraschend eng miteinander verbunden, was bislang in der Forschung übersehen worden ist.

Bei der Untersuchung wird deutlich, daß nicht nur bei der Übersetzung die höfisch-witzige Welt des Originals dazu neigt, entsprechend Lenzens Dramaturgie in

eine prosaisch-belebte Welt umzuschlagen, sondern daß der Übersetzung auch der Schlüsselbegriff des Originals „the child of fancy“ als Kritik gegen die abstrakte, selbstgenügsame Welt im wesentlichen zugrunde liegt.

Dies berücksichtigend wird bei der Analyse des *Hofmeisters* sichtbar, wie Lenz auf seiner bizzaren Bühne die verzerrende und verzerrte Abstraktheit der Philosophie und der Religion (sei es als Projektemacherei der Aufklärung, sei es als Askese der Orthodoxie) bloßstellt, und wie sogar das Wunschbild vom Freundschaftsbund im Sinne der *Nouvelle Héloïse* unverkennbar ist. Darüber hinaus zeigt sich auch, daß die Komödie als eine rücksichtslose Selbstkarikatur des Dramatikers als „the child of fancy“ aufzufassen ist.

IV. 9. Tragikomödie der deutschen bürgerlichen Intelligenz am Vorabend der Französischen Revolution

Als Schlußbemerkung wird hier Lenzens dramatische Charakteristik zusammengefaßt, um seine eher ambivalente Beziehung zur Aufklärung herauszuarbeiten :

1) Lenz enttarnt die Phantasie der Harmonie und demaskiert den Betrug der abstrakten bürgerlichen Moral, wobei sich sein Theater nicht nur als traditionelles zügelloses Volkstheater, sondern auch als Sächsische Komödie zeitgemäß verkleidet. Während seine moralisch-theologischen oder ästhetischen Schriften dem autonomen Vermögen des Menschen Achtung erweisen, wird dieses grundlegende Prinzip der Aufklärung in seinen Dramen letztlich zur Unfruchtbarkeit verdammt. Überdies ist Lenz angesichts der ihn bedrückenden Gesellschaft nicht in der Lage, ein rettendes Rezept zu zeigen. Jedoch lacht er desillusioniert darüber, daß das nicht zu ändern ist. In diesem Punkt ist etwas Neues erkennbar, was den Rahmen des bürgerlichen Trauerspiels sprengt.

2) Zugleich stellt Lenz merkwürdigerweise auch eine enthusiastische Selbstbezichtigung dar. Sie bringt in Wirklichkeit das sich befreiende Subjekt der bürgerlichen Intelligenz als Selbstbestätigung zum Ausdruck, das im wesentlichen auf Umwegen die Rousseau'sche Natureinstellung erstrebt. Außerdem wird ersichtlich, daß Lenz, die moderne künstlerische Anarchie antizipierend, im Gegensatz zu Kant über den Rahmen der sozialen Ordnung weit hinausgehen will. Noch zu beachten ist, daß in seinen Dramen die Utopie einer human geeinten Gemeinschaft nachweisbar ist.

3) Lenzens dramatische Welt setzt sich also aus fragmentarischen Schichten von Würdigung des aufgeklärten Selbstbewußtseins, von dessen realistischer Resignation und auch vom Wunschbild der Gemeinschaft der selbständigen Menschen zusammen. Die Reibung der konträren Schichten aneinander ruft eine eigentümliche dramatische Spannung hervor. Es scheint, als ob Lenz eine Art (bewußter?) künstlerischer Nichtvollendung, in der die Fragmente als solche zu beschreiben sind, ins Auge fassen würde. Diese Methode illustriert wohl greifbar den realen Zustand der deutschen Intelligenz als politische Dissoziation am Vorabend der Französischen Revolution.

4) Darüber hinaus macht der Dramatiker Lenz sich selbst, sei es als ein Schüler der rationalistischen Aufklärung, sei es als ein Anhänger der asketischen Orthodo-

xie, zum Gespött. In diesem Sinne ist Lenzens Drama nichts anderes als eine Selbstkarikatur der bürgerlichen Intelligenz im halbwegs aufgeklärten Deutschland.

Seine Dramen sprengen also den allgemeinen sozialkritischen Rahmen total. Der Dramatiker Lenz, der nicht nur den Ausgangspunkt der Moderne mit ihren Widersprüchen so einschneidend literarisch darstellt wie kein anderer Autor damals und auch damit schon künstlerisch auf die Problematik unserer Zeit hinweist, ist somit auch für heute von größter Tragweite.

索引

（本文のみに限る.）

I. J. M. R. レンツの作品索引

1) 劇・劇断片

『怪我した花嫁』（1766作，1845刊）*Der verwundete Bräutigam* 27, 28, 57, 202
『家庭教師あるいは家庭教育の利点』（1774）*Der Hofmeister oder Vorteile der Privaterziehung* 13–15, 17, 18, 28, 35, 36, 41, 49, 63, 66, 104, 106, 107, 110, 128, 137, 146, 152, 153, 163, 175–190, 193–195, 199
『新メノーツァあるいはクンバ国王子タンディの物語』（1774）*Der neue Menoza oder Geschichte des cumbanischen Prinzen Tandi* 16, 35–46, 50, 59, 74, 75, 101, 104, 108, 110, 137, 146, 153, 163, 164, 184, 187, 193, 195
『ドイツの伏魔殿』（1775作，1819刊）*Pandämonium Germanicum* 16, 60, 87–104, 189, 196, 199, 201
『軍人たち』（1776）*Die Soldaten* 15, 16, 18, 28, 35, 44, 47, 63–83, 101, 104, 114, 137, 146, 152, 153, 158, 164, 183, 187, 193–195
『哲学者は友等によって作られる』（1776）*Die Freunde machen den Philosophen* 16, 28, 35, 47, 48–61, 74, 75, 101, 104, 110, 113, 114, 137, 142, 145, 146, 152, 153, 163, 183, 187, 193–195
『カトー』（1771–75作，1884刊）*Cato* 114
『イギリス人』（1777）*Der Engländer* 16, 106–120, 123, 125, 133, 159, 163, 167, 169, 198, 199, 202
『民衆たち』（1775–76作，1884刊）*Die Kleinen* 17, 106, 114, 127, 137–153, 197
『シエナのカタリーナ』（1775–76作，1884刊）*Catharina von Siena* 17, 51, 123–131, 142, 153, 159, 197–199, 202

2) 小説

『日記』（1774作，1877刊）*Das Tagebuch* 64
『或る詩人の道徳的回心』（1775作，1889刊）*Moralische Bekehrung eines Poeten* 64
『ツェルビーンあるいは当世風哲学』（1776）*Zerbin oder die neuere Philosophie* 17, 154–171, 184, 194
『森の隠者——「ウェルテルの悩み」の片割れ』（1776作，1797刊）*Der Waldbruder, ein Pendant zu Werthers Leiden* 143
『田舎牧師』（1777）*Der Landprediger* 135, 149, 151

3) 詩

『国の災難』（1769）*Die Landplagen* 24, 123
「ドイツの文芸について」（1774/75作，1828刊）*Über die deutsche Dichtkunst* 103

4) 論文他

『道徳の第一原理試論』（1771/72作，1874刊）*Versuch über das erste Principium der Moral* 57

『感傷的魂のための哲学講義』（1780）*Philosophische Vorlesungen für empfindsame Seelen*　116, 129, 131, 132
『教理問答』（1772 頃作）*Catechismus*　127–129, 132, 188
『精神の本性について』（1771–73 頃作）*Über die Natur unsers Geistes*　131, 192
『われらの結婚について』（1773 作，現存せず）*Über unsere Ehe*　99
『演劇覚書』（1774）*Anmerkungen übers Theater*　45, 82, 93, 100, 101, 104, 175, 178
『聖職者に献ずる，平信徒の愚見』（1775）*Meinungen eines Laien den Geistlichen zugeeignet*　129
『ゲッツ・フォン・ベルリヒンゲン論』（1773–75 作，1901 刊）*Über Götz von Berlichingen*　29, 42, 46, 60, 109, 192
『新メノーツァ反批判』（1775）*Rezension des Neuen Menoza von dem Verfasser selbst aufgesetzt*　45, 101
『軍事の結婚について』（1773–76 作，1913 刊）*Über die Soldatenehen*　76, 188
『某所の若き貴族の L—から L—に住む母親宛ての書簡』（1775–77 作）*Briefe eines jungen L— von Adel an seine Mutter in L— aus**in***　29

5）**翻訳**

プラウトゥス『ほらふき兵士』（1772 作，1884 刊）*Miles gloriosus*　80
シェイクスピア『恋の骨折り損』（1774）*Amor vincit omnia*　17, 175–181, 184, 185, 187, 188
シェイクスピア『コリオレーナス』（1774/75 作）*Coriolan*　101

II. 人名索引

ア行

アイプル Eibl, Karl　188
アリストテレス Aristoteles　14, 44, 45, 55, 64
アルンツェン Arntzen, Helmut　42
岩淵達治　14
ヴァイセ Weiße, Christian Felix　60, 96, 97, 196
ヴァイディヒ Weidig, Friedrich Ludwig　150
ヴァーグナー Wagner, Heinrich Leopold　67, 87, 159
ヴィーラント Wieland, Christoph Martin　60, 88–93, 96–98, 175, 196
ヴィンケルマン Winckelmann, Johann Joachim　93
ヴェーデキント Wedekind, Frank　46, 204
ウェルギリウス Publius Vergilius Maro　181
ヴォルフ Wolff, Christian Freiherr von　12, 71
エウリピデス Euripides　88, 90, 93
エリアス Elias, Norbert　109

カ行

カイザー Kaiser, Gerhard　13, 52
川島武宜　162
カント Kant, Immanuel　19, 21, 30, 43, 130, 161, 162, 192, 200

グリミンガー Grimminger, Rolf　11, 12, 71
クリンガー Klinger, Friedrich Maximilian　19, 139
グリンメルスハウゼン Grimmelshausen, Hans Jakob Christoffel von　142
グレトゥイゼン Groethuysen, Bernhard　119
クロイツァー Kreutzer, Leo　77
クロップシュトック Klopstock, Friedrich Gottlieb　100, 102, 138
ゲスナー Geßner, Salomon　52, 93, 138, 149
ゲーテ Goethe, Johann Wolfgang von　13, 19, 29, 35, 38, 46, 52, 55, 56, 77, 80, 87-104, 109, 143, 147, 176, 191, 201
ゲラート Gellert, Christian Fürchtegott　12, 27, 43, 52, 56, 57, 59-61, 72, 96, 97, 141
コッツェブー Kotzebue, August von　19
ゴットシェート Gottsched, Johann Christoph　12, 37, 38, 43, 52, 74, 80, 83, 87, 114
コルネイユ Corneille, Pierre　80

サ行

ザウダー Sauder, Gerhard　131
ザックス Sachs, Hans　38
シェイクスピア Shakespeare, William　17, 37, 45, 59, 80, 88, 92, 93, 95-98, 100, 101, 103, 175-177
シェルペ Scherpe, Klaus R.　14
柴田翔　110
シュナーベル Schnabel, Johann Gottfried　147
シュパールディング Spalding, Johann Joachim　131
シューバルト Schubart, Christian Friedrich Daniel　175
シュミット Schmidt, Erich　50, 78, 80
シュレーダー Schröder, Friedrich Ludwig　193
シラー Schiller, Friedrich von　67, 92, 139, 159
スウィフト Swift, Jonathan　87
スタンダール Stendhal　115, 116

タ行

ダム Damm, Sigrid　14
ダンテ Dante Alighieri　103
ツィンツェンドルフ Zinzendorf, Nikolaus Ludwig Graf von　22
ツヴァイク Zweig, Stefan　65
ティーク Tieck, Ludwig　53
ディドロ Diderot, Denis　129, 130
テオプラストス Theophrastos　154
テレンティウス Publius Terentius Afer　80

ナ行

ニーチェ Nietzsche, Friedrich Wilhelm　126, 201

ハ行

バウアー Bauer, Roger　38

ハウザー Hauser, Arnold　51, 112
ハーマン Hamann, Johann Georg　19, 22
ビューヒナー Büchner, Georg　150, 204
ビュルガー Bürger, Gottfried August　150–152, 197
ヒンク Hinck, Walter　38
フライエ Freye, Karl　29
プラウトゥス Titus Maccius Plautus　18, 38, 79, 80, 82, 179
フランケ Francke, August Hermann　24
ブレヒト Brecht, Bertolt　13–15, 204
ヘットナー Hettner, Hermann　54, 99, 103, 147
ヘルダー Herder, Johann Gottfried von　19, 22, 25, 28, 30, 95, 96, 100–102, 125, 187
ヘレラー Höllerer, Walter　14, 64
ベーレンス Berens　22
ベンヤミン Benjamin, Walter　25
ポープ Pope, Alexander　30, 130, 180
ホメロス Homeros　92, 103
ホルヴァート Horváth, Ödön von　46
ポントピダン Pontoppidan, Eric　38

マ行

マイヤー Mayer, Hans　14
マルティーニ Martini, Fritz　14, 45, 139, 140
マルモンテル Marmontel, Jean François　154, 155, 169, 170
メルケル Merkel, Garlieb　25, 27, 28
モーリッツ Moritz, Karl Philipp　142
モルネ Mornet, Danier　119
モンテスキュー Montesquieu, Charles de Secondat, Baron de la Brède et de M.　38, 87, 108, 113, 114

ヤ行

ヤコービ Jacobi, Johann Georg　98
ユウリョ Jürjo, Indrek　24

ラ行

ライゼヴィッツ Leisewitz, Johann Anton　139
ライプニッツ Leibniz, Gottfried Wilhelm Freiherr von　12
ラクロ Laclos, Pierre Choderlos de　113
ラッシュ Rasch, Wolfdietrich　13
ラーベナー Rabener, Gottlieb Wilhelm　87
リーク Rieck, Werner　103
リシュタンベルジェ Lichtenberger, André　147
リスコー Liscow, Christian Ludwig　87
リントナー Lindner, Johann Gotthelf　22
ルカーチ Lukács, Georg　12, 13
ルキアノス Lukianos　90

ルソー Rousseau, Jean-Jacques 17, 39-41, 52, 54, 109, 115, 116, 118, 123, 124, 129, 130, 132-135, 142, 148, 151, 163, 166, 168-170, 199, 202
レクトール Rector, Martin 14, 40, 133, 169
レッシング Lessing, Gotthold Ephraim 12, 65, 68, 100, 102, 107
レーム Rehm, Walter 93
レンツ（父）Lenz, Christian David 22-24
ローザノフ Rosanow, Matvei Nikanorovich 15, 27, 48, 76, 77, 99, 103, 107, 110, 124, 126, 130, 183

主要参考文献

I-1. 原典（レンツの著作）

I-1-1. 全集，選集および書簡集

[Lenz, Jakob Michael Reinhold :] Dramatischer Nachlaß. Hrsg. von Karl Weinhold. Frankfurt a. M. (Rütten und Loening) 1884.

Lenz, Jakob Michael Reinhold : Gesammelte Schriften. Hrsg. von Franz Blei. 5 Bde. München/Leipzig (G. Müller) 1909-13.

[Lenz, Jakob Michael Reinhold :] Briefe von und an J. M. R. Lenz. Hrsg. von Karl Freye und Wolfgang Stammler. 2 Bde. Leipzig (Wolff) 1918.

Lenz, Jakob Michael Reinhold : Werke und Schriften. Hrsg. von Britta Titel und Hellmut Haug. 2 Bde. Stuttgart (Goverts) 1966-67.

Lenz, Jakob Michael Reinhold : Gesammelte Werke in vier Bänden. Hrsg. von Richard Daunicht. Bd. 1 [mehr nicht erschienen]. München (Finck) 1967.

Lenz, Jakob Michael Reinhold : Werke in einem Band. Hrsg. von Helmut Richter. 3. Aufl. Berlin/Weimar (Aufbau) 1980.

Lenz, Jakob Michael Reinhold : Werke und Briefe in drei Bänden. Hrsg. von Sigrid Damm. Leipzig/München/Wien (Insel) 1987.

Lenz, Jakob Michael Reinhold : Werke in einem Band. Ausgewählt und kommentiert von Karen Lauer. München/Wien (Hanser) 1992.

Lenz, Jakob Michael Reinhold : Werke. Hrsg. von Friedrich Voit. Stuttgart (Reclam) 1992.

I-1-2. 個別作品

Lenz, Jakob Michael Reinhold : Gedichte. Hrsg. von Karl Weinhold. Berlin (Herz) 1891.

Lenz, Jakob Michael Reinhold : Über die Soldatenehen. Hrsg. von Karl Freye. Leipzig (Wolff) 1914.

Lenz, Jakob Michael Reinhold : Brief über die Moralität der Leiden des jungen Werthers. Hrsg. von Lotte Schmitz-Kallenberg. Münster (Coppenrath) 1918.

Lenz, Jakob Michael Reinhold : Drei Lustspiele nach dem Plautus. Für die heutige Bühne bearbeitet von Wilhelm von Scholz. München (G. Müller) 1918.

Lenz, Jakob Michael Reinhold: Anmerkungen übers Theater. Shakespeare-Arbeiten und Shakespeare-Übersetzungen. Hrsg. von Hans-Günther Schwarz. Stuttgart (Reclam) 1979.
Lenz, Jakob Michael Reinhold: Gedichte. Hrsg. von Hellmut Haug. Stuttgart (Reclam) 1979.
Lenz, Jakob Michael Reinhold: Der Hofmeister oder Vorteile der Privaterziehung. Mit einem Nachwort von Karl S. Guthke. Stuttgart (Reclam) 1980.
Lenz, Jakob Michael Reinhold: Die Soldaten. Mit einem Nachwort von Manfred Windfuhr. Stuttgart (Reclam) 1981（岩淵達治訳『軍人たち』〔『世界文学大系』第89巻〕筑摩書房，1963年）.
Lenz, Jakob Michael Reinhold: Der Hofmeister: Synoptische Ausgabe von Handschrift und Erstdruck. Hrsg. von Michael Kohlenbach. Basel/Frankfurt a. M. (Stroemfeld/Roter Stern) 1986.
Lenz, Jakob Michael Reinhold: Der neue Menoza. Text und Materialien zur Interpretation. Besorgt von Walter Hinck. Berlin (Walter de Gruyter & Co) 1987.
Lenz, Jakob Michael Reinhold: Erzählungen. Zerbin. Der Waldbruder. Der Landprediger. Hrsg. von Friedrich Voit. Stuttgart (Reclam) 1988.
Lenz, Jakob Michael Reinhold: Pandämonium Germanikum. Synoptische Ausgabe beider Handschriften. Hrsg. von Matthias Luserke und Christoph Weiß. St. Ingbert (Röhrig) 1992.
Lenz, Jakob Michael Reinhold: Philosophische Vorlesungen für empfindsame Seelen. Faksimiledruck der Ausgabe Frankfurt/Leipzig 1780. Hrsg. von Christoph Weiß. St. Ingbert (Röhrig) 1994.
[Lenz, Jakob Michael Reinhold: Catechismus] In: Lenz-Jahrbuch. Sturm-und-Drang-Studien 4 (1994) S. 39-67.

I-2. 原典（レンツ以外の著作）

Benjamin, Walter: Gesammelte Schriften. Unter Mitwirkung von Theodor W. Adorno und Gershom Scholem hrsg. von Rolf Tiedemann und Hermann Schweppenhäuser. Bd. II, Teilband 2: [Aufsätze, Essays, Vorträge]. Hrsg. von R. Tiedemann und H. Schweppenhäuser. Frankfurt a. M. (Suhrkamp) 1977.
Brecht, Bertolt: Stücke. Hrsg. von Elisabeth Hauptmann. Bd. XI: Bearbeitungen: Die Antigone des Sophokles, Der Hofmeister, Coriolan. 3. Aufl. Berlin/Weimar (Aufbau) 1969.
Büchner, Georg: Werke und Briefe. Gesamtausgabe. Hrsg. von Fritz Bergemann. 7. Aufl. Wiesbaden (Insel) 1958.
Bürger, Gottfried August: Sämtliche Werke. Hrsg. von Günter und Hiltrud Häntzschel. München/Wien (Hanser) 1987.
Gellert, Christian Fürchtegott: Sämtliche Schriften. Hrsg. von J. A. Schlegel und G. L. Heyer. 10 Teile in 5 Bde. Bd. I, Teil 2. Bd. II, Teil 3, Teil 4. Leipzig (M. G. Weidmanns Erben und Reich, und Caspar Fritsch) 1769. [Repr. Hildesheim (Olms) 1968].
Geßner, Salomon: Werke. Hrsg. von Adolf Frey. In: Deutsche National-Litteratur. Hrsg. von Joseph Kürschner. Bd. 41, 1. Berlin/Stuttgart (Spemann) (1888).
Goethe, Johann Wolfgang von: Sämtliche Werke. Hrsg. von Ernst Beutler. Bd. 4.

Zürich (Artemis) 1949.
Goethe, Johann Wolfgang von: Werke. Hamburger Ausgabe in 14 Bänden. Hrsg. von Erich Trunz. München (Beck) 1974-77.
Goethe, Johann Wolfgang von: Briefe. Hamburger Ausgabe in 4 Bänden. Hrsg. von Karl Robert Mandelkow. Bd. 1. 3. Aufl. München (Beck) 1986.
Gottsched, Johann Christoph: Ausgewählte Werke. Hrsg. von Joachim Birke. Bd. 2: Sämtliche Dramen. Berlin (Walter de Gruyter & Co.) 1970.
Herder, Johann Gottfried von: Sämtliche Werke. Hrsg. von Bernhard Suphan. Bd. 4. Berlin (Weidmann) 1878.
Herder, Johann Gottfried von: Sämtliche Werke. Hrsg. von Bernhard Suphan. Bd 25: Poetische Werke. Hrsg. von Carl Redlich. Berlin (Weidmann) 1885.
Herder, Johann Gottfried von: Sämtliche Werke. Hrsg. von Bernhard Suphan. Bd. 5. Berlin (Weidmann) 1891.
Herder/Goethe/Frisi/Möser: Von deutscher Art und Kunst. Einige fliegende Blätter. Hrsg. von Dietrich Irmscher. Stuttgart (Reclam) 1983.
Kant, Immanuel: Gesammelte Schriften. Hrsg. von der Königlich Preußischen Akademie der Wissenschaften. Bd. VI: Die Religion innerhalb der Grenzen der bloßen Vernunft. Die Metaphysik der Sitten. Berlin/Leipzig (Walter de Gruyter & Co.) 1914.
Kant, Immanuel: Gesammelte Schriften. Hrsg. von der Königlich Preußischen Akademie der Wissenschaften. Bd. VIII. Abhandlungen nach 1781. Berlin/Leipzig (Walter de Gruyter & Co.) 1923.
Klinger, Friedrich Maximilian: Die Zwillinge. Mit einem Nachwort von Karl S. Guthke. Stuttgart (Reclam) 1977.
Klinger, Friedrich Maximilian: Sturm und Drang. Hrsg. von Jörg-Ulrich Fechner. Stuttgart (Reclam) 1980.
Klopstock, Friedrich Gottlieb: Der Tod Adams. Hrsg. von Henning Boetius. Stuttgart (Reclam) 1973.
Lessing, Gotthold Ephraim: Sämtliche Schriften. Hrsg. von Karl Lachmann. Bd. 2. 3. Aufl. Stuttgart (Göschen) 1886.
Loewenthal, Erich und Schneider, Lambert (Hg.): Sturm und Drang. Dramatische Schriften. 2 Bde. 3. Aufl. Heidelberg (L. Schneider) 1972.
Loewenthal, Erich und Schneider, Lambert (Hg.): Sturm und Drang. Kritische Schriften. 3. Aufl. Heidelberg (L. Schneider) 1972.
Lukács, Georg: Skizze einer Geschichte der neueren deutschen Literatur. Neuwied/Berlin (Luchterhand) 1964.
Lukács, Georg: Werke. Bd. 7: Deutsche Literatur in zwei Jahrhunderten. Berlin/Neuwied (Luchterhand) 1964.
Marmontel, Jean François: Moralische Geschichten. (Übers. von Franz Schulz). Dresden (Kaemmerer) 1921.
Merkel, Garlieb: Die Letten, vorzüglich in Liefland, am Ende des philosophischen Jahrhunderts. Ein Beitrag zur Völker- und Menschenkunde. Leipzig (Gräff) 1797.
Moritz, Karl Philipp: Werke. Hrsg. von Horst Günther. 3 Bde. Frankfurt a. M. (Insel) 1981.
Müller, Peter (Hg.): Sturm und Drang. Weltanschauliche und ästhetische

Schriften. 2 Bde. Berlin/Weimar (Aufbau) 1978.
Müller, Peter (Hg.) : Jakob Michael Reinhold Lenz im Urteil dreier Jahrhunderte : Texte der Rezeption von Werk und Persönlichkeit ; 18.-20. Jahrhundert. 3 Teile. Bern/Berlin/Frankfurt a. M./New York/Paris/Wien (Lang) 1995.
Nicolai, Friedrich : Geschichte eines dicken Mannes. Bd. 1. Berlin/Stettin (Nicolai) 1794.
Nietzsche, Friedrich : Werke. Hrsg. von Giorgio Colli und Mazzino Montinari. Abt. VI, Bd. 1. Berlin (Walter de Gruyter & Co.) 1968.
Nietzsche, Friedrich : Werke. Hrsg. von Giorgio Colli und Mazzino Montinari. Abt. VI, Bd. 3. Berlin (Walter de Gruyter & Co.) 1969.
Schiller, Friedrich von : Werke. Nationalausgabe. Hrsg. von Julius Petersen und Hermann Schneider. Bd. 3 : Die Räuber. Hrsg. von Herbert Stubenrauch. Weimar (Böhlaus Nachfolger) 1953.
Schiller, Friedrich von : Werke. Nationalausgabe. Hrsg. von Julius Petersen und Hermann Schneider. Bd. 5 : Kabale und Liebe. Kleine Dramen. Hrsg. von Heinz Otto Burger und Walter Höllerer. Weimar (Böhlaus Nachfolger) 1957.
Schiller, Friedrich von : Werke. Nationalausgabe. Begründet von Julius Petersen. Bd. 4 : Die Verschwörung des Fiesko zu Genua. Hrsg. von Edith Nahler und Horst Nahler. Weimar (Böhlaus Nachfolger) 1983.
Schnabel, Johann Gottfried : Insel Felsenburg. Hrsg. von Volker Meid und Ingeborg Springer-Strand. Mit Ludwig Tiecks Vorrede zur Ausgabe von 1828. Stuttgart (Reclam) 1998.
Schubart, Christian Friedrich Daniel : Werke. Hrsg. von Ursula Wertheim und Hans Böhm. 4. Aufl. Berlin/Weimar (Aufbau) 1988.
Shakespear[e], William : The Works in six volumes. Vol. 2. Ed. Alexander Pope. London (J. Tonson) 1723. [Repr. New York (Ams) 1969].
Shakespeare, William : The Arden edition of the works. Love's Labour's Lost. Ed. Richard David. 4. ed. London (Methuen and Co. Ltd.) 1951.
Tieck, Ludwig : Der gestiefelte Kater : Kindermärchen in drei Akten mit Zwischenspielen, einem Prolge und Epiloge. Hrsg. von Helmut Kreuzer. Stuttgart (Reclam) 1990.
Wagner, Heinrich Leopold : Die Kindermörderin. Hrsg. von Jörg-Ulrich Fechner. Stuttgart (Reclam) 1980.
Wieland, Christoph Martin: Werke. Hrsg. von Fritz Martini und Hans Werner Seiffert. Bd. 4. München (Hanser) 1965.
Wieland, Christoph Martin : Werke. Hrsg. von Fritz Martini und Hans Werner Seiffert. Bd. 3. München (Hanser) 1967.
Wieland, Christoph Martin : Werke. Hrsg. von Fritz Martini und Hans Werner Seiffert. Bd. 5. München (Hanser) 1968.
Zweig, Stefan : Drei Dichter ihres Lebens. Casanova, Stendhal, Tolstoi. 2. Aufl. Frankfurt. a. M. (Fischer) 1982.

I-3. 原典（邦訳）

アリストテレス（今道友信訳）『詩学』（『アリストテレス全集』第 17 巻）岩波書店, 1972 年.

ヴォルテール（吉村正一郎訳）『カンディード』岩波文庫，1989年.
ヴォルフラム・フォン・エッシェンバッハ（加倉井粛之他訳）『パルチヴァール』郁文堂，1983年.
『ギリシア悲劇全集』（呉茂一・高津春繁他編）全4巻　人文書院，1977-82年.
アドルフ・F・v・クニッゲ（笠原賢介・中直一訳）『人間交際術』講談社学術文庫，1993年.
グリンメルスハウゼン（望月市恵訳）『阿呆物語』全2巻　岩波文庫，1974年.
『古代ローマ喜劇全集』（鈴木一郎・岩倉具忠・安富良之訳）全5巻　東京大学出版会，1975-79年.
『コルネイユ名作集』（岩瀬孝他訳）白水社，1983年.
新修シェークスピヤ全集（坪内逍遥訳）全40巻　中央公論社，1933-35年.
スウィフト（中野好夫訳）『ガリヴァ旅行記』（『世界文学大系』第15巻）筑摩書房，1959年.
スタンダール（生島遼一・鈴木昭一郎訳）『恋愛論』人文書院，1967年.
スタンダール（桑原武夫・生島遼一訳）『アンリ・ブリュラールの生涯』全2巻　岩波文庫，1994年.
ディドロ（浜田泰佑訳）『ブーガンヴィル航海記補遺』岩波文庫，1991年.
ディドロ（新村猛訳）『ダランベールの夢』岩波文庫，1998年.
テオプラストス（森進一訳）『人さまざま』岩波文庫，1993年.
デフォー（平井正穂訳）『ロビンソン・クルーソー』全2巻　岩波文庫，1991年.
デフォー（伊澤龍雄訳）『モル・フランダーズ』全2巻　岩波文庫，1995年.
フィールディング（朱牟田夏雄訳）『トム・ジョウンズ』全4巻　岩波文庫，1992年.
ポウプ（上田勤訳）『人間論』岩波文庫，1990年.
マルモンテル（湟野ゆり子訳）『インカ帝国の滅亡』岩波文庫，1993年.
モンテスキュー（根岸国孝訳）『ペルシャ人の手紙』（『世界文学大系』第6巻）筑摩書房，1960年.
モンテスキュー（根岸国孝訳）『法の精神』（『世界の大思想』第16巻）河出書房新社，1966年.
ラクロ（伊吹武彦訳）『危険な関係』全2巻　岩波文庫，1988年.
ラ・メトリ（杉捷夫訳）『人間機械論』岩波文庫，1989年.
ルソー（安士正夫訳）『新エロイーズ』全4巻　岩波文庫，1986年.
ルソー（今野一雄訳）『エミール』全3巻　岩波文庫，1987年.
ルソー（桑原武夫訳）『告白』全3巻　岩波文庫，1989年.
ルソー（桑原武夫・前川貞次郎訳）『社会契約論』岩波文庫，1989年.
ルソー（本田喜代治・平岡昇訳）『人間不平等起原論』岩波文庫，1989年.
ルソー（前川貞次郎訳）『学問芸術論』岩波文庫，1995年.

II-1.　研究書・研究論文

Alewyn, Richard : Das große Welttheater — Die Epoche der höfischen Feste. 2. Aufl. München (Beck) 1985（円子修平訳『大世界劇場——宮廷祝宴の時代』法政大学出版局，1985年）.
Arntzen, Helmut : Die ernste Komödie. Das deutsche Lustspiel von Lessing bis Kleist. München (Nymphenburg) 1968.
Balet, Leo/Gerhard, E[berhard] : Die Verbürgerlichung der deutschen Kunst, Literatur und Musik im 18. Jahrhundert. Hrsg. von Gert Mattenklott. 2. Aufl.

[Straßburg u. a. 1936]. Frankfurt a. M./Berlin/Wien (Ullstein) 1981.
Bauer, Roger: Die Komödientheorie von Jakob Michael Reinhold Lenz, die älteren Plautus-Kommentare und das Problem der ›dritten‹ Gattung. In: Aspekte der Goethe-Zeit. Hrsg. von Stanley A. Corngold u. a. Göttingen (Vandenhoeck & Ruprecht) 1977, S. 11-37.
Becker-Cantarino, Barbara: Jakob Michael Reinhold Lenz: ›Der Hofmeister‹. In: Interpretationen: Dramen des Sturm und Drang. Stuttgart (Reclam) 1987, S. 33-56.
Biedermann, Karl: Deutschland im achtzehnten Jahrhundert. Hrsg. von Wolfgang Emmerich. [Leipzig 1854-80]. Frankfurt a. M./Berlin/Wien (Ullstein) 1979.
Blunden, Allan: Lenz, Language, and ›Love's Labour's Lost‹. In: Colloquia Germanica (1974), S. 252-274.
Böcker, Herwig: Die Zerstörung der Persönlichkeit des Dichters J. M. R. Lenz durch die beginnende Schizophrenie. Diss. med. Bonn (Universität Bonn) 1969.
Boehn, Max von: Die Mode. Eine Kulturgeschichte vom Barock bis zum Jugendstil. Bearbeitet von Ingrid Loschek. Bd. II. München (Bruckmannn) 1976.
Boetius, Henning: Jakob Michael Reinhold Lenz. In: Deutsche Dichter. Leben und Werk deutschsprachiger Autoren. Hrsg. von Gunter E. Grimm und Frank Rainer Max. Bd. 4: Sturm und Drang. Klassik. Stuttgart (Reclam) 1989, S. 175-188.
Bruford, Walter Horace: Die gesellschaftlichen Grundlagen der Goethezeit. (Übers. von Fritz Wölcken). [Weimar 1936]. Frankfurt a. M./Berlin/Wien (Ullstein) 1979 (上西川原章訳『18 世紀のドイツ——ゲーテ時代の社会的背景』三修社, 1978 年).
Burger, Heinz Otto: J. M. R. Lenz.: ›Der Hofmeister‹. In: Das deutsche Lustspiel. Hrsg. von Hans Steffen. Teil I. Göttingen (Vandenhoeck & Ruprecht) 1968. S. 48-67.
Cassirer, Ernst: Die Philosophie der Aufklärung. Tübingen (Mohr) 1932 (中野好之訳『啓蒙主義の哲学』紀伊國屋書店, 1976 年).
Clarke, Karl H.: Lenz' Übersetzungen aus dem Englischen. In: Zeitschrift für vergleichende Litteraturgeschichte 10 (1896), S. 117-150, 385-418.
Conrady, Karl Otto: Zu den deutschen Plautusübertragungen. Ein Überblick von Albrecht von Eyb bis zu J. M. R. Lenz. In: Euphorion 48 (1954), S. 373-396.
Damm, Sigrid: Vögel, die verkünden Land. Das Leben des Jakob Michael Reinhold Lenz. Berlin/Weimar (Aufbau) 1985.
Dedert, Hartmut: Die Erzählung im Sturm und Drang. Studien zur Prosa des achtzehnten Jahrhunderts. Stuttgart (Metzler) 1990.
Diffey, Norman R.: Jakob Michael Reinhold Lenz and Jean-Jacques Rousseau. Bonn (Bouvier) 1981.
Dosenheimer, Elise: Das deutsche soziale Drama von Lessing bis Sternheim. Konstanz 1949. [Repr. Darmstadt (Wissenschaftliche Buchgesellschaft) 1974].
Druvins, Ute: Volksüberlieferung und Gesellschaftskritik in der Ballade. In: Sturm und Drang. Ein literaturwissenschaftliches Studienbuch. Hrsg. von Walter Hinck. Kronberg/Ts. (Athenäum) 1978, S. 117-133.
Duncan, Bruce: The Comic Structure of Lenz's ›Soldaten‹. In: Modern Language Notes 91 (1976), S. 515-523.
Eckardt, Julius: Livland im achtzehnten Jahrhundert. Leipzig (Brockhaus) 1876.

Eibl, Karl : ›Realismus‹ als Widerlegung von Literatur. Dargestellt am Beispiel von Lenz' ›Hofmeister‹. In : Poetica 6 (1974), S. 456-467.

Elias, Norbert : Über den Prozeß der Zivilisation. Soziogenetische und psychogenetische Untersuchungen. 2 Bde. 7. Aufl. Frankfurt a. M. (Suhrkamp) 1980（赤井慧爾他訳『文明化の過程――ヨーロッパ上流階層の風俗の変遷』（法政大学出版局，1990年）．

Freund, Winfried : Prosa-Satire. Satirische Romane im späten 18. Jahrhundert. In : Hansers Sozialgeschichte der deutschen Literatur vom 16. Jahrhundert bis zur Gegenwart. Hrsg. von Rolf. Grimminger. Bd. 3 : Deutsche Aufklärung bis zur Französischen Revolution ; 1680-1789. Teilband 2. 2. Aufl. München/Wien (dtv) 1984, S. 716-738.

Freye, Karl : Jakob Michael Reinhold Lenzens Knabenjahre. In : Zeitschrift für Geschichte der Erziehung und des Unterrichts 7 (1917), S. 174-193.

Friedenthal, Richard : Goethe. Sein Leben und seine Zeit. 16. Aufl. München (Piper) 1989.

Fuchs, Eduard : Illustrierte Sittengeschichte vom Mittelalter bis zur Gegenwart. Bd. 2 : Die galante Zeit. München (Langen) (1910)（安田徳太郎訳『風俗の歴史』[角川文庫，1989年]第5巻，第6巻）．

Fues, Wolfram Malte : Die Aufklärung der Antike über die Tugend. Christoph Martin Wielands Singspiel ›Alceste‹ in der Geschichte des Sinns von Literatur. In : Aufklärung Jg. 4, H. 1 (1989), S. 37-53.

Gerth, Klaus : ›Vergnügen ohne Geschmack‹. J. M. R. Lenz' ›Menoza‹ als parodistisches ›Püppelspiel‹. In : Jahrbuch des Freien Deutschen Hochstifts (1988), S. 35-56.

Giese, Peter Christian : Das ›Gesellschaftlich-Komische‹. Zu Komik und Komödie am Beispiel der Stücke und Bearbeitungen Brechts. Stuttgart (Metzler) 1974.

Girard, René : Die Umwertung des Tragischen in Lenzens Dramaturgie unter besonderer Berücksichtigung der ›Soldaten‹. In : Dialog, Literatur und Literaturwissenschaft im Zeichen deutsch-französischer Begegnung. Festgabe für Josef Kunz. Hrsg. von Reiner Schönhaar. Berlin (Schmidt) 1973, S. 127-138.

Glarner, Hannes : ›Diese willkürlichen Ausschweifungen der Phantasey‹. Das Schauspiel ›Der Engländer‹ von Jakob Michael Reinhold Lenz. Bern (Lang) 1991.

Glaser, Horst Albert : Heteroklisie — der Fall Lenz. In : Gestaltungsgeschichte und Gesellschaftsgeschichte. Literatur-, Kunst-, und Musikwissenschaftliche Studien. Hrsg. von Helmut Kreuzer. Stuttgart. 1969, S. 132-151.

Golz, Bruno : Wandlungen literarischer Motive. Leipzig (Engelmann) 1920.

Grasshoff, Annelies : Zur Mentalität livländischer Aufklärungsschriftsteller. Der Patriotismus August Wilhelm Hupels. In : Königsberg und Riga. Hrsg. von Heinz Ischreyt. Tübingen (Niemeyer) 1995, S. 217-235.

Greiner, Bernhard : Die Komödie : eine theatralische Sendung : Grundlagen und Interpretationen. Tübingen (Francke) 1992.

Grimminger, Rolf ; Aufklärung, Absolutismus und bürgerliche Individuen. Über den notwendigen Zusammenhang von Literatur, Gesellschaft und Staat in der Geschichte des 18. Jahrhunderts. In : Hansers Sozialgeschichte der deutschen Lite

ratur vom 16. Jahrhundert bis zur Gegenwart. Hrsg. von R. Grimminger. Bd. 3: Deutsche Aufklärung bis zur Französischen Revolution; 1680-1789. Teilband 1. 2. Aufl. München/Wien (dtv) 1984, S. 15-99.

Groeper, Richard: Lenz' »Soldaten« und Lessings »Minna von Barnhelm«. In: Zeitschrift für den deutschen Unterricht 33 (1919), S. 16-19.

Gundolf, Friedrich: Shakespeare und der deutsche Geist. 6. Aufl. Berlin (Bondi) 1922.

Guthke, Karl S.: Zur Frühgeschichte des Rousseauismus in Deutschland. In: Zeitschrift für deutsche Philologie 77 (1958), S. 384-396.

Guthke, Karl S.: Geschichte und Poetik der deutschen Tragikomödie. Göttingen (Vandenhoeck & Ruprecht) 1961.

Guthke, Karl S.: Das deutsche bürgerliche Trauerspiel. 3. Aufl. Stuttgart (Metzler) 1980.

Hausdorff, Georg: Die Einheitlichkeit des dramatischen Problems bei J. M. R. Lenz. Diss. phil. Würzburg (C. Fuchs) 1913.

Hauser, Arnold: Sozialgeschichte der Kunst und Literatur. [München 1953]. München (Beck) 1983 (高橋義孝訳『芸術の歴史——美術と文学の社会史』平凡社, 1977年).

Heinrichsdorff, Paul: J. M. R. Lenzens religiöse Haltung. Berlin (E. Ebering) 1932.

Herbst, Hildburg: Frühe Formen der deutschen Novelle im 18. Jahrhundert. Berlin (Schmidt) 1985.

Hettner, Hermann: Geschichte der deutschen Literatur im achtzehnten Jahrhundert. [Braunschweig 1879]. 2. Aufl. Berlin/Weimar (Aufbau) 1979.

Hill, David: ›Das Politische‹ in »Die Soldaten«. In: Orbis Litterarum 43 (1988), S. 299-315.

Hinck, Walter: Das deutsche Lustspiel des 17. und 18. Jahrhunderts und die italienische Kömodie. Stuttgart (Metzler) 1965.

Hinck, Walter: Das deutsche Lustspiel im 18. Jahrhundert. In: Das deutsche Lustspiel. Hrsg. von Hans Steffen. Teil I. Göttingen (Vandenhoeck & Ruprecht) 1968, S. 7-26.

Hinck, Walter: Einleitung: Soziale Grundlagen und Grundzüge des Denkens. Eine Skizze. In: Neues Handbuch der Literaturwissenschaft. Hrsg. von Klaus von See. Bd. 11: Europäische Aufklärung. Teil I. Hrsg. von W. Hinck. Frankfurt a. M. (Athenaion) 1974, S. 1-14.

Hinck, Walter: Die europäische Komödie der Aufklärung. In: Neues Handbuch der Literaturwissenschaft. Hrsg. von Klaus von See. Bd. 11: Europäische Aufklärung. Teil I. Hrsg. von W. Hinck. Frankfurt a. M. (Athenaion) 1974, S. 119-135.

Hinck, Walter: Theater der Hoffnung. Von der Aufklärung bis zur Gegenwart. Frankfurt a. M. (Suhrkamp) 1988.

Hinderer, Walter: Lenz. »Der Hofmeister«. In: Die deutsche Komödie. Hrsg. von Walter Hinck. Düsseldorf (Bagel) 1977, S. 66-88.

Höllerer, Walter: Lenz. »Die Soldaten«. In: Das deutsche Drama vom Barock bis zur Gegenwart. Hrsg. von Benno von Wiese. Bd. 1. Düsseldorf (Bagel) 1962, S. 127-146.

Huyssen, Andreas: Drama des Sturm und Drang. Kommentar zu einer Epoche. München (Winkler) 1980.

Imamura, Takeshi: Jakob Michael Reinhold Lenz: seine dramatische Technik und ihre Entwicklung. St. Ingbert (Röhrig Universitätsverlag) 1996.

Inbar, Eva Maria: Shakespeare in Deutschland. Der Fall Lenz. Tübingen (Niemeyer) 1982.

Japp, Uwe: Lesen und Schreiben im Drama des Sturm und Drang; insbesondere bei Goethe und Lenz. In: Lesen und Schreiben im 17. und 18. Jahrhundert. Hrsg. von Paul Goetsch. Tübingen (Narr) 1994, S. 265-276.

Jürjo, Indrek: Die Weltanschauung des Lenz-Vaters. In: »Unaufhörlich Lenz gelesen...«: Studien zu Leben und Werk von J. M. R. Lenz. Hrsg. von Inge Stephan und Hans-Gerd Winter. Stuttgart/Weimar (Metzler) 1994, S. 138-152.

Kaiser, Gerhard: Pietismus und Patriotismus im literarischen Deutschland. Ein Beitrag zum Problem der Säkularisation. 2. Aufl. Frankfurt a. M. (Athenäum), 1973.

Kaiser, Gerhard: Aufklärung, Empfindsamkeit, Sturm und Drang. 3. Aufl. München (Francke) 1979.

Kaiser, Gerhard: Friedrich Maximilian Klingers Schauspiel »Sturm und Drang«. Zur Typologie des Sturm-und-Drang-Dramas. In: Sturm und Drang. Hrsg. von Manfred Wacker. Darmstadt (Wissenschaftliche Buchgesellschaft) 1985, S. 315-340.

Kaiser, Ilse: »Die Freunde machen den Philosophen«, »Der Engländer«, »Der Waldbruder« von J. M. R. Lenz. Diss. phil. Erlangen (Universitäts-Buchdruckerei) 1917.

Kaufmann, Ulrich: »...ausgestoßen aus dem Himmel als ein Landläufer, Rebell, Pasquillant«. Jakob Michael Reinhold Lenz und der Weimarer Musenhof. In: Beiträge zur Geschichte der Literatur in Thüringen. Hrsg. von Detlef Ignasiak. Rudolstadt (Hain) 1995, S. 163-179.

Kayser, Wolfgang: Das Groteske. Seine Gestaltung in Malerei und Dichtung. 2. Aufl. Oldenburg (Stalling) 1961 (竹内豊治訳『グロテスクなもの』法政大学出版局, 1990年).

Keller, Mechthild: Verfehlte Wahlheimat: Lenz in Rußland. In: Russen und Rußland aus deutscher Sicht: 18. Jahrhundert — Aufklärung. Hrsg. von M. Keller. München (Finck), 1987, S. 516-535.

Kindermann, Heinz: J. M. R. Lenz und die deutsche Romantik. Ein Kapitel aus der Entwicklungsgeschichte romantischen Wesens und Schaffens. Wien/Leipzig (Braumüller) 1925.

Kindermann, Heinz: Theatergeschichte Europas. Bd. III: Das Theater der Barockzeit. Salzburg (O. Müller) 1959.

Kließ, Werner: Sturm und Drang. 3. Aufl. Hannover (dtv) 1975.

Klotz, Volker: Geschlossene und offene Form im Drama. 10. Aufl. München (Hanser) 1980 (戸室博・高橋行徳訳『閉じた戯曲　開いた戯曲』早稲田大学出版部, 1990年).

Kluckhohn, Paul: Die Auffassung der Liebe in der Literatur des 18. Jahrhunderts und in der deutschen Romantik. Halle (Niemeyer) 1922.

Korff, H[ermann] A[ugust]: Geist der Goethezeit. Versuch einer ideellen Entwick

lung der klassisch-romantischen Literaturgeschichte. Teil 1 : Sturm und Drang. 8. Aufl. Leipzig (Koehler & Amelang) 1966. [Repr. 11. Aufl. Darmstadt (Wissenschaftliche Buchgesellschaft) 1979].

Kreutzer, Leo : Literatur als Einmischung : Jakob Michael Reinhold Lenz. In : Sturm und Drang. Ein literaturwissenschaftliches Studienbuch. Hrsg. von Walter Hinck. Kronberg/Ts. (Athenäum) 1978, S. 213-229.

Kühn, Julius : Der junge Goethe im Spiegel der Dichtung seiner Zeit. Heidelberg (Winter) 1912.

Lepenies, Wolf : Melancholie und Gesellschaft. Frankfurt a. M. (Suhrkamp) 1969 (岩田行一・小竹澄栄訳『メランコリーと社会』法政大学出版局，1987 年).

Liewerscheidt, Dieter : J. M. R. Lenz. »Der neue Menoza«, eine apokalyptische Farce. In : Wirkendes Wort 33 (1983), S. 146-150.

Luserke, Matthias : J. M. R. Lenz : »Der Hofmeister« — »Der neue Menoza« — »Die Soldaten«. München (Fink) 1993.

Lützeler, Paul Michael : Jakob Michael Reinhold Lenz : Die Soldaten. In : Interpretationen. Dramen des Sturm und Drang. Stuttgart (Reclam) 1987.

Mann, Michael : Die feindlichen Brüder. In : Germanisch-Romanische Monatsschrift N. F. 1 (1968), S. 225-247.

Martini, Fritz : Die Einheit der Konzeption in J. M. R. Lenz' »Anmerkungen übers Theater«. In : Jahrbuch der deutschen Schillergesellschaft 14 (1970), S. 159-182.

Martini, Fritz : Die Poetik des Dramas im Sturm und Drang. Versuch einer Zusammenfassung. In : Deutsche Dramentheorie. Beiträge zu einer kritischen Poetik des Dramas in Deutschland. Hrsg. von Reinhold Grimm. Bd. 1. Frankfurt a. M. (Athenäum) 1971, S. 123-166.

Martini, Fritz : Die feindlichen Brüder. Zum Problem des gesellschaftskritischen Dramas von J. A. Leisewitz, F. M. Klinger und F. Schiller. In : Geschichte im Drama — Drama in der Geschichte : Spätbarock, Sturm und Drang, Klassik, Frührealismus. Stuttgart (Klett-Cotta) 1979, S.129-186.

Matt, Peter von : Der tragische Klamauk. Über die vielen Väter bei Jakob Michael Reinhold Lenz. In : P. v. Matt : Das Schicksal der Phantasie. München/Wien (dtv) 1996, S. 102-108.

Mattenklott, Gert : Melancholie in der Dramatik des Sturm und Drang. Erw. u. durchges. Aufl. Königstein/Ts. (Athenäum) 1985.

Mayer, Hans : Die alte und die neue epische Form : Johann Gottfried Schnabels Romane. In : Von Lessing bis Thomas Mann. Wandlungen der bürgerlichen Literatur in Deutschland. Pfullingen (Neske) 1959, S. 35-78.

Mayer, Hans : Lenz oder die Alternative. In : Jakob Michael Reinhold Lenz. Werke und Schriften. Hrsg. von Britta Titel und Hellmut Haug. Bd. II. Stuttgart (Goverts) 1967, S. 795-827.

McInnes, Edward : Jakob Michael Reinhold Lenz. »Die Soldaten«. Text, Materialien, Kommentar. München (Hanser) 1977.

Melchinger, Siegfried : Geschichte des politischen Theaters. Frankfurt a. M. (Suhrkamp) 1974 (尾崎賢治・蔵原惟治訳『政治演劇史』白水社，1976 年).

Meyer, Hermann : Hütte und Palast in der Dichtung des 18. Jahrhunderts. In : Formenwandel. Festschrift für Paul Böckmann. Hrsg. von Walter Müller-Seidel

und Wolfgang Preisendanz. Hamburg (Hoffmann und Campe) 1964, 138-155.
Morton, Michael: Exemplary Poetics: The Rhetoric of Lenz's ›Anmerkungen übers Theater‹ and ›Pandaemonium Germanicum‹. In: Lessing Yearbook XX (1988), S. 121-151.
Müller, Peter: Grundlinien der Entwicklung, Weltanschauung und Ästhetik des Sturm und Drang. In: Sturm und Drang. Weltanschauliche und ästhetische Schriften. Hrsg. von P. Müller. Bd. 1. Berlin/Weimar (Aufbau) 1978, S. IX-CXXIV.
Neander, Irene: Die Aufklärung in den Ostseeprovinzen. In: Baltische Kirchengeschichte. Hrsg. von Reinhard Wittram. Göttingen 1956, S. 130-149.
Oehlenschläger, Eckart: Jacob Michael Reinhold Lenz. In: Deutsche Dichter des 18. Jahrhunderts. Ihr Leben und Werk. Hrsg. von Benno von Wiese. Berlin (Schmidt) 1977, S. 747-781.
Osborne, John: The Postponed Idyll. Two Moral Tales by J. M. R. Lenz. In: Neophilologus 59 (1975) S. 68-83.
Parker, L. John: Christoph Martin Wielands dramatische Tätigkeit. Bern/München (Francke) 1961.
Pascal, Roy: Der Sturm und Drang. (Übers. von Dieter Zeitz und Kurt Mayer). 2. Aufl. Stuttgart (Kröner) 1977.
Perugia, Stefan: Die dramatischen Fragmente von J. M. R. Lenz. (Diss. phil. München). Berlin (Gloria) 1925.
Petter, Walter: Das Satirische bei J. M. R. Lenz. Ein Beitrag zur Psychologie Lenzens und zur Geschichte des Satirischen im 18. Jahrhundert. Masch. Diss. phil. Halle 1920.
Philipp, Guntram: Die Wirksamkeit der Herrnhuter Brüdergemeine unter den Esten und Letten zur Zeit der Bauernbefreiung. Köln/Wien (Böhlau) 1974.
Rasch, Wolfdietrich: Der junge Goethe und die Aufklärung. In: Literatur und Geistesgeschichte. Festgabe für Heinz Otto Burger. Hrsg. von Reinhold Grimm und Conrad Wiedemann. Berlin (Schmidt) 1968.
Rector, Martin: La Mettrie und die Folgen. Zur Ambivalenz der Maschinen-Metapher bei Jakob Michael Reinhold Lenz. In: Willkommen und Abschied der Maschinen. Literatur und Technik: Bestandaufnahme eines Themas. Hrsg. von Erhard Schütz. Essen (Klartext) 1988, S. 23-41.
Rector, Martin: Götterblick und menschlicher Standpunkt. J. M. R. Lenz' Komödie ›Der neue Menoza‹ als Inszenierung eines Wahrnehmungsproblems. In: Jahrbuch der deutschen Schillergesellschaft 33 (1989), S. 185-209.
Rector, Martin: Grabbe von Lenz her zu verstehen. In: Grabbe und die Dramatiker seiner Zeit. Beiträge zum 11. Internationalen Grabbe-Symposium 1989. Hrsg. von Detlev Kopp und Michael Vogt unter Mitwirkung von Werner Broer. Tübingen (Niemeyer) 1990, S. 26-44.
Rector, Martin: Zur moralischen Kritik des Autonomie-Ideals. Jakob Lenz' Erzählung ›Zerbin oder die neuere Philosophie‹. In: ›Unaufhörlich Lenz gelesen...‹: Studien zu Leben und Werk von J. M. R. Lenz. Hrsg. von Inge Stephan und Hans-Gerd Winter. Stuttgart (Metzler) 1994, S. 294-308.
Rehm, Walter: Götterstille und Göttertrauer. Aufsätze zur deutsch-antiken

Begegnung. Bern (Francke) 1951.
Rehm, Walter: Griechentum und Goethezeit. Geschichte eines Glaubens. 3. Aufl. München (Lehnen) 1952.
Reiff, Paul: ›Pandaemonium germanicum‹, by J. M. R. Lenz. In: Modern Language Notes XVIII-3 (1903), S. 69-72.
Rieck, Werner: Literatursatire im Sturm und Drang. In: Sturm und Drang. Hrsg. von Manfred Wacker. Darmstadt (Wissenschaftliche Buchgesellschaft) 1985, S. 144-164.
Rieck, Werner: Poetologie als poetisches Szenarium. Zum ›Pandämonium Germanicum‹ von Jakob Michael Reinhold Lenz. In: Lenz-Jahrbuch. Sturm-und-Drang-Studien 2 (1992). S. 78-111.
Rietz, Henryk: Zur Geschichte des geistigen Lebens in Riga während der Aufklärungszeit. In: Königsberg und Riga. Hrsg. von Heinz Ischreyt. Tübingen (Niemeyer) 1995, S. 211-215.
Rosanow, Matvei Nikanorovich: Jakob M. R. Lenz. Der Dichter der Sturm- und Drangperiode. Sein Leben und seine Werke. (Übers. von Carl von Gutschow). Leipzig (Schulze) 1909.
Rötteken, Hubert: Weltflucht und Idylle in Deutschland von 1720 bis zur Insel Felsenburg. Ein Beitrag zur Geschichte des deutschen Gefühlslebens. In: Zeitschrift für vergleichende Litteraturgeschichte N. F. 9 (1896), S. 1-32, 295-325.
Rudolf, Ottomar: Jakob Michael Reinhold Lenz. Moralist und Aufklärer. Bad Homburg/Berlin/Zürich (Gehlen) 1969.
Rühmann, Heinrich: ›Die Soldaten‹ von Lenz. Versuch einer soziologischen Betrachtung. In: Diskussion Deutsch 2 (1971), S. 131-143.
Ruppert, Wolfgang: Bürgertum im 18. Jahrhundert. In: ›Die Bildung des Bürgers‹: Die Formierung der bürgerlichen Gesellschaft und die Gebildeten im 18. Jahrhundert. Hrsg. von Ulrich Herrmann. 2. Aufl. Weinheim/Basel (Beltz) 1989.
Sauder, Gerhard: Die deutsche Literatur des Sturm und Drang. In: Neues Handbuch der Literaturwissenschaft. Hrsg. von Klaus von See. Bd. 12: Europäische Aufklärung. Teil II. Hrsg. von Heinz-Joachim Müllenbrock. Wiesbaden (Aula) 1984, S. 327-378.
Sauder, Gerhard: Geniekult im Sturm und Drang. In: Hansers Sozialgeschichte der deutschen Literatur vom 16. Jahrhundert bis zur Gegenwart. Hrsg. von Rolf Grimminger. Bd. 3: Deutsche Aufklärung bis zur Französischen Revolution; 1680-1789. Teilband 1. 2. Aufl. München/Wien (dtv) 1984, S. 327-340.
Sauder, Gerhard: Moralische Wochenschriften. In: Hansers Sozialgeschichte der deutschen Literatur vom 16. Jahrhundert bis zur Gegenwart. Hrsg. von Rolf Grimminger. Bd. 3: Deutsche Aufklärung bis zur Französischen Revolution; 1680-1789. Teilband 1. 2. Aufl. München/Wien (dtv) 1984, S. 267-279.
Sauder, Gerhard: Konkupiszenz und empfindsame Liebe. J. M. R. Lenz' ›Philosophische Vorlesungen für empfindsame Seelen‹. In: Lenz-Jahrbuch. Sturm-und-Drang-Studien 4 (1994) S. 7-29.
Scherpe, Klaus R.: Dichterische Erkenntnis und ›Projektmacherei‹. Widersprüche im Werk von J. M. R. Lenz. In: Goethe-Jahrbuch 94 (1977), S. 206-235.
Scherpe, Klaus R.: Werther und Wertherwirkung. Zum Syndrom bürgerlicher

Gesellschaftsordnung im 18. Jahrhundert. 3. Aufl. Wiesbaden (Athenaion) 1980.

Scheuer, Helmut: Friedrich Maximilian Klinger: »Sturm und Drang«. In: Interpretation. Dramen des Sturm und Drang. Stuttgart (Reclam) 1987, S. 57-98.

Schlösser, Anselm: »Love's Labour's Lost«. Shakespeares Jahrmarkt der Eitelkeit. In: Zeitschrift für Anglistik und Amerikanistik 13 (1965), S. 25-34.

Schmid, Gotthold Otto: Marmontel. Seine moralischen Erzählungen und die deutsche Literatur. (Diss. Phil. Freiburg). Straßburg (Universitäts-Buchdruckerei) 1935.

Schmidt, Erich: Lenz und Klinger. Zwei Dichter der Geniezeit. Berlin (Weidmann) 1878.

Schmidt, Martin: Pietismus. Stuttgart/Berlin/Köln/Mainz (Kohlhammer) 1972 (小林謙一訳『ドイツ敬虔主義』教文館，1992年).

Schmiedt, Helmut: Wie revolutionär ist das Drama des Sturm und Drang? In: Jahrbuch der deutschen Schillergesellschaft 29 (1985), S. 48-61.

Schneider, Ferdinand Josef: Die deutsche Dichtung der Geniezeit. Stuttgart (Metzler) 1952.

Schöne, Albrecht: Säkularisation als sprachbildende Kraft. Studien zur Dichtung deutscher Pfarrersöhne. Göttingen (Vandenhoeck & Ruprecht) 1958.

Schwarz, Hans-Günther: Lenz und Shakespeare. In: Jahrbuch der deutschen Shakespeare-Gesellschaft West 1971, S. 85-96.

Sengle, Friedrich: Wieland und Goethe. In: Begriffsbestimmung der Klassik und des Klassischen. Hrsg. von Heinz Otto Burger. Darmstadt (Wissenschaftliche Buchgesellschaft) 1972, S. 251-271.

Sørensen, Bengt Algot: Herrschaft und Zärtlichkeit. Der Patriarchalismus und das Drama im 18. Jahrhundert. München (Beck) 1984.

Sørensen, Bengt Algot: »Schwärmerei« im Leben und Werk von Lenz. In: Jakob Michael Reinhold Lenz. Studien zum Gesamtwerk. Hrsg. von David Hill. Opladen (Westdeutsch) 1994, S. 47-54.

Steinmetz, Horst: Die Komödie der Aufklärung. 3. Aufl. Stuttgart (Metzler) 1978.

Stellmacher, Wolfgang: Grundfragen der Shakespeare-Rezeption in der Frühphase des Sturm und Drang. In: Weimarer Beiträge 10 (1964) S. 323-345.

Stephan, Inge: Das Scheitern einer heroischen Konzeption. Der Freundschafts- und Liebesdiskurs im »Waldbruder«. In: »Unaufhörlich Lenz gelesen...«: Studien zu Leben und Werk von J. M. R. Lenz. Hrsg. von I. Stephan und Hans-Gerd Winter. Stuttgart (Metzler) 1994, S. 273-293.

Stephan, Inge: »Meteore« und »Sterne«. Zur Textkonkurrenz zwischen Lenz und Goethe. In: Lenz-Jahrbuch. Sturm-und-Drang-Studien 5 (1995), S. 22-43.

Stephan, Inge und Winter, Hans-Gerd: »Ein vorübergehendes Meteor«? J. M. R. Lenz und seine Rezeption in Deutschland. Stuttgart (Metzler) 1984.

Stern, Martin: Die Schwänke der Sturm-und-Drang-Periode: Satiren, Farcen und Selbstparodien in dramatischer Form. In: Goethes Dramen. Neue Interpretationen. Hrsg. von Walter Hinderer. Stuttgart (Reclam) 1980, S. 23-41.

Stockmayer, Karl Hayo von: Das deutsche Soldatenstück des 18. Jahrhunderts seit Lessings »Minna von Barnhelm«. Weimar (Felber) 1898.

Stockmeyer, Clara: Soziale Probleme im Drama des Sturmes und Dranges. Frank-

furt a. M. (Diesterweg) 1922.
Ueding, Gert : Popularphilosophie. In : Hansers Sozialgeschichte der deutschen Literatur vom 16. Jahrhundert bis zur Gegenwart. Hrsg. von Rolf Grimminger. Bd. 3 : Deutsche Aufklärung bis zur Französischen Revolution ; 1680-1789. Teilband 2. 2. Aufl. München/Wien (dtv) 1984, S. 605-634.
Wacker, Manfred : Einleitung. In : Sturm und Drang. Hrsg. von M. Wacker. Darmstadt (Wissenschaftliche Buchgesellschaft) 1985, S. 1-15.
Webermann, Otto A.: Pietismus und Brüdergemeinde. In: Baltische Kirchengeschichte. Hrsg. von Reinhard Wittram. Göttingen (Vandenhoeck & Ruprecht) 1956. S. 149-166.
Wefelmeyer, Fritz : Der scheiternde Künstler auf der Höhe mit ›Bruder Goethe‹ und Zuschauer. Selbstdarstellung im ›Pandämonium Germanicum‹. In : J. M. R. Lenz. Studien zum Gesamtwerk. Hrsg. von David Hill. Opladen (Westdeutsch) 1994, S. 140-160.
Weiß, Christoph : J. M. R. Lenz' ›Catechismus‹. In : Lenz-Jahrbuch. Sturm-und-Drang-Studien 4 (1994), S. 31-38.
Werner, Franz : Soziale Unfreiheit und ›bürgerliche Intelligenz‹ im 18. Jahrhundert. Der organisierende Gesichtspunkt in J. M. R. Lenzens Drama ›Der Hofmeister oder Vorteile der Privaterziehung‹. Frankfurt a. M. (R. G. Fischer) 1981.
Wesle, Curt : Über die Katharina von Siena von J. M. R. Lenz. In : Zeitschrift für deutsche Philologie 46 (1915), S. 229-254.
Wierlacher, Alois : Das bürgerliche Drama. In : Neues Handbuch der Literaturwissenschaft. Hrsg. von Klaus von See. Bd. 11 : Europäische Aufklärung. Teil I. Hrsg. von Walter Hinck. Frankfurt a. M. (Athenaion) 1974, S. 137-160.
Winter, Hans-Gerd : J. M. R. Lenz. Stuttgart (Metzler) 1987.
Winter, Hans-Gerd : ›Ein kleiner Stoß und denn erst geht mein Leben an !‹ Sterben und Tod in den Werken von Lenz. In : ›Unaufhörlich Lenz gelesen...‹ : Studien zu Leben und Werk von J. M. R. Lenz. Hrsg. von Inge Stephan und H.-G. Winter. Stuttgart (Metzler) 1994, S. 86-108.
Wittram, Reinhard : Geschichte der Ostseelande Livland, Estland, Kurland 1180-1918. München/Berlin (Oldenbourg) 1945.
Wurst, Karin A.: Überlegungen zur ästhetischen Struktur von J. M. R. Lenz' ›Der Waldbruder ein Pendant zu Werthers Leiden.‹ In : Neophilologus 74 (1990) S. 87-101.
Wurst, Karin A.: Einleitung. J. M. R. Lenz als Alternative ? Positionanalysen[!] zum 200. Todestag. In : J. R. M.[!] Lenz als Alternative ? Positionsanalysen zum 200. Todestag. Hrsg. von K. Wurst. Köln/Weimar/Wien (Böhlau) 1992, S. 1-22.
Wurst, Karin A.: ›Von der Unmöglichkeit, die Quadratur des Zirkels zu finden‹. Lenz' narrative Strategien in ›Zerbin oder die neuere Philosophie‹. In : Lenz-Jahrbuch. Sturm und-Drang-Studien 3 (1993) S. 64-86.
Wuthenow, Ralph-Rainer : Rousseau im ›Sturm und Drang‹. In : Sturm und Drang. Ein literaturwissenschaftliches Studienbuch. Hrsg. von Walter Hinck. Kronberg/Ts. (Athenäum) 1978, S. 14-54.
Zedler, Johann Heinrich (Hg.) : Großes vollständiges Universallexikon aller Wissenschaften und Künste. 64 Bde [nebst] 4 Suppl.-Bde. Halle 1732-1754. [Repr.

Graz (Akad. Druck- und Verlagsanstalt) 1961-64].
Zenke, Jürgen: Das Drama des Sturm und Drang. In: Handbuch des deutschen Dramas. Hrsg. von Walter Hinck. Düsseldorf (Bagel) 1980, S. 120-132.
Zenke, Jürgen: Maschinen-Stürmer? Zur Metaphorik von Determination und Freiheit im Sturm und Drang. In: Literarische Utopie-Entwürfe. Hrsg. von Hiltrud Gnüg. Frankfurt a. M. (Suhrkamp) 1982.
Zimmermann, Rolf Christian: Marginalien zur Hofmeister-Thematik und zur ›Teutschen Misere‹ bei Lenz und bei Brecht. In: Drama und Theater im 20. Jahrhundert. Festschrift für Walter Hinck. Hrsg. von Hans Dietrich Irmscher und Werner Keller. Göttingen (Vandenhoeck & Ruprecht) 1983, S. 213-227.

II-2. 研究書・研究論文（邦文）

ポール・アザール（野沢協訳）『ヨーロッパ精神の危機』法政大学出版局，1981年.
ポール・アザール（小笠原弘親他訳）『18世紀ヨーロッパ思想――モンテスキューからレッシングへ』行人社，1987年.
石部雅亮「プロイセン国家の家族観」（『講座家族』第8巻，弘文堂，1974年）281-297頁.
稲本洋之助「市民革命の家族観――フランス革命下の家族法改革を素材として」（『講座家族』第8巻，弘文堂，1974年）248-265頁.
岩淵達治『反現実の演劇の論理――ドイツ演劇の異端と正統』河出書房新社，1972年.
バジル・ウィリー（三田博雄他訳）『18世紀の自然思想』みすず書房，1975年.
川崎寿彦『楽園のイングランド』河出書房新社，1991年.
川島武宜『イデオロギーとしての家族制度』岩波書店，1957年.
川中子義勝『ハーマンの思想と生涯――十字架の愛言者』教文館，1996年.
木村直司『ゲーテ研究』南窓社，1976年.
京都大学文学部西洋史研究室編『傭兵制度の歴史的研究』比叡書房，1955年.
アルセニイ・グリガ（西牟田久雄・浜田義文訳）『カント――その生涯と思想』法政大学出版局，1995年.
ベルンハルト・グレトゥイゼン（野沢協訳）『ブルジョワ精神の起源』法政大学出版局，1986年.
桑原武夫「ルソーの文学」（桑原武夫編『ルソー研究』第2版，岩波書店，1968年），298-327頁.
桑原武夫編『フランス百科全書の研究』岩波書店，1954年.
桑原武夫編『ルソー論集』岩波書店，1978年.
ピータ・ゲイ（中川久定他訳）『自由の科学――ヨーロッパ啓蒙思想の社会史』全2巻　ミネルヴァ書房，1982，1986年.
柴田翔『内面世界に映る歴史』筑摩書房，1986年.
杉之原寿一「ルソーの社会思想――個人主義と集団主義」（桑原武夫編『ルソー研究』第2版，岩波書店，1968年），95-126頁.
J・スタロバンスキー（山路昭訳）『透明と障害――ルソーの世界』みすず書房，1973年.
ジャン・スタロビンスキー（小西嘉幸訳）『自由の創出――18世紀の芸術と思想』白水社，1999年.
スティーヴン（中野好之訳）『18世紀イギリス思想史』全3巻　筑摩書房，1969年.
土肥恒之『「死せる魂」の社会史――近世ロシア農民の世界』日本エディタースクール

出版部，1989 年.
中川久定『啓蒙の世紀の光のもとで——ディドロと「百科全書」』岩波書店，1994 年.
中野里皓史『シェイクスピア喜劇』紀伊國屋書店，1982 年.
永野藤夫『疾風怒濤時代のドイツ演劇——若きゲーテ・シラーとその時代』東洋出版，1982 年.
成瀬治『伝統と啓蒙——近世ドイツの思想と宗教』法政大学出版局，1988 年.
新関良三『プラウトゥス・テレンティウス・セネカ』(『ギリシャ・ローマ演劇史』第 6 巻) 東京堂，1957 年.
野田又夫「ルソーの哲学」(桑原武夫編『ルソー研究』第 2 版，岩波書店，1968 年)，32-65 頁.
シーザー・L・バーバー (玉泉八洲男・野崎睦美訳)『シェイクスピアの祝祭喜劇——演劇形式と社会的風習との関係』白水社，1979 年.
広瀬千一『ドイツ近代劇の発生——シュトゥルム・ウント・ドラングの演劇』三修社，1996 年.
J・ブロノフスキー/B・マズリッシュ (三田博雄他訳)『ヨーロッパの知的伝統——レオナルドからヘーゲルへ』みすず書房，1972 年.
増田冨壽『ロシア農村社会の近代化過程』御茶の水書房，1964 年.
南大路振一『18 世紀ドイツ文学論集』(増補版) 三修社，2000 年.
南大路振一編『ドイツ市民劇研究』三修社，1986 年.
森口美都男「ルソーの倫理・宗教思想」(桑原武夫編『ルソー研究』第 2 版，岩波書店，1968 年)，66-94 頁.
ダニエル・モルネ (坂田太郎・山田九朗監訳)『フランス革命の知的起源』全 2 巻　勁草書房，1969 年，1971 年.
アーサー・O・ラヴジョイ (内藤健二訳)『存在の大いなる連鎖』晶文社，1991 年.
アンドレ・リシュタンベルジェ (野沢協訳)『18 世紀社会主義』法政大学出版局，1982 年.
ジャン・ルーセ (伊東廣太他訳)『フランスバロック期の文学』筑摩書房，1970 年.

III. 現代新聞記事

Glarner, Hannes: »Weg mit den Vätern! — Lasst mich allein!«. Zum 200. Todestag von Jakob Michael Reinhold Lenz (24. Mai). In: Neue Zürcher Zeitung. Fernausgabe Nr. 118 vom 23. 5. 1992, Feuilleton, S. 53.
Görner, Rüdiger: Lenz. Eine Verstörung. Vor 200 Jahren, vom 23 ten auf den 24 ten Mai 1792, starb der Dichter Jakob Michael Reinhold L. In: Die Presse. Vom 23/24. 5. 1992, Feuilleton, S. VI.
Hinck, Walter: Zweifel am Sprachverstand. Dramen des Sturm-und-Drang-Dichters Lenz. In: Frankfurter Allgemeine Zeitung. Nr. 179 vom 4. 8. 1988, Feuilleton, S. 20.
Lütkehaus, Ludger: Ein bedeutender Fund: Die lange verschollenen »Philosophischen Vorlesungen für empfindsame Seelen« von Jakob Michael Reinhold Lenz. In: Die Zeit. Nr. 4 vom 21. 1. 1994, Feuilleton, S. 45.
Michaelis, Rolf: Späte Uraufführung einer Komödie von Jakob Michael Reinhold Lenz in Paris. In: Die Zeit. Nr. 18 vom 29. 4. 1988, Feuilleton, S. 58.
Pape, Manfred: »Die Geschichte auf der Aar«. Dichtung und Wahrheit bei Jakob Michael Reinhold Lenz und Hugo von Hofmannstahl. In: Neue Zürcher Zeitung.

Nr. 78 vom 2./3. 4. 1977, Literatur und Kunst, S. 57f.
Stadelmaier, Gerhard: Die Liebe ist ein Maler. Schön fremd: Grüber inszeniert ›Catharina von Siena‹ in Berlin. In: Frankfurter Allgemeine Zeitung. Nr. 263 vom 11. 11. 1992, Feuilleton, S. 33.
Thieringer, Thomas: Das Militär ist niemals gut. Jakob Michael Reinhold Lenz wird von den Briten entdeckt und gründlich mißverstanden. In: Süddeutsche Zeitung. Nr. 210 vom 11./12. 9. 1993, Feuilleton, S. 16.
Vollmann, Rolf: Halbmond in der abnehmenden Phase. Gespräche über Jakob Michael Reinhold Lenz in Tübingen. In: Süddeutsche Zeitung. Nr. 127 vom 3. 6. 1992, Feuilleton, S. 14.
Winkler, Willi: Vor zweihundert Jahren wurde der deutsche Dichter Jakob Michael Reinhold Lenz in Moskau tot aufgefunden. Auf der Nadelspitze. In: Die Zeit. Nr. 23 vom 29. 5. 1992, Feuilleton, S. 61.

著者紹介
佐藤研一（さとう・けんいち）
1951年東京生まれ。東京外国語大学卒，名古屋大学大学院博士課程中退，ボン大学およびベルリン・フンボルト大学留学。山形大学助教授を経て，現在東北大学大学院国際文化研究科教授。文学博士。
専攻：18世紀ドイツ文学・演劇。

劇作家J・M・R・レンツの研究

2002年2月20日　第一刷発行

本体5600円＋税————定価

佐藤研一————著者

伊勢功治————装幀者

西谷能英　　—発行者

株式会社未來社——　発行所

東京都文京区小石川3－7－2
振替00170-3-87385
電話(03)3814-5521～4
URL:http://www.miraisha.co.jp/
Email:info@miraisha.co.jp

精興社————印刷
富士製本————製本
ISBN 4-624-70085-6 C0074